Emily Bold

Gesamtausgabe 2
Auf der Suche nach Mr. Grey

Band 4-6

Autorin

Emily Bold lebt mit ihrer Familie in einem idyllischen Ort in Bayern mit Blick auf Wald und Wiesen - äußerst ruhig und inspirierend. Sie schreibt Romane für Jugendliche und Erwachsene.

Titel von Emily Bold

Auf der Suche nach Mr. Grey
Ein Tanz mit Mr. Grey
Frohes Fest mit Mr. Grey
Im Urlaub mit Mr. Grey
Ein Job für Mrs. Grey
Eine Braut für Mr. Grey

Lichtblaue Sommernächte
Ein Kuss in den Highlands
Klang der Gezeiten
Wenn Liebe nach Pralinen schmeckt
Wenn Liebe Coboystiefel trägt

Der Sehnsucht wildes Herz
Gefährliche Intrigen
Eine verführerische Rebellin
In den Armen des Piraten

Vergessene Küsse
Verborgene Tränen
Verlorene Träume

Vanoras Fluch (The Curse 1)
Im Schatten der Schwestern (The Curse 2)
Das Vermächtnis (The Curse 3)

The Darkest Red: Aus Nebel geboren
The Darkest Red: Von Flammen verzehrt
The Darkest Red: Im Dunkel verborgen

Emily Bold

Gesamtausgabe 2
Auf der Suche nach Mr. Grey

Deutsche Erstausgabe 2017

Copyright © 2016 / 2017 Emily Bold

Umschlaggestaltung: Emily Bold
Lektorat/Korrektorat: Kornelia Schwaben-Beicht
Autorenfoto: Guido Karp für p41d.com

Alle Rechte, einschließlich das des vollständigen oder auszugsweisen Nachdrucks in jeglicher Form, sind vorbehalten. Dies ist eine fiktive Geschichte.
Ähnlichkeiten mit lebenden oder verstorbenen Personen sind rein zufällig und nicht beabsichtigt.

http://emilybold.de

Herstellung und Verlag: BoD - Books on Demand, Norderstedt
ISBN 13: 9783743134393

Emily Bold

Ein Job für Mrs. Grey

Kapitel 1

Kennt Ihr das?

Sich in einer Situation wiederzufinden und sich dann zu fragen, wie um alles in der Welt man da gelandet ist?

So ging es mir gerade.

Ich lag, an Händen und Füßen gefesselt, auf Gideons Bett und blinzelte benommen gegen die Trägheit an, die meine Glieder befallen hatte. Eine Gänsehaut überzog meinen Körper, als Marc mit hochrotem Kopf die Tür aufbrach.

Kapitel 2

Ich reckte den Hals und spähte unauffällig über den Monitor hinüber zur Tür meines Chefs. Dort stand Harald Hittinger in vollkommen selbstgefälliger Pose und schwadronierte über den erfolgreichen Verlauf der Fusion der beiden Kanzleien. Auf seiner Halbglatze glänzte der Schweiß, und sein Hemd wies nicht nur unter den Achseln dunkle Flecken auf. Er fummelte an seiner Gürtelschnalle herum und hob dabei seinen Schmerbauch an. Schnell ging ich wieder hinter meinen Computer in Deckung und schluckte die Übelkeit hinunter, die mir in der Kehle aufstieg.

Es war nicht auszuhalten! Ich lebte in ständiger Angst! Jeden Tag, sobald ich die Kanzlei betrat, verfolgte mich dieses beklemmende Gefühl. Die Angst vor Fotzen-Harald! Ich hatte Angst, ihm im Pausenraum versehentlich über den Weg zu laufen, fürchtete, mit ihm gemeinsam im Fahrstuhl eingeschlossen zu werden, und bekam eine Gänsehaut bei der bloßen Vorstellung, dass er darauf kommen könnte, dass er und ich ... mit dem Pfannenwender am Telefon ...

Ich schob meinen Bürostuhl zurück und rannte zur Toilette. Der kalte Schweiß stand mir auf der Stirn, und ich rieb mir die zitternden Finger.

So eine Scheiße! Ich erkannte mich selbst kaum wieder! Von der selbstbewussten Tanz- und Sexgöttin, die kühn und mutig ihr Leben bestimmte, war nicht mehr viel übrig, als ich mich verzweifelt an der Klotür zu Boden gleiten ließ. Ich war echt im Arsch! So konnte das nicht weitergehen!

Ich wusste genau, dass ich es nicht überleben würde, sollte Harald (oder Herr Hittinger, wie ich den Viagra-Telefonisten jetzt ja nennen musste) mich erkennen. Ich würde vermutlich versuchen, mich mit einer Büroklammerkette an meiner Schreibtischlampe zu erhängen. Rein vorsorglich hatte ich die Büroklammern in der letzten Mittagspause schon aneinandergereiht, denn wenn der Fall der Fälle wirklich eintreten sollte, wollte ich mit dieser fiesen Fummelei keine Zeit verlieren!

Mein fassungsloser Blick blieb an der feuchten Stelle am Boden hängen, neben der ich saß, und sofort sprang der paranoide Part meines Gehirns an. Obwohl ich es nicht wollte, analysierte es augenblicklich die Beschaffenheit des Siffs. Farbe, Geruch ... und vor allem der Ort, an dem sich der Fleck befand, ließen im Kopf eines logisch denkenden Wesens (und ja, dazu zählte ich mich gelegentlich) nur ein Ergebnis zu: Pipi! Ich saß direkt neben einer Pipi-Pfütze.

Und, als wäre das noch nicht genug, spürte ich jetzt, wie Feuchtigkeit in den Stoff meines Rocks eindrang.

Grandios! Ich hatte Fremd-Pipi an mir!

Angeekelt rappelte ich mich hoch und versuchte dabei, mich selbst genauso wenig zu berühren wie die

Kloschüssel. Mit spitzen Fingern, die Nase gerümpft, tupfte ich meine Kehrseite mit Klopapier ab, bis die Rolle leer war.

Es war Zeit, früher Feierabend zu machen, denn meine Arbeitsmoral hatte ich soeben mit dem Papier im Klo hinuntergespült. Zum Glück war Freitag!

„Ich brauche einen neuen Job!", erklärte ich Marc, kaum dass ich zur Tür reinkam.

Er lag mit Pussy auf der Couch und kämpfte auf seiner Konsole gegen Zombies.

Da ich wusste, wie hinterhältig diese gruseligen Gesellen waren, wartete ich, bis er auch dem letzten sich in dieser Spielsequenz befindlichen Halbtoten den Kopf abgerissen und zertreten hatte, ehe ich weitersprach.

„Warte – ich hab's gleich." Marc schoss noch schnell einem tollwütigen Hund in den Schädel, der wie eine skelettartige Ratte hinter einer Mülltonne hervorkam –, dann drückte er die Pause-Taste.

Mit einem mitleidigen Blick auf den Hund, der mit seinem explodierenden, Hirnmasse verspritzenden Kopf so aussah, wie ich mich fühlte, schlurfte ich ins Bad.

Marc nahm Pussy auf den Arm und folgte mir.

„Also, noch mal von vorne. Was ist passiert?" Er lehnte in der Tür und beobachtete, wie ich meinen

Rock und meine Strumpfhose auszog.

„Ich muss kündigen!"

„Warum?"

Marc legte den Kopf schief und musterte mich genießerisch. Nebenbei kraulte er Pussy. Hörte er mir überhaupt zu?

Ganz automatisch zog ich den Bauch ein, ehe ich mich wieder zu ihm umdrehte.

„Ich hab dir doch erzählt …" Scheiße, war das peinlich! „… dass mein Boss sich einen Partner gesucht hat."

Marc wirkte tatsächlich abgelenkt. Sein Blick ruhte auf mir, und das Funkeln in seinen Augen verriet seine Gedanken.

„Marc? Hörst du, was ich sage?"

„Hmmm, sicher …" Er setzte die Katze ins Waschbecken und kam näher. „Du hast irgendwas von der Arbeit gesagt. Ich bin ganz Ohr", murmelte er und ließ seine Hände über meine Hüften gleiten. „Sprich weiter, Annalein. Lass dich von mir …" Er schob mein Shirt hoch, und seine Fingerspitzen strichen über die Wölbung meiner Brüste. „… nicht ablenken."

Nicht ablenken? Der war gut! Ich wusste schon nicht mehr, was ich hatte sagen wollen.

„Ja, also …" Er streifte mir das Shirt über den Kopf und öffnete meinen BH. Das brachte mich leicht aus dem Konzept. „Marc, ich …"

Mit einem Ruck zog er den Gürtel meines an der Tür hängenden Bademantels aus den Laschen und umwickelte damit meine Handgelenke.

„Ich glaube, wenn ich mir das recht überlege, Annalein …" Er hob seine Spottbraue und grinste schief. „… dann interessiert mich deine Geschichte aus der Arbeit im Moment doch nicht so wirklich."

Ach nein? Das war mir inzwischen auch schon aufgefallen. Ein köstliches Prickeln durchlief meinen Körper, als Marc meine gefesselten Hände anhob und an die Duschvorhangstange band.

„Was wird das?", fragte ich atemlos und mit wachsender Erregung. Obwohl Marc dank meines genialen Sextoyweihnachtsgeschenks so langsam seine dominante Ader entdeckte, hatte ich nach dem Jahreswechsel mein durch sexuelle Aktivität angestrebtes Wunschgewicht doch noch nicht wieder erreicht. Wir mussten uns da einfach noch etwas mehr ins Zeug legen!

Vielleicht sollte ich noch mal diese Frauenzeitschrift raussuchen, in der die Tabelle mit dem Kalorienverbrauch der einzelnen Stellungen beim Sex abgedruckt gewesen war. Die Missionarsstellung hatte da ganz schlecht abgeschnitten, weil die Frau dabei recht wenig zu tun hat – aber ob *an die Duschvorhangstange gebunden* überhaupt aufgeführt war? Ich konnte mich jetzt nicht direkt daran erinnern.

„Tja, Annalein, ich lag hier heute den ganzen Tag, einsam, nur mit so einer haarigen Pussy …" Ganz langsam streifte er mir den Slip ab, ohne den intensiven Blick in meine Augen zu unterbrechen. „… und hab an dich gedacht. Und daran, was ich gerne mit dir anstellen würde …"

„Hast du das?", fragte ich gespielt unschuldig und drängte mich an seine liebkosenden Hände.

„Ja, das hab ich. Und ich finde, ich sollte dir zeigen, was ich mir da so überlegt habe. Was meinst du, Misses Grey?"

Er gab mir einen Klaps auf den Po, ehe er seine Jeans öffnete.

Ich jubilierte! Wer hätte gedacht, dass dieser Tag nach dem Fremdpipi-Vorfall noch so gut werden könnte!

Nachdem sowohl die Duschstange als auch der Missionar versucht hatten, mich meinem Wunschgewicht näher zu bringen, lagen Marc und ich etliches später zusammengekuschelt auf dem Sofa und schauten der Bachelorette dabei zu, wie sie gleich eine ganze Gruppe von Schönlingen auf einmal datete. Dabei fragte ich mich, wie es so weit hatte kommen können, dass ich schon wieder einen roten Abdruck auf meinem Allerwertesten hatte. Schmunzelnd, als könnte er meine Gedanken lesen, ließ Marc seine Hand auf die pochende Stelle unter meinem Bademantel wandern und streichelte mich vorsichtig.

„Hab ich dir wehgetan?", fragte er beinahe reuig, auch wenn ich wusste, wie sehr er seine Rolle an diesem Nachmittag genossen hatte.

Ich beschwichtigte ihn mit einem langen Kuss und

einem Lächeln.

„Was wolltest du eigentlich vorhin erzählen? Warum brauchst du einen neuen Job?", fragte er nach einer Weile und sah mich ernst an.

Oh nein! Da war sie wieder! Die grausame Realität! Dabei hatten wir uns in den letzten Stunden so schön in eine Halbwelt aus Sex und Fantasien aus meiner Lieblingsromanreihe geflüchtet. Meine Probleme bei der Arbeit hatte ich dabei total vergessen.

Schnaubend raffte ich meinen Bademantel zusammen und setzte mich auf.

„Ich brauche einen neuen Job, denn ... denn dieser Typ, der mit dem Pfannenwender, du weißt schon ..."

„Oh nein!" Marc grinste. „Sag jetzt nicht, der ist ein neuer Mandant!"

Ich schüttelte den Kopf und konnte mir ein hysterisches Kichern nicht verkneifen.

„Nein, viel schlimmer! Er ... ist mein neuer Boss!"

Marc lachte laut.

„Das ist doch praktisch, Annalein! Dann hast du dich ja quasi schon ... hochgeschlafen! Ich würde da am Montag gleich mal eine Gehaltserhöhung beantragen!"

Kapitel 3

Der Plan war also gefasst! Ich würde – entgegen Marcs dämlichem Vorschlag – einen großen Bogen um die Telefonsex-bezogene Gehaltserhöhung machen und mir stattdessen einen neuen Job suchen.

Jawoll!

Und warum sollte das auch ein Problem sein? Ich war schließlich qualifiziert. Ich war doch halbwegs gut in meinem Beruf. Tippen, Abheften und Telefonate annehmen – das machte ich doch mit links … na gut, manchmal verzweifelte ich, wenn der Kopierer mal wieder einen Papierstau hatte, aber das war im Grunde schon meine einzige Schwäche. Ich war also eine topqualifizierte Angestellte. Ich könnte überall arbeiten.

Allerdings gab die Seite mit den Stellenangeboten im Wochenendblatt nicht viel her.

Entscheiden Sie sich für eine Ausbildung in ihrem Fleischerei-Fachbetrieb. Wir stellen ein: Auszubildende im Beruf des Metzgers und zur Fleischereifachverkäuferin

Hmmm … an so was hatte ich jetzt nicht gedacht, obwohl ich Lebensmitteln im Grunde schon zugeneigt war. Oh ja! Ich sollte mir einen Job in einer Schokoladenfabrik suchen! Seite an Seite mit Johnny Depp – das wär was … obwohl ich dann wohl wieder etwas von der Arbeit abgelenkt sein könnte.

Na, wie auch immer … Ich hatte zwar das rote Kleid von Maries Hochzeit zu Hackfleisch verarbeitet, aber einer Kuh das Fell abzuziehen, um Würstchen zu machen, war schon etwas anderes.

Ich suchte weiter.

Haushaltshilfe für Privat gesucht: Für mein Loft in München suche ich attraktive Putzhilfe, die gerne zeigt, was sie hat.

Was sollte ich mir denn darunter vorstellen? Das war doch ganz klar ein Perverser! Und das in so einer seriösen Tageszeitung und noch dazu um diese Uhrzeit!

Ich sah direkt vor mir, wie ich nackt bis auf ein neckisches Schürzchen auf allen vieren den Boden schrubbte, während der Hausherr … nun, eben auch an etwas herumpolierte.

Nein danke! Das war auch nicht besser, als sich vor Harald zu erniedrigen.

Gab es denn in ganz München keine vernünftige Stelle für mich?

Hier wurden Kfz-Mechatroniker gesucht und dort Zeitungsausträger. Ich blätterte frustriert um.

Na also, das sah doch schon besser aus:

Wir brauchen Unterstützung in unserem Team: Sind sie flexibel, teamorientiert und können selbstständig arbeiten?

Dann bewerben Sie sich: Kanzlei Klett & Partner

PERFEKT! Klett & Partner – da lag meine Zukunft. Weit weg von Fotzen-Harald …

Ich kringelte die Anzeige mit dem Neonmarker ein

und warf die Zeitung auf den Couchtisch. Das war doch ein sehr erfolgreicher Vormittag! Ich suchte gerade erst seit wenigen Stunden einen Job und war schon so gut wie eingestellt!

Wenn ich mir jetzt noch Marcs Laptop leihen konnte, um meinen beeindruckenden Lebenslauf zu Papier zu bringen, war die Sache geritzt.

Ich war sehr stolz auf mich. Immerhin war es mir gelungen, ein Vorstellungsgespräch in dieser Kanzlei zu ergattern. Darum – und, um mich etwas zu beruhigen – hatte ich eine Packung Schokodrops neben mir auf dem Beifahrersitz liegen, von denen ich schon einen Großteil verdrückt hatte. Trotzdem zitterten mir vor Aufregung die Hände. Was sollte schon schiefgehen? Es war ja nur ein Vorstellungsgespräch. Und ich war gut vorbereitet. Ich hatte einen kurzen Rock an und eine Bluse, die meinen Busen betonte. Mein zukünftiger Chef würde also nichts zu meckern haben. Ich hoffte nur, dass die Büroflure nicht so ellenlang waren, denn, obwohl ich seit dem Tanztraining mit Robbie Williams … äh, Flo, auf hohen Hacken etwas sicherer war, rebellierten meine Füße noch immer gegen Absätze jenseits der vier Zentimeter.

Ich schielte auf meine schwarzen High Heels, die auf der Rückbank auf ihren Einsatz warteten. Zum

Fahren waren die wirklich nicht geeignet, darum trug ich gerade meine wenig zum Outfit passenden, ausgelatschten Turnschuhe. Aber ich hatte ja nicht vor, mich so irgendwo sehen zu lassen. Ehe ich im Parkhaus aus dem Auto steigen würde, würde ich die Treter gegen die „Gib-mir-den-verdammten-Job-Pumps" tauschen und dann mit dem Fahrstuhl in den fünften Stock fahren.

Ha! Ich war wirklich gerissen! Wobei ich mich natürlich insgeheim fragte, ob nicht jede dieser Stöckelschuh-Tussis in Wahrheit eine Flachlatschen-Fetischistin war, die, ganz ähnlich wie ein Alkoholiker, ihre Birkenstockschlappen überall versteckte. Und immer, wenn sie sich unbeobachtet fühlte, jagte sie die hohen Absätze zum Teufel und genoss den Rausch der Bodennähe …

Das Hupen eines vorbeifahrenden Lasters riss mich aus meinen Gedanken.

Huch – ich fuhr ja nur sechzig! Das fühlte sich zwar in meiner alten Rostlaube wie dreihundert an, aber für die A9 war es wohl etwas zu langsam. Ich drückte aufs Gas und beobachtete, wie die Tachonadel auf immerhin achtzig Sachen kletterte. Damit konnte ich mich wohl getrost im Tross der Lastwagen einreihen, ohne noch weitere Fernfahrer wegen Verkehrsbehinderung gegen mich aufzubringen.

„Shit!", murmelte ich und kniff die Knie zusammen. Das Hupen hatte mich so erschreckt, dass meine leicht nervöse Blase sofort Alarm meldete. Das war ja so typisch! Meine Blase war ein verwöhntes kleines

Sensibelchen mit Geltungsdrang! Und genau dieser Drang machte mich jetzt so hibbelig. Dabei waren es nur noch zwanzig Minuten bis zur Kanzlei.

„Reiß dich jetzt zusammen!", ermahnte ich meinen Unterleib und konzentrierte mich darauf, den Anschluss an die Stoßstange des Lasters vor mir nicht zu verlieren. Ich musste echt mal wieder öfter Auto fahren! Diese Kurverei auf der Autobahn war wirklich nichts für mich. Und genau genommen war das auch der Nachteil an dem neuen Job. Ich brauchte ein Auto, um jeden Tag diese Strecke zurückzulegen. Und mein Auto brauchte eine Reparatur. Und dafür brauchte ich Geld. Und um an das Geld zu kommen, brauchte ich den neuen Job. Das war ein verdammter Teufelskreis, und ich sah keine Möglichkeit, diesen zu durchbrechen.

Also half nur „Augen zu und durch" – oder in meinem Fall: rauf auf die Autobahn und schön hinter den Lkws her – nur nicht zu weit vom Pannenstreifen entfernen und bloß nicht zu schnell werden, um im Notfall einen Hechtsprung aus dem brennenden, explodierenden und auseinanderbrechenden Fahrzeug machen zu können.

All diese Gedanken führten dazu, dass mein Blasenproblem langsam drängend wurde, und so blieb mir nichts anderes übrig, als den nächsten Autobahnparkplatz anzusteuern.

„Na klasse!", entfuhr es mir, als ich den Bauzaun bemerkte, der um das WC-Häuschen herum aufgestellt war. „Und jetzt?"

Die Frage ging an meine Blase, die gleich noch eine Spur drängender gegen die Außerbetriebnahme der Toilette demonstrierte. Zum Glück – oder doch eher zu meinem Pech – hatten die Bauarbeiter zwei mobile Toilettenhäuschen aufgestellt.

Es gab nur wenige Grundsätze in meinem Leben, aber einer davon war: Niemals in einem Dixi-Klo pinkeln!

Der Grundsatz entsprang meiner Panik, jemand könnte versehentlich so eine Toilette umstoßen, während ich mich darin befand – etwas, das ganz sicher ständig passierte! Dixi-Klos schienen speziell für diese Art von Katastrophe gebaut!

Die Klohütte würde dann im schlechtesten Fall auf der Tür landen, und während ich vergeblich versuchen würde, mich zu befreien, würde die Toilettenflüssigkeit meine Glieder wegätzen.

Das stellte ich mir nun nicht gerade so toll vor.

Deshalb fuhr ich zögernd in eine Parklücke und suchte die Büsche ab. Aber auch das war übel. Ein vollbärtiger Fernfahrer kam gerade mit einer Rolle Klopapier unterm Arm hinter dem Stamm einer Eiche hervor. Ein Fetzen davon klebte ihm am Schuh, und er nestelte gedankenverloren an seinem Hosenstall herum. Als er den Kopf hob, trafen sich unsere Blicke. Er zwinkerte.

Schnell drückte ich den Knopf an meiner Fahrertür herunter.

Shit! Die ISS für einen Spaziergang im All zu verlassen, war vermutlich risikoloser, als hier auszusteigen, um in die Büsche zu pinkeln.

Wieder wanderte mein Blick zu den Dixis.

„So ein elender Mist!", fluchte ich und sah auf die Uhr. Mir lief die Zeit davon. Wenn ich nicht zu spät zum Vorstellungsgespräch kommen wollte, musste ich jetzt pinkeln und dann schleunigst weiterfahren!

Entschlossen entriegelte ich die Tür und stieg aus. Mein Look war schräg, das wusste ich selbst, aber ich suchte hier ja auch keinen Ehemann – auch wenn der *Papier-am-Schuh-Typ* mir interessiert nachblickte.

Der typische Chemietoilettengestank traf mich, noch ehe ich die windschiefe Tür überhaupt geöffnet hatte. Denn das war schon gar nicht so leicht.

Nur nichts berühren, lautete meine Devise. Mit der Schuhspitze versuchte ich, unter die Tür zu kommen, um sie aufzuziehen. Dann verpasste ich ihr einen Tritt und spähte zaghaft in den Innenraum, ehe die Tür wieder zuschlug. Schnell steckte ich noch mal meinen Fuß dazwischen.

Igitt! Papier am Boden, undefinierbare Flüssigkeit auf der Kunststoffklobrille und ein Gestank wie in einem Güllefass – überlagert von der süßlichen Schwere der Zersetzungsflüssigkeit. Es kostete mich größte Überwindung, da hineinzusteigen. Richtig schlimm wurde es aber erst, als die Tür hinter mir zufiel und ich allein mit einer dicken Schmeißfliege war. Wo die wohl schon überall gesessen hatte? Sie war ein fliegender Kontaminierungsprofi! Ich musste verhindern, dass dieser Brummer mich berührte! Mit spitzen Fingern verriegelte ich die Tür und kämpfte mit meinen Klamotten.

Bauchweghosen werden zum Feind, wenn man in der Enge eines Dixi-Klos versucht, seinen Po wiederzufinden. Aber als ich das endlich geschafft hatte und mit zitternden Knien (ja, ich sollte wieder etwas mehr Sport machen, dann wäre das alles nicht so schlimm) über dem Toilettenloch hing, war sich mein Urin plötzlich zu gut, um auf dem Haufen meines Vorgängers zu enden. Meine Blase machte eins auf schüchtern, und ich brachte nicht einen Tropfen heraus.

Warum???

Lag es an der stümperhaften Zeichnung eines erigierten Penis an der Tür? Oder der Telefonnummer, die geilen Oralsex versprach und die mit etwas auf die Spiegelfolie geschmiert war, das aussah wie Blut. Vielleicht lag es aber auch daran, dass dort, wo sich eigentlich die Klopapierrolle befinden sollte, nur ein gelbes Post-it klebte mit der Bemerkung: „Marco Reuss war hier." Was sollte mir das jetzt sagen?

Nicht, dass ich was gegen den Fußballer hatte, aber was zur Hölle sollte er mit dem Klopapier aus einem Dixi wollen? Den Bayern eins auswischen? Das würde ja nur was bringen, wenn Thomas Müller hier auch sein Geschäft würde erledigen wollen – und das bezweifelte ich doch stark.

Ich gab den Pinkelversuch also auf, zwängte mich zurück in die Strumpfhose und öffnete mit genauso spitzen Fingern und einem Fußtritt wieder die Tür. Schnell, ehe das Häuschen doch noch umstürzte, sprang ich ins Freie, nur, um mich dann einem Reisebus gegenüberzusehen, der bis zum Bersten mit dunkel gekleideten Arabern gefüllt war.

Ohne Vorurteile zu haben, kann ich sagen, dass allesamt aussahen wie der *Stock-zwei-Al Qaida* bei mir aus der Wohnung. Ob da ein Familienfest angesagt war? Und ob jeder von denen seinen eigenen Sprengstoffgürtel hatte – oder ob es da womöglich zu Streitereien kommen konnte?

Weiter hinten auf dem Parkplatz lungerten mehrere finster dreinblickende Kerle (vermutlich Osteuropäer) herum – sicher die skrupellosen Handlanger eines Menschenhändlerrings!

Ehe ich die Aufmerksamkeit dieser Kerle erregte, hastete ich zurück in mein Auto und war heilfroh, als ich mich unter dem Hupen des nachfolgenden Lastwagens wieder auf der Autobahn einreihte.

Juhu, ich war noch am Leben – und musste wirklich dringend pinkeln!

Kapitel 4

Das Universum hatte sich gegen mich verschworen! So kam es mir zumindest vor, als ich das „Außer Betrieb"-Schild an der Aufzugtür kleben sah. Das musste doch wohl ein Witz sein! Sollte ich etwa mit diesen Schuhen (ich hatte ja meine Autofahrtreter gegen die Mörderpumps getauscht) die Treppe bis in den fünften Stock nehmen?

Ich überlegte noch, ob ich irgendwie an einen Helikopter kommen könnte, der mich auf dem Dach absetzen würde, als zwei junge Frauen in schicken Businessoutfits und mit Bewerbungsmappen unter dem Arm durch die Metalltür ins Treppenhaus verschwanden.

Shit! Wenn diese beiden Barbies meine Konkurrentinnen waren, dann war mein Rock definitiv zu lang, mein Busen zu unscheinbar und meine goldene Lockenmähne nicht annähernd blond genug! Um gegen diese beiden nicht auch noch durch Unpünktlichkeit an Boden zu verlieren, folgte ich ihnen schnell die Treppe hinauf.

Na gut, schnell war ich nur bis zum ersten Stock. Danach versuchte ich, durch eine angemessene Geschwindigkeit übermäßiges Transpirieren und einen Kreislaufkollaps zu vermeiden. Trotzdem schnaufte ich wie eine Dampflok, als ich endlich in der Kanzlei ankam. Der Wartebereich war bis zum Bersten mit Heidis Topmodels gefüllt, die sich jeweils über ein Klemmbrett mit Fragebogen beugten. Alle Stühle waren besetzt.

„Bitte, das hier ausfüllen und zum Gespräch mitnehmen", erklärte mir eine grauhaarige Angestellte, die große Ähnlichkeit mit meiner ehemaligen Grundschullehrerin hatte. Sofort fühlte ich mich wie bei meinem ersten Referat, bei dem ich vor lauter Angst den Mund nicht aufbekommen hatte. So unauffällig wie möglich quetschte ich mich samt Klemmbrett in eine Ecke und suchte in meiner Handtasche nach einem Stift.

„Verdammt!", murmelte ich und sah mich Hilfe suchend um. Sicher würde mir hier irgendwer ...

„Vergiss es!", gab mir eine der Barbies zurück und raffte ihren Stift an sich. „Hier kommen nur die Besten weiter. Und die Besten ... sind vorbereitet!" Sie hob ihre Nase so, als wäre ich ein bemitleidenswertes Insekt, das noch von Glück reden konnte, wenn sie es zertreten würde.

Ein Blick in die Runde zeigte mir, dass auch die anderen Tussis in keinster Weise den Wunsch verspürten, eine weitere Anwärterin auf den offenbar wirklich sehr begehrten Job zu unterstützen.

Alle kritzelten eifrig ihre Bögen voll, also warf ich auch mal ein Auge auf die Fragen.

Das war ein Fehler, denn mir wurde klar, dass meine hervorragende Qualifikation für jede Art von Job mich ausgerechnet hier total im Stich ließ. Ich hatte keine Ahnung, was die überhaupt von mir wollten. Allen anderen Bewerberinnen schien das hingegen vollkommen klar. Eine kleine Brünette holte sich sogar gerade am Empfang ein weiteres Blatt für ihre Ausführungen.

Das war so frustrierend, dass meine Blase sich erneut meldete, um ihre Solidarität zu bekunden. Ich ließ das Klemmbrett sinken und sah mich um. Dort, am anderen Ende des voll gequetschten Flures, stand auf einer Tür „WC". Ich würde Stunden brauchen, um mich durch diesen Dschungel an Endlos-Beinen und kurzen Röcken zu schlagen, aber solange mir das Pipi bis zur Schädeldecke stand, konnte ich mich nicht auf den bescheuerten Fragebogen konzentrieren. Das stand fest.

Ich packte also die Ellenbogen aus und schob mich, immer wieder ein dezentes „Entschuldigung" murmelnd, Stück für Stück vorwärts.

„Pass doch auf!", maulte eine und hieb mir ihr Klemmbrett in die Rippen – was gar nicht so schlecht war, denn jetzt wusste ich immerhin, dass die Antwort auf die erste Frage „Rechtskostenbeihilfe" war. Vielleicht sollte ich es darauf anlegen und mich später beim Rückweg noch mal bei ihr vorbeiquetschen, um auch noch die Antwort auf Frage Nummer zwei herauszufinden …

Als ich endlich die Toilette erreicht hatte, pochten meine Füße in den hohen Schuhen, und ich war erleichtert, mich (nachdem ich die Klobrille mit

Toilettenpapier ausgelegt hatte) endlich setzen zu können. Vom langen Stehen war mir jeder Tropfen Blut in die Zehen gelaufen und hatte diese aufs Dreifache ihrer normalen Größe anschwellen lassen. Es sah aus, als würde eine Kartoffel durch meine Peeptoes wachsen wollen. Ich wackelte mit den Füßen, um den Blutfluss anzuregen, was auch meine Blase entspannte, und mein Körper endlich seinen Urinhaushalt regulierte. Das dauerte, und ich hatte genügend Zeit, den Fragebogen noch einmal eingehend zu studieren.

Die erste Frage war erledigt, und auch die nächste Frage war lösbar, aber dann …

Noch beim Händewaschen wartete ich darauf, dass mir ein Urteil des Oberlandesgerichts einfiel, welches das Sorgerecht von Vätern betraf. Das war doch absurd! Warum sollte ich so was auswendig wissen? Ich konnte schließlich Google bedienen!

Ich legte den Bogen neben das Waschbecken und strich mir die Haare zurecht, als aus einer weiteren Toilettenkabine ein Mann herauskam.

„Huch?", entfuhr es mir, und ich sah mich rasch um. War ich etwa im Männerklo gelandet? „Entschuldigung, ich dachte, das wäre das Frauenklo", verteidigte ich mich, aber der langhaarige Späthippie mit ausgefranster Jeans und blauem Levis-Shirt hob beschwichtigend die Hand.

„Kein Problem – das ist eine Unisex-Toilette", erklärte er, und seine Worte kamen so gedehnt wie eine Ballerina beim Spagat.

„Ach so … Unisex", murmelte ich, leicht abgelenkt von der rot gemusterten Bandana im Axel-Rose-Style, die ihm über die Stirn lief und unter seinen gut schulterlangen, leicht angegrauten Haaren verschwand. „Hatten die ja bei Ally Mc Beal auch", erinnerte ich mich und fragte mich sogleich, ob ein Typ wie der die Serie überhaupt kannte. Abgesehen davon, dass es absolut unwichtig war, welche Art von Toiletten diese TV-Sendung hatte. Manchmal wunderte ich mich echt, was in meinem Kopf los war.

„Zigarette?", fragte er unvermittelt und streckte mir eine blaue Schachtel entgegen, aus der er sich selbst eine nahm. Mit dem Filter zwischen den Lippen trat er an das winzige Fenster und öffnete es, ehe er sich die Fluppe ansteckte.

Ich riss erschrocken die Augen auf.

„Ich denke nicht, dass Rauchen hier erlaubt ist!", ermahnte ich ihn leise, damit mich niemand vor der Tür hörte.

„Sind Sie auch wegen der Stellenausschreibung hier?", fragte er, ohne meine Sorge zu teilen. Aber er hatte sich ja offenbar noch nicht von *Mister Januar* zum Thema Brandschutz belehren lassen müssen. Und es fehlte mir gerade noch, dass dieser Bob Marley für Anfänger jetzt den Feueralarm auslöste. Ich sah es direkt vor mir, wie ich, völlig durchnässt von der Sprinkleranlage, mein Bewerbungsgespräch führen musste. Das war schließlich ein seriöser Schuppen – und kein Wet-T-Shirt-Contest.

„Sie sollten echt die Kippe ausmachen – oder

wollen Sie Ihr Bewerbungsgespräch etwa mit Zigarettenatem führen?", fragte ich ihn besorgt, wobei ich mir beim besten Willen nicht vorstellen konnte, dass der Kerl überhaupt eine Chance hatte, sich gegen die Barbies durchzusetzen. Vielleicht hatten wir beide da sogar etwas gemeinsam.

Er nickte besonnen und drückte die Kippe am Fensterbrett aus, ehe er sie in den Toiletteneimer warf.

„Sie haben sicher recht", gab er zu und reichte mir mein Klemmbrett. Frustriert bemerkte ich, dass sich der Fragebogen an der Ecke mit Wasser vollgesaugt hatte und wirklich nicht mehr vorzeigbar aussah.

Der Hippie zwinkerte verschwörerisch. „Sind Sie immer so spießig? Sie sollten das nicht so eng nehmen. Ist doch nur ein Job", erklärte er leichthin und gab mir damit das Gefühl, eine versnobte Wichtigtuerin zu sein.

Ha! Ich und spießig! Der hatte ja keine Ahnung!

„Ich bin überhaupt nicht spießig!", rechtfertigte ich mich im Brustton der Überzeugung. „Und hätten Sie mir anstatt der Zigarette einen Joint angeboten, hätte ich sicher nicht Nein gesagt!", log ich, um cooler zu wirken. „Sie kennen mich ja nicht, aber ich ... ich bin eher ein *böses* Mädchen!"

So! Komm damit erst mal klar, du Späthippie! Glaubte der Kerl echt, er könnte mich hier schräg von der Seite anmachen? Aber dem hatte ich es gezeigt. Als ich mich mit wehendem Haar und dem Klemmbrett unterm Arm zur Tür umwandte, sah ich im Spiegel, wie er mir überrascht nachblickte. Ha! Ich war stolz auf mich. Vor der Tür drückte ich die Brust raus, griff mir vom Empfangstresen frech einen Kuli und wollte meine neu gewonnene Energie direkt in die Antworten auf dem Fragebogen fließen lassen, als der Hippie aus der Toilette und plötzliche Unruhe in die Weiber um mich herum kam.

„Herr Klett, guten Tag!", „Hallo, Herr Klett!" und „Wie schön, Sie zu sehen, Herr Klett!", drängten sie sich näher in seine Richtung und reckten ihm höflich die Hand entgegen. Er schüttelte diese artig und neigte den Kopf zum Gruß, aber als er aufsah, grinste er breit zu mir herüber.

Shit!

Das war also Herr Klett! Der Herr Klett, dessen Name auf dem goldenen Schild überm Eingang prangte. Der Herr Klett, der mich zum Vorstellungsgespräch geladen hatte – und der mich nun für eine Kifferin hielt. Für eine *böse* Kifferin!

Ich schloss die Augen und atmete tief ein. Jawoll! Da war er wieder, der Fluch, der mein ganzes Leben lang an mir haftete. Der Fluch der Fettnäpfchen!

Ich hatte die Scheiße doch echt gepachtet!

Als ich wieder aufsah, verschwand der Klett-Hippie mit einer der Jobanwärterinnen in seinem Büro. Ich hatte es verbockt! Mal wieder!

Ich wusste nicht, was schlimmer war: das Wissen, dass eher die Hölle zufrieren würde, als dass ich diesen Job bekäme – oder dass ich mich umsonst auf High Heels die tausend Stufen hinaufgequält hatte. Ganz abgesehen davon, dass ich auf dem Weg hierher auf der Autobahn mein Leben riskiert hatte, beinahe in einer Chemietoilette aufgelöst worden wäre und nur knapp einer osteuropäischen Schlepperbande entkommen war, die mich, ohne zu zögern, zur Prostitution gezwungen hätte!

Ich ließ das Klemmbrett sinken, und die karrieregeile Bohnenstange rechts neben mir grinste schadenfroh.

„Fick dich!", flüsterte ich frustriert und schlich rückwärts aus der Kanzlei.

Das war der Flop des Jahrhunderts!

Jetzt blieb mir kaum etwas anderes übrig, als spärlich bekleidet das Loft dieses Perversen zu putzen – oder mich auf Harald einzulassen!

Und obwohl ich schon immer gegen meine Pfunde gekämpft hatte, waren mir meine Schultern noch nie so schwer vorgekommen wie bei meinem jämmerlichen Abstieg im Treppenhaus – die Pumps in der einen und den kryptischen Fragebogen in der anderen Hand.

Als ich eine gefühlte Ewigkeit später endlich das Auto unter der Ulme parkte, war ich wirklich suizidgefährdet. Ich ärgerte mich, die Büroklammerkette nicht mit nach Hause genommen zu haben! Ich brauchte Schokodrops oder Kartoffelchips – im Idealfall beides, um meinen enormen Frust abzubauen. Also ging ich trotz kurzen Rocks und Autofahr-Sneakers gar nicht erst in die Wohnung, wo ich vermutlich in Selbstmitleid versunken wäre, sondern schwang mich auf mein Fahrrad und brauste zum Supermarkt.

Schoko-Noteinkauf.

Tatsächlich ging es mir gleich etwas besser, als ich mit dem Mund voll Gummibärchen und einer ganzen Ladung Schokodrops auf dem Gepäckträger das Rad wieder den Berg hinauf schob. Ich tat heute nicht mal so, als könnte ich den Berg fahrend bezwingen, denn in dem Rock, der mir die Luft nahm und der bei jeder Bewegung unweigerlich weiter nach oben rutschte, schien mir das ohnehin aussichtslos. Und noch eine Niederlage konnte ich heute echt nicht verkraften. Ich angelte mir noch einen roten Bären aus der Tüte, als ich hinter mir schnelle Schritte hörte.

„Hallo, Anna!"

Ich drehte mich um und würgte die Gummibären unzerkaut hinunter. Mir meines Outfits bewusst, fragte ich mich nur kurz, was mein Gegenüber wohl inzwischen von mir halten musste.

„Hi!", presste ich hustend hervor und blieb stehen, um auf Doktor Koch zu warten, der eilig zu mir aufschloss. Er sah (im Gegensatz zu mir) super aus in seiner weißen Leinenhose und dem marineblauen Polohemd. Fast, als käme er direkt von seiner Yacht. Ich war sogar versucht, vor ihm zu salutieren ...

„Wie schön, Sie zu treffen, Anna." Sein Blick glitt über meine Bluse, den engen kurzen Rock, bis hinunter zu den Turnschuhen. Er grinste. „Ich hatte eigentlich erwartet, Ihre Pussy schon viel früher wiederzusehen."

Wie immer, wenn er das Wort Pussy sagte, wurde mir ganz heiß. Er hatte da so eine ganz spezielle Betonung ... eine wirklich verführerische Betonung, die mich dazu brachte, mich zu fragen, warum zum Teufel ich ihm meine Pussy eigentlich nicht einfach mal zeigte?

Na gut, Marc hätte da sicher Einwände, aber zumindest stand Gideon Koch ganz oben auf der Liste der Männer, mit denen ich aus Rache sofort schlafen würde, sollte Marc es jemals wagen, mit mir Schluss zu machen.

„Nun? Was treibt Ihr Kätzchen so? Hat sich die Pfote gut erholt?", hakte Koch nach, da ich ihn immer noch nur mit offenem Mund anstarrte. LECHZ, dieser Kerl war echt lecker!

Um wegen ihm nicht zu sabbern, schob ich mir schlichtweg noch ein Gummibärchen in den Mund und bot ihm großzügig auch eines an.

„Och ...", gab ich kauend zurück. „Pussys Pfote ist wieder gut. War wohl doch nicht so schlimm, wie es zuerst aussah. Sie ist jedenfalls im Moment mein kleinstes Problem." Nur kurz fragte ich mich, warum ich mich so offen äußerte, wo ich den Tierarzt doch kaum kannte.

Zum Glück schien er sich darüber nicht zu wundern. Das lag vermutlich daran, dass er noch versuchte, sich einen Reim auf mein seltsames Outfit zu machen. Und es wäre ja echt blöd gewesen, hätte er mich für so ne Psychotante gehalten, die jedem, der es NICHT hören wollte, ihre Problemchen aufschwatzte. Aber so war ich ja nun wirklich nicht veranlagt.

„Was haben Sie denn für ein Problem?", fragte Koch, auch wenn ich annahm, dass es nur eine höfliche Floskel war. „Wenn ich irgendwie behilflich sein kann …?"

„Ach, nein, danke!", wehrte ich ab und lächelte ihn dankbar an. „Da können Sie leider auch nichts machen. Ich bin auf Jobsuche und hatte heute ein … nennen wir es … verkorkstes Vorstellungsgespräch." Er warf mir einen bedauernden Blick zu, den ich sofort zu entkräften versuchte. „Aber so schlimm ist das auch wieder nicht, ich hätte eh jeden Tag so weit fahren müssen …"

Hey, das stimmte sogar. Vielleicht musste ich mich doch nicht gleich umbringen, weil es mit der Kanzlei Klett nicht geklappt hatte. So wirklich toll wäre die tägliche Fahrt dorthin sowieso nicht gewesen. Und ein Anwalt, der Bandanas trug, passte eh nicht in mein Weltbild. Dumm war nur, dass ich nach meinem kläglichen Versuch, vor diesem Späthippie cool zu wirken, nun bestimmt ins Fadenkreuz verdeckter Drogenermittler rückte. Vermutlich hatte Klett längst Anzeige gegen die Kiffer-Bewerberin gestellt …

„Sie sind heute sehr abwesend, liebe Anna", stellte Koch fest und klang beinahe etwas enttäuscht. „Vielleicht könnte ich Sie ja aufmuntern, indem ich Ihnen einen Vorschlag mache? Denn, wie es der Zufall will, bin ich auf der Suche nach einer zuverlässigen und besonders vertrauenswürdigen Mitarbeiterin für meine Buchhaltung."

Was?

Ich blieb stehen. Das war doch wohl ein Scherz? Sollte mein Karma sich wirklich so schnell erholen?

„Wie bitte?", hakte ich ungläubig nach. „Bieten Sie mir gerade einen Job an?"

Koch lächelte und zuckte mit den Schultern. Er sah dabei wirklich unverschämt gut aus.

„Ja, mir ist so, als hätte ich das getan. Es scheint, als bräuchten Sie einen", erklärte er ganz beiläufig.

„Ach so ... na klar, Sie geben mir einen Job, weil ich einen brauche ... Wenn das so ist, bräuchte ich übrigens auch ein neues Auto", scherzte ich, denn das konnte unmöglich Kochs Ernst sein.

„Welche Farbe?", fragte er lachend, und ich riss überrascht die Augen auf.

„Was?"

„Das Auto – welche Farbe soll es haben?" Seine Augen funkelten amüsiert.

„Das ist ein Witz, oder? Sie schenken mir kein Auto, oder?"

Er lachte und nahm mir das Fahrrad ab. Gemächlich schob er weiter und warf mir nur über die Schulter einen Blick zu.

„Nein, das nicht, aber den Job können Sie haben. Vorausgesetzt, Sie haben schon mal an einem Computer gesessen. Meine letzte Mitarbeiterin ist von einem auf den anderen Tag spurlos verschwunden. Ich brauche dringend Ersatz."

Ich konnte es nicht fassen! Er meinte es wirklich ernst! Eilig schloss ich zu ihm auf und sah ihn aufmerksam an. Wenn diese Schnitte mein neuer Chef wäre, wäre mein Leben echt der Hammer! Ich hätte mit Marc einen supersexy Freund, der gerade seine dominante Ader entdeckte, und einen Chef, um den mich all diese Model-Weiber aus der Kanzlei beneiden würden.

„Haben Sie Interesse, Anna?", hakte er nach, weil ich ihm schon wieder keine Antwort gegeben hatte. Ich sollte mich echt zusammenreißen, ehe er mich noch vor meinem ersten Arbeitstag wieder feuern würde!

„Na sicher! Klar! Das ist wirklich toll, Doktor Koch. Ich weiß gar nicht, was ich sagen soll!", versicherte ich ihm strahlend.

„Gideon. Bitte, nennen Sie mich doch Gideon. Schließlich werden Sie bald alle meine Geheimnisse kennen."

Ich lachte über seinen Scherz, und der verführerische Klang seiner Stimme ließ meinen Uterus ihn als potentiellen Vater meiner Kinder in Betracht ziehen. Das war natürlich verrückt, denn ich liebte Marc!

Trotzdem malte ich mir insgeheim aus, wie die gemeinsamen Kinder von Gideon und mir wohl aussähen …

„Wann kann ich denn anfangen?", fragte ich und freute mich schon, Marc von den unerwarteten

Neuigkeiten zu berichten.

Koch überlegte. Er rieb sich den Vollbart, der seine herb-männlichen Gesichtszüge so hervorragend betonte.

„Wissen Sie, ich gebe am Wochenende eine kleine Party bei mir zu Hause. Kommen Sie doch auch, dann stoßen wir auf Ihren neuen Posten an und unterzeichnen in meinem Büro die Verträge. Wie klingt das?"

Wie das klang? Unwirklich! Aber es passte irgendwie ganz gut zu den Fantasien meines neuen, aufregenden und sexy Lebens. Ich würde also meinen Anstellungsvertrag mit Schampus in einer waschechten Villa unterzeichnen.

„Toll!", presste ich also heraus und überlegte fieberhaft, ob mein ausgeschlachtetes Bankkonto es zulassen würde, dass ich mir ein Paillettenkleid kaufte. Das schien mir doch dem Anlass angemessen.

Wir hatten die Kreuzung erreicht, an der Kochs blassgelbe Villa in der parkähnlichen Gartenanlage thronte. Ein dunkler Audi mit schwarz getönten Scheiben fuhr langsam an uns vorbei und rollte weiter oben am Hang in eine Parklücke. Ich überlegte kurz, ob ich mir dank des neuen Jobs vielleicht auch bald ein neues Auto würde leisten können. Übers Geld hatten wir ja noch gar nicht gesprochen, aber ich brachte es nicht fertig, so ein nüchternes Thema jetzt anzusprechen. Sicher würden wir das auf der Party klären. Wichtig war jetzt nur, dass ich mich nicht wegen Harald mit der Büroklammerkette an der

Schreibtischlampe erhängen musste.

Koch reichte mir die Hand, und seine braunen Augen ruhten zufrieden auf meinem Gesicht. Sein Daumen streichelte meinen Handrücken.

„Prima, dann sehen wir uns am Samstagabend. Bis dann, Anna."

Er überquerte die Straße und tippte einen Zahlencode in den Toröffner seiner Einfahrt ein, ehe er mir noch einmal zuwinkte und hinter den hohen Mauern verschwand.

Kapitel 5

„Ich weiß ja nicht, Anna", überlegte Marc, setzte sich zu mir und Pussy auf die Couch und reichte mir ein Bier. „Typen, die einen auf der Straße anquatschen und einem nen Job versprechen, kommen mir ehrlich gesagt etwas suspekt vor."

Wie er das so sagte, klang es tatsächlich etwas merkwürdig, aber ich würde mir heute unter keinen Umständen von seinen Zweifeln meine gute Laune kaputtmachen lassen.

„Gideon ist wirklich nett", versicherte ich ihm deshalb.

„Gideon? Seid ihr etwa schon per Du? Na, das ging ja schnell!"

Hörte ich da Eifersucht?

„Unsinn! Er hat mich schon an Weihnachten gebeten, ihn beim Vornamen zu nennen – du weißt doch, als ich mit Pussy dort war."

Marc hob seine Spottbraue.

„Ach soooo! Na, dann ist ja alles in Ordnung! Wenn er dich also schon bei eurem ersten Treffen angemacht hat, dann muss ich mir ja *jetzt* keine Sorgen mehr machen", ätzte er.

Ich vermied es, ihm zu sagen, dass das an Weihnachten genau genommen schon unser zweites

Treffen gewesen war. Für solche Einzelheiten schien Marc gerade nicht sonderlich empfänglich. Er machte ein recht sauertöpfisches Gesicht.

Ich rückte näher an ihn heran und kuschelte mich an.

„Jetzt spinn doch nicht rum! Freu dich doch, dass ich nicht mehr zu Harald in die Kanzlei muss. Ich hätte echt gedacht, du freust dich, dass ich nicht mehr mit ihm zusammenarbeiten will – schließlich hatten wir ja mal was miteinander", versuchte ich, ihm meine Entscheidung anzupreisen.

Doch Marc lachte nur spöttisch.

„Ihr hattet nichts miteinander, Anna!", klärte er mich auf. „Du hast dich selbst mit dem Pfannenwender misshandelt, während dein Fotzen-Harald sich am Telefon einen runterge…"

„Idiot!", unterbrach ich ihn wütend. „Er ist nicht *mein* Harald! Und außerdem geht dich das überhaupt nichts an!"

„Stimmt, Annalein. Was damals war, geht mich nichts an. Aber was da mit dir und dem stinkreichen Tierarzt läuft, geht mich schon was an. Wir sind jetzt ein Paar – schon vergessen?" Er hob Pussy hoch und stapfte wütend in die Küche.

„Bist du etwa eifersüchtig, Marc?", fragte ich ungläubig und folgte ihm.

Er gab Futter in Pussys Napf und füllte frisches Wasser auf, ehe er sich wieder zu mir umdrehte.

„Ist das so abwegig?", fragte er diesmal weniger schroff. „Ich liebe dich, und bei all den Dummheiten, die du ständig so ausheckst, weiß ich doch nie, was du als Nächstes treibst."

Ich grinste. Das war ja zu süß! Ich fühlte mich wie Cinderella! Wer hätte gedacht, dass ausgerechnet der Weiberheld Marc mal an mir hängen würde?

„Das ist nicht lustig!", warnte er mich und kam näher.

„Ist es doch! Als diese Catness hier ständig um dich herumgeschwänzelt ist, da sollte ich doch auch Vertrauen in dich haben! Also vertrau du jetzt auch mal zur Abwechslung mir."

Marc schlang seine Arme um mich und zog mich kopfschüttelnd an sich.

„Oh, Annalein ... du hast ja keine Ahnung, was du da von mir verlangst! Wann immer ich dich einfach machen lasse, passiert etwas Schlimmes!"

„Wann ist denn jemals etwas *Schlimmes* passiert?"

Marc lachte so laut, dass Pussy scheppernd über ihren Napf floh und dabei in der ganzen Küche Pfotenabdrücke mit Futter hinterließ.

„Das fragst du jetzt nicht wirklich, Anna, oder?" Er hob mich hoch und trug mich zurück auf die Couch. „Erinnere dich doch bitte an mein Bein? Oder an meine Mega-Erektion zu Weihnachten!"

Jetzt musste auch ich lachen. Ja, Weihnachten ... war wirklich unvergesslich gewesen! Allerdings sah ich daran nichts „Schreckliches". Ganz im Gegenteil ...

Aber ehe meine Gedanken in diese Richtung drifteten, wollte ich doch erst noch Marcs Zustimmung für meinen neuen Job.

„Ich verspreche dir, Marc, wenn du in dieser Jobsache hinter mir stehst, dann …" Ich biss mir auf die Lippe und schielte zur Knopfleiste seiner Jeans. „… dann mach ich das alles wieder gut. Und ich werde weder dich noch mich in Schwierigkeiten bringen – versprochen!"

„Versprich besser nichts, das du nicht halten kannst", warnte er mich und deutete auf die Ledergerte mit den Federn. „Sonst muss ich dich wirklich mal bestrafen."

Ich kicherte und überlegte ernsthaft, was ich so auf die Schnelle mal anstellen könnte, um vielleicht das Glück zu haben, noch heute eine Bestrafung abzugreifen. Vielleicht … hmmm … vielleicht sollte ich Marc mal wieder mit Shampoo attackieren? Und damit seine Sehfähigkeit erneut aufs Spiel setzen? Lieber nicht. Oder … oder ihn zum Tanz auffordern …? Besser nicht.

Mist, immer wenn ich mal spontan eine blöde Idee brauchte, war keine zur Stelle!

Marc grinste verführerisch, reckte sich über den Tisch und griff nach der Gerte.

„Vielleicht …", überlegte er laut. „… vielleicht sollte ich dir zeigen, wovon ich spreche?" Er nahm die Gerte zwischen die Zähne und öffnete meine Hose.

Ich quiekte, als er mich in den Po zwickte, und wand mich, damit er mich schneller aus meinen vollkommen überbewerteten Klamotten befreite.

„Das solltest du unbedingt machen, Marc", ermutigte ich ihn und schob ihm die Jeans über die

Hüften. Meine Haut kribbelte vor Vorfreude, und auch Pussy verfolgte mit Jagdfieber in den Augen jede Bewegung der Federgerte.

Das beunruhigte mich. Da sie meinen Riesendildo regelrecht entmannt und die Schlüssel meiner Handschellen gefressen hatte, traute ich ihr in Bezug auf Sextoys so ziemlich alles zu. Vermutlich würde sie mehr Spaß in Christian Greys Spielzimmer haben als Marc und ich zusammen.

„Was ist? Du wirkst so angespannt?", bemerkte Marc und setzte sich auf.

„Unsinn?", versuchte ich, ihn zu beruhigen und ihn wieder auf mich zu ziehen.

Wäre ja noch schöner, wenn Pussy jetzt auch noch meinen Coitus interrupten würde!

„Es ist nur wegen Pussy. Sie ... sie sieht so aus, als würde sie sich gleich auf uns stürzen und mitmischen wollen", gab ich zu bedenken.

Marc lachte und stemmte sich von der Couch hoch. Seine Jeans stand offen und hing ihm tief auf den Hüften. Der Bund seiner Shorts spitzte heraus. Er sah so sexy aus. Ich musste mir auf die Lippe beißen, um mir zu beweisen, dass ich nicht träumte. Lässig strich er sich die halblangen Haare aus der Stirn und zwinkerte mir zu.

„Nicht, dass ich was gegen nen Dreier hätte, Annalein, aber wenn, dann sicher nicht mit so einer haarigen Pussy, die auch noch solche Krallen hat."

Er bückte sich und hob das Kätzchen hoch.

„Was hast du vor?", fragte ich, als er mit ihr in die

Küche verschwand. Er würde doch nicht den Topf …???

„Ich hab ihr doch neulich dieses Futterspielzeug gekauft. Damit kann sie sich doch stundenlang beschäftigen", erinnerte er mich daran, dass er fast so viel Geld in Spielzeug für die Katze investierte wie ich in Sexspielzeug. Aber gut, solange beides unserem Liebesleben zuträglich war, wollte ich mich nicht beschweren.

Marc schloss die Tür hinter sich und kam grinsend zu mir zurück. Er wackelte mit den Hüften, und die Jeans sank zu Boden.

„Und jetzt zu dir", raunte er und zückte die Gerte. „Sag mir noch mal, was dein Romanheld damit so alles anstellt. Ich bin sicher, ich kann das toppen."

Davon war ich überzeugt. Zitternd vor Erregung ahnte ich beinahe, wie welterschütternd der Orgasmus sein würde, den ich gleich haben würde. Ganz München würde beben, sodass sogar das Bier im Hofbräuhaus überschäumen und sich wie eine weiße Riesenwelle über die Stadt ergießen würde.

Am nächsten Tag stand ich im schwarzen Paillettenkleid in dem Abendmodenladen. Schwarz war an sich nicht meine Farbe – meine Haut war zu käsig, denn egal, wie lange ich mich in der Sonne aufhielt, ich wurde nur rot und niemals braun. So sah das Kleid an mir auch nicht halb so gut aus wie an der Kleiderpuppe im Schaufenster. Und selbst wenn ich das schreckliche Licht in der Kabine und den Spiegel (der ganz sicher einer dieser *Dick-mach-Zerrspiegel* von der Kirmes war) zu meinen und des Kleides Gunsten berücksichtigte, überzeugte mich das Ergebnis nicht sonderlich. Mit eingezogenem Bauch und angehaltenem Atem drehte ich mich dann noch vor dem Spiegel vor der Kabine und fragte mich, welche Perspektive die Schlimmste war. Der Faultier-Look von der Seite oder der Frontale-Presswurst-Bühnenlook à la Mariah Carrey?

Auch die Verkäuferin bemerkte meine Skepsis und kam geschäftstüchtig näher.

„Kann ich helfen?"

Uhhh – sie sollte mich bloß nicht anfassen!

Schnell wich ich einen Schritt zurück und verschränkte die Arme vor der Brust. Das war ja wohl ein Signal!

„Nein, äh, danke. Ich glaube, das passt mir doch nicht so gut", wehrte ich ab und trat den Rückzug in die Kabine an.

„Soll ich nachsehen, ob wir es eine Nummer größer auch noch dahaben?", schlug sie hilfsbereit vor, was mir zeigte, dass sie meinen Presswurst-Eindruck teilte.

„Wir haben es, soweit ich weiß, bis zweiundvierzig."

Ich wurde rot. „Das ist schon zweiundvierzig", gab ich kleinlaut zu und strich mir über den eingequetschten Bauch. Irgendwann in den nächsten Minuten würde ich zur Lebenserhaltung auch wieder mal Luft holen müssen und dann vermutlich wie eine Maschinengewehrsalve alle Pailletten absprengen. Die Verkäuferin sollte also besser in Deckung anstatt mir auf die Nerven gehen.

„Ach so!" Sie nickte verständnisvoll. „Wir haben auch einen Änderungsservice. Wenn Sie möchten, können wir die Naht etwas rauslassen."

Was? Die Naht rauslassen? War es schon so weit gekommen? War ich echt schon ein Fall für ausgelassene Nähte und Übergrößen? Der Schreck ließ mir die Knie zittern und den Schweiß ausbrechen. Es schien, als wollte mein Körper auf diese Aussage hin direkt einige Kalorien verbrennen, denn ich schnaufte, als wäre ich gerannt.

„Nein! Das ist nicht nötig!", presste ich heraus und floh in die Kabine. Mit zitternden Fingern zerrte ich am Reißverschluss herum, bis ich endlich aus dem Kleid kam. Und als der glänzende Stoff wie eine Pfütze um meine Füße floss, fasste ich einen Entschluss. Dies war nicht die Güllelache meines Schokodrops-Junkie-Daseins! Dies war meine Chance auf einen Neuanfang.

So ganz am Rande blinkte die Frage auf, wie viele Neuanfänge ich in diesem Leben eigentlich noch brauchte, aber den Gedanken verbot ich mir. Die Hindus fingen schließlich auch ständig wieder von vorne an – und wurden, so ihr Gott wollte, bei jeder Reinkarnation besser! Ich würde also in Zukunft irgendwelche goldenen Kühe verehren und mich mit jedem Tag schlanker reinkarnieren … Hieß das so?

Entschlossen raffte ich das Kleid an mich und stapfte zur Kasse. Ich würde da bis Samstag reinpassen – komme, was da wolle! Amen! Oder was sagte man im Hinduismus? Mensch, ich musste mich da wirklich mal schlaumachen!

Kapitel 6

Der Schweiß lief mir den Rücken hinab, und mein Herz hämmerte im schnellen Beat der Musik aus den Lautsprechern. Der Personaltrainer Rainer gab sich große Mühe, mich fertigzumachen. Mit seinem schwarzen Schweißband an der Stirn, dem verbissen-militärischen Blick und seiner Camouflage-Radlerhose sah er aus wie Rambo für Arme. Seine Muskeln glänzten wie Schweineschwarte, und er warf sich ständig selbstverliebte Blicke in der Wandverspiegelung zu.

„Noch drei! Noch zwei! Noch eins! Uuuund anderes Bein!", gab er an und verlagerte die masochistische Dehnübung auf seinen linken Oberschenkel.

Ich – und die anderen vier Mädels, die wir allesamt auf Kriegsfuß mit unserem BMI standen – kamen seinem Tempo kaum hinterher. Ich versuchte noch, mein rechtes, überstrapaziertes und vollkommen kraftloses Bein für die Übung gegen das linke auszutauschen, da zählte Rainer schon wieder irgend so einen Countdown runter, der wohl motivierend wirken sollte. Aber mich motivierte es nicht, wenn ich hörte, dass er vorhatte, mich diese verdammte Turnübung noch ganze neunzehn ... nein, achtzehn ... nein, immerhin nur noch siebzehn Mal wiederholen zu lassen.

„Los, Anna!", schrie er mich an. „Gib alles, Baby! Gib's mir, ja, gib's mir!"

Oh echt! Ich könnte kotzen!

„You're good! You look fine! I'll make you so sexy, Baby!"

Halt die Klappe!, wollte ich schreien, aber meiner Kehle entwich nur ein leises Japsen. Warum tat ich mir das an? Warum quälte ich mich so? Was hatte dieses bescheuerte Paillettenkleid an sich, dass ich mich dafür derart verausgabte? Und mich noch dazu von so einem *Protein-Shake-Rambo* anfeuern ließ?

Vermutlich setzte bei mir die mit Muskelaufbau verbundene Hirnschmelze schon ein!

Dem Herztod nahe, brachte ich diese Runde zu Ende und taumelte dann benommen wie nach zehn Bier in die Damenumkleide. Das Handtuch, das ich mir um die Schultern gelegt hatte, zog mich beinahe zu Boden, so kraftlos fühlte ich mich. Ich fummelte zittrig den kleinen Schlüssel ins Spindschloss, um an mein Duschgel zu gelangen, aber als ich die Blechtür endlich offen hatte, sank ich vor Schwäche gegen den Kleiderbügel mit meiner Jacke – und kam nicht mehr heraus.

Es fühlte sich an, als würde ich in meiner Jacke ertrinken. Mein Arm stemmte sich vergeblich gegen die Rückwand des Spindes, aber meine Muskeln hatten sich wohl aufgelöst, und so krachte ich schließlich auf meine Sporttasche.

Na, wie geil! Ich lag kopfüber in meiner

Wechselwäsche, und nur mein Hintern hing noch aus dem Schrank heraus.

Es gibt viele Arten, zu sterben, die ich als etwas unästhetisch empfinde. Zerschellen zum Beispiel. Das war mir etwas zu Blut-Innereien-und-Hirnmatschlastig. Oder von einem Raubtier gefressen und wieder ausgeschieden zu werden. Das war auch echt nix für die Hinterbliebenen. Aber ganz knapp danach auf der Liste der unansehnlichen Todesarten stand seit genau diesem Moment, im Fitnesscenter kopfüber in seinem muffigen Spind zu kollabieren, während mir der etwas zu kleine Sport-BH die Möpse durch die Rippen an der Wirbelsäule vorbei bis auf den Rücken presste und mir der Schweiß zwischen den Arschbacken die Sporthose wie ein Kondensstreifen durchfeuchtete.

Entschlossen, meinen Eltern diese Schlagzeile in der Tageszeitung zu ersparen, strampelte ich wild mit den Füßen, um meinen Kreislauf anzuregen. Ich durfte unter keinen Umständen das Bewusstsein verlieren! Dann nahm ich meine ganze verbliebene Kraft (was wirklich nicht viel sein konnte) zusammen und stieß mich aus dem Spind.

Ich tribbelte rückwärts, bis ich die Holzbank der Umkleide in meinen Kniekehlen spürte. Atemlos ließ ich mich nieder und schnappte wie ein Fisch auf dem Trockenen nach Luft.

Puh! Das war knapp gewesen!

Am Abend stand ich ungläubig auf der Waage im Badezimmer und starrte den roten Zeiger an. Das war doch wohl ein Witz! Ich hatte während der ganzen Woche härtester Schufterei ganze 400 Gramm – ZUGENOMMEN?!?

Wie war das möglich? Ich stieg von der Waage und entfernte meinen Nagellack von den Zehen. Es waren immerhin zwei Schichten! Dann stellte ich mich noch mal auf die Waage.

„Mist!" Das hatte auch nichts gebracht! Augenbrauen zupfen versprach dann wohl ebenfalls wenig Erfolg!

Frustriert schlüpfte ich in meinen Bademantel und schlich aus dem Bad. Marc war im Büro, und Pussy schlief auf dem Sofa. Ich wollte sie nicht wecken – sie brauchte ihren Schlaf, schließlich war sie noch ein Baby! Zumindest, wenn sie schlief. Dann passierte es sogar, dass ich beinahe so was wie Muttergefühle entwickelte. Die kleine Zungenspitze, die sich immer aus ihrem Maul schob, wenn sie schlief, das kleine Schwänzchen, das zuckend ihre lebhaften Träume begleitete ... einfach süß ...

Aber wenn sie wach war, sah die Sache schon anders aus. Sie hasste mich zwar nicht mehr, aber ganz dicht war Pussy dennoch nicht. Ich schob das auf die schlimmen Erfahrungen, die sie in der Kanalisation hatte machen müssen. Vermutlich ein Post-Kanaler-Schock. Jedenfalls suchte ihre Zerstörungswut ihresgleichen, und ich hatte immer noch Angst, dieser im Schlaf zu erliegen. Und nachdem ich heute dem

Tod ja schon einmal in letzter Sekunde von der Schippe gesprungen war, war von der Katze getötet zu werden das Letzte, worauf ich Lust hatte!

Jeder Muskel in meinem Körper sang vor Schmerzen eine Arie, als ich so leise wie möglich in mein Zimmer humpelte.

Mit bleischweren Gliedern presste ich mich in mein Bodyforming-Unterkleid, um zu sehen, ob auch nur der Hauch einer Chance bestand, morgen Abend so zur Party zu gehen. Ich kämpfte mit dem hautfarbenen Gewebe, und als ich den dichten Stoff vor dem Gesicht hatte, erinnerte ich mich an diesen Film: *Final Destination*! Was, wenn ich dem Tod zwar heute im Spind entkommen war, er mich aber jetzt mit der Shapewear doch noch holen würde? Zur Sicherheit holte ich tief Luft und überlegte fieberhaft, wo sich die nächste Schere befand, um mich im Notfall freischneiden zu können. Wobei eine Schere ja auch wieder dem Tod in die Hände spielen konnte …

Tatsächlich glich mein Versuch, dieses Unterkleid anzuziehen, einem Kampf auf Leben und Tod. Ich rang mit dem Stoff, versuchte, mich von dem Träger zu befreien, und wand mich, um Luft zu bekommen. Es war die reinste Folter.

Aber als das Teil schließlich saß, meine Kleidergröße von zweiundvierzig auf achtunddreißig und meine Körbchengröße von D auf ein pralles B minimierte, fühlte ich mich super. Das lag vermutlich am Sauerstoffmangel, denn auch meine Lunge hatte nun nur doch das Volumen einer Haselnuss, aber solange das nicht zulasten meines Teints ging, konnte ich wohl (zumindest kurze Zeit) damit leben. Erst wenn ich anfangen würde, blau anzulaufen, würde ich mir darum Sorgen machen.

Am Ende ließ sich das Paillettenkleid problemlos schließen, und als ich mich vor dem Spiegel drehte, erinnerte nur meine Kehrseite noch etwas an mein ehemals pummeliges Ich. Es war wirklich erstaunlich, wie es einem Synthetik-Mischgewebe gelang, ganze Identitäten zu verändern! Bestimmt waren die Masken, die Tom Cruise in *Mission Impossible* getragen hatte, um seine Identität zu verändern, ebenfalls aus Shapewear gefertigt worden ...

Vermutlich war sogar ganz Hollywood aus Bauchweghosen gemacht! Ich zögerte ... Ganz Hollywood? Nein, Gweneth Paltrow war ganz sicher nicht aus Synthetik! Sie war zu einhundert Prozent vegan, aus reinstem O_2, H_2O und garantiert zuckerfrei! Sie war das *Gallien* von Synthetik-Hollywood! Und wenn ich erst das Unterkleid wieder ausgezogen haben würde, könnte ich glatt als Obelix durchgehen!

Ich kämpfte mit dem Reißverschluss, der sich zwar problemlos hatte schließen lassen, jetzt aber nicht mehr aufgehen wollte.

„Scheiße!", fluchte ich und verrenkte mir fast den Rücken, bei dem Versuch, den Zipper zu fassen.

Kapitel 7

Aufgebrezelt wie Julia Roberts, die sich Richard Gere schnappen will, stöckelte ich die wenigen Meter von meiner Wohnung zu Kochs Villa. Marc hatte mich skeptisch beäugt, mir aber viel Spaß gewünscht. Vielleicht hätte ich ihn bitten sollen, mich zu begleiten, denn die vielen Sportwagen und Luxuskarren, welche den Gehweg entlang parkten, verunsicherten mich.

„Was hat Koch denn für stinkreiche Gäste?", fragte ich mich, darum bemüht, das Gleichgewicht in den Schuhen zu halten – oder vielleicht überhaupt erst mal zu finden!

Das doppelflügelige, schmiedeeiserne Tor stand weit offen, und der Weg zum Haus hin war hell beleuchtet. Klassische Musik drang bis auf die Straße.

„Das ist echt ein verdammter Opernball!", staunte ich, als ich durch die Eingangstür trat. Rechts von mir hatte sich ein ganzes Orchester aufgereiht und beschallte die piekfeinen Gäste. Attraktive Kellnerinnen gingen mit Schampusgläsern herum, ein einstudiertes Lächeln auf den Lippen.

„Reiß dich zusammen!", versuchte ich, mir die Panik nicht anmerken zu lassen. Aber mal echt? Ich träumte doch, oder?

„Anna!", kam mir Gideon Koch rettend entgegen

und führte meine Finger formvollendet zu einem Handkuss an seine Lippen. „Wie schön, dass Sie da sind."

Er führte mich durch die Halle, vorbei an Promis, deren Namen mir zwar nicht einfallen wollten, die ich aber ganz sicher schon in einem Wartezimmer in der *Gala* oder der *Freizeit Revue* gesehen hatte. Spielte diese Tussi da nicht in irgendeiner Vorabendserie mit? Und der da war doch schon mal im Dschungelcamp, oder?

Da Gideon mich unbeirrt weiterführte, blieb mir keine Zeit, dem nachzugehen, aber ich war mir doch ziemlich sicher, diesen einen Typen da mal gesehen zu haben, wie er Kakerlaken und Krokodilhoden gegessen hatte. Mensch, wie hieß der noch???

„Was für eine Party!", staunte ich, als Gideon mir einem Platz an der Bar anbot. Ein Barkeeper warf einen silbernen Mixbecher durch die Luft, ehe er den Drink in ein mit Eiswürfel gefülltes Glas goss.

„Sex on the Beach", erklärte er, als er mir den Longdrink reichte.

Skeptisch rührte ich den orangeroten Drink mit dem Strohhalm und lächelte den Tierarzt verlegen an.

Marc würde sicher nicht gut finden, wenn ich hier Sex haben würde – in welcher Form auch immer. Und konnte ich überhaupt nach so einem Drink noch meinen Namen unter den Arbeitsvertrag setzen?

Andererseits wäre es sehr unhöflich gewesen, nicht wenigstens mal daran zu nippen.

Der Alkohol lähmte beinahe meine Zunge, und selbst die Süße der Säfte in dem Cocktail täuschte nicht darüber hinweg, dass ich hier etwas wahrhaft Hochprozentiges zu mir nahm.

„Lecker!", presste ich trotzdem höflich hervor.

„Sie sehen heute fantastisch aus", schmeichelte Gideon, und sein Blick glitt nicht gerade scheu über meinen auf Kleidergröße achtunddreißig zusammengepferchten Luxusbody. Mir wurde heiß ...

Bloß nicht schwitzen!, ermahnte ich mich, denn ich fürchtete, dass der Überdruck in meinem Bodyforming-Unterkleid zusammen mit Schweiß als Gleitmittel dazu führen würde, dass ich wie eine Kanonenkugel aus dem schwarzen Minikleid katapultiert werden könnte. Das wäre dann ja wohl etwas peinlich. Doch wie sollte ich meine Drüsen kontrollieren, wenn mich dieses Prachtstück von einem Mann ansah, als wollte er mich hier und jetzt vernaschen?

Heilige Scheiße! Seit wann war ich denn begehrt? Und dann auch noch von solchen 1-a-Sahneschnitten?

„Ach", tat ich sein Kompliment ab. „Ich hab mir doch bloß schnell was übergezogen..."

Er musste ja nicht wissen, wie ich die ganze Woche geackert hatte – und mich die Shapewear beinahe erstickte, nur, um so auszusehen!

Gideon lachte, und es kribbelte dabei in meinem Magen, als hätte ich den Riesenvibrator verschluckt. Marc wäre nicht erfreut gewesen über meine primitivurzeitliche Reaktion auf die Annäherungsversuche dieses Homo sapiens. Wobei, wenn ich die Ausbeulung in seiner Hose richtig deutete, gehörte

Koch wohl eher zur Gattung Homo erectus! Entweder das, oder er hatte eine Pistole in seiner Hosentasche versteckt – was wohl etwas unwahrscheinlich war.

Auf jeden Fall brauchte ich einen großen Schluck von dem Sex-Drink, um meine Nerven zu beruhigen.

Ommm! Ich würde nicht schon wieder einen Arbeitsplatz durch sexuelles Fehlverhalten ruinieren! Ich würde mich zusammenreißen! Ommm!, ich würde sofort aufhören, die Männer in meiner Umgebung mit meiner immensen sexuellen Ausstrahlung zu … zu bestrahlen!

„Wollen …" Guter Gott, der Typ hatte echt einen Ständer! „… wollen wir … uns nicht dem Arbeitsvertrag zuwenden?", gab ich mich möglichst seriös, auch wenn mir sein eindeutiges Interesse durchaus schmeichelte.

„Warum diese Eile, meine Liebe? Der Abend ist noch jung!"

„Ja, ähhhh, schon, aber … aber ich fürchte, ich kann mich nicht so gut entspannen, ehe wir nicht … das Geschäftliche geregelt haben", erklärte ich unsicher, denn neben mir führte eine Frau mit weißem, toupiertem Haar ganz im Stil von Marie Antoinette, einen Babytiger an einer Leine durch die Gäste.

Hallo!?! Wo war ich denn hier gelandet?

Gideon grüßte die Tiger-Tussi gelassen, als hätte sie anstatt eines vom Aussterben bedrohten Tieres einen Pudel dabei.

„Was …? Was ist denn das?", stotterte ich

ungläubig.

„Ach, das", tat Gideon gelassen. „Das ist eine langjährige Freundin. Ein prächtiges Tier, nicht wahr?"

Wie bitte? Prächtiges Tier? Stand ich irgendwie auf der Leitung? War das ein Scherz?

Skeptisch beäugte ich meinen blutroten Drink. Was zum Teufel hatte man mir da hineingemischt, wenn ich schon wilde Tiere sah, wo doch ganz sicher keine sein konnten?

„Das … das ist ein Tiger!", rief ich trotzdem.

Gideon lachte und zog mich vom Barhocker.

„Keine Sorge, es ist noch ein ganz kleiner Tiger. Der ist harmlos!"

„Harmlos?", quietschte ich und stöckelte an Gideons Seite wieder durch die Partygäste. „Ich … verstehe nicht. Sie haben nicht zufällig noch den gesamten Circus Krone im Wohnzimmer sitzen, oder? Denn nur das würde erklären, warum ein Tiger …"

Gideon umfasste meinen Ellbogen fester. Das war einerseits gut, denn ich hatte Angst, in den Schuhen zu stolpern – andererseits wirkte diese Geste fast etwas bedrohlich.

Shit, warum hatte ich nicht auf Marc gehört? Vermutlich bestand mein neuer Job darin, zerhackt und dem Tiger zum Fraß vorgeworfen zu werden! Hätte Koch das doch gleich gesagt, dann hätte ich mir den ganzen Sport in der letzten Woche gespart und Tigerbaby hätte mehr zu knabbern gehabt! Wobei … zu meinem Ärger hatte ich ja trotz des Sports zugenommen, also … gut für den Tiger!

Herrgott! Als wäre das jetzt wichtig! Ich musste echt mal lernen, mich aufs Wesentliche zu konzentrieren!

Gideon führte mich aus der großen Halle, die Treppe hinauf. Ich erinnerte mich, an Weihnachten mit Pussy schon einmal dort oben gewesen zu sein. Am Kopf der Treppe stand ein alter Bekannter. Der kaukasisch anmutende Boris. Wie schon bei meinem letzten Besuch hier in der Villa stand er stramm in militärischer Haltung, und die Lichter des Kronleuchters spiegelten sich in seiner Glatze. Zu seinen Füßen saßen die beiden Dobermänner. Sie hoben ihre Nasen, als nähmen sie meine Witterung auf.

Vielleicht mochten Hunde ja Calvin-Klein-Düfte?

„Alles in Ordnung?", fragte Gideon den Russen, aber ich verstand dessen Antwort nicht. Wieder drängte sich mir das Gefühl auf, in einem Bond-Film gelandet zu sein. Nur diesmal schien Doktor Gideon Koch eher zu den Bösewichten als zu den Helden zu gehören. Dieser Boris war definitiv keiner von den Guten!

„Kommen Sie, Anna! Wenn Sie lieber erst den Papierkram erledigen wollen, dann machen wir das. Und danach …" Er strich mir sanft über den Arm, und seine Augen blitzen gefährlich. „… widmen wir uns angenehmeren Dingen."

Danach? Ich war mir nicht einmal mehr sicher, ob ich den Job überhaupt noch wollte, denn hier lief doch einiges gewaltig schief. Vermutlich war der Arbeitsvertrag gar kein Arbeitsvertrag, sondern eine

Verzichtserklärung für den Fall, dass mir beim An-den-Tiger-verfüttert-werden eine Schmerzensgeldklage in den Sinn kommen würde.

Und da ich den Gedanken an Tiger irgendwie nicht mehr loswurde, waren mir *angenehmere Dinge danach* gerade herzlich egal!

„Hier entlang", lotste mich Gideon weiter in sein Arbeitszimmer. Als er die Tür hinter uns schloss, dämpfte das die Musik, und die plötzliche Stille hatte etwas Unheimliches an sich.

„Was zum Henker ist denn hier eigentlich los?", entfuhr es mir, und ich stemmte die Hände in die Hüften. Das wirkte sicher etwas unsexy, aber ich wollte ja im Grunde nur den Job – nicht den Mann. Es war an der Zeit, das deutlich zu machen. „Was für eine Party ist das denn, wo Gäste ihre Tiger mitbringen?"

Wieder lachte Gideon und trat hinter den Schreibtisch.

„Ich bin Tierarzt, Anna. Dieser Tiger ist ein Filmtiger. Absolut harmlos. Er wird von klein auf an den Kontakt mit Menschen gewöhnt, um später in Filmen am Set entspannt und gelassen bleiben zu können. Es ist sehr wichtig, dass er auch Situationen wie diese kleine Feier einmal erlebt", erklärte Koch gelassen und strich sich über seinen gepflegten Vollbart.

„Ach so … ja, dann …"

Filmtiger? Hmmm … Wie er das so sagte, klang das ja irgendwie logisch, aber warum blieb dann so ein komisches Gefühl zurück? So eine Ahnung eines dunklen Geheimnisses? Die Härchen in meinem Nacken kribbelten. Warnten mich.

„Kommen Sie, Anna! Machen Sie nicht so ein skeptisches Gesicht. Ich dachte, Sie sind ein Mädchen, das … ungewöhnlichen Abenteuern nicht abgeneigt ist. Oder habe ich Sie falsch eingeschätzt? Die Handschellen, Ihre leichte Bekleidung am Abend vor Weihnachten. Ich hatte den Eindruck, wir würden uns gut verstehen."

Er hatte recht! Viel zu lange hatte ich ein langweiliges, biederes Leben geführt. Ich hatte mich doch so sehr nach einer Veränderung gesehnt! Mit Marc hatte ich einen Bereich meines Lebens schon ordentlich aufgemotzt, und tatsächlich war Gideon ein charmanter, hilfsbereiter, unheimlich gut aussehender Mann, der wusste, wie man eine Party feierte. Was regte ich mich also über einen Tiger auf? War ja nicht so, als hielte er sich Krokodile im Keller! Er hielt sich doch sicher keine im Keller, oder?

„Sie haben absolut recht, Gideon!", versicherte ich ihm und setzte mich in den Sessel vor seinen Schreibtisch. „Ich finde Abenteuer toll!"

Das Bild meiner Rostlaube, die immer noch auf ihre lebensrettende Reparatur wartete, drängte sich in mein Bewusstsein. Und schließlich hatte ich für dieses Kleid tief in die ohnehin leeren Taschen gegriffen. Ich musste also abenteuerlustig sein, denn ich brauchte diesen verdammten Job – vorausgesetzt, er würde auch bezahlt, denn darüber hatten wir noch gar nicht gesprochen.

„Das freut mich." Er nahm eine Mappe mit Unterlagen aus der Schublade. „Dann lassen Sie uns doch über Ihr Aufgabengebiet sprechen."

Genau! Raus mit der Sprache! Ich war wirklich gespannt!

Ich nickte höflich, auch wenn ich ihm die Mappe zu gerne aus den Händen gerissen hätte. Was sprang für mich raus, wenn ich mich in dieses *Abenteuer* stürzte?

„Ich brauche jemanden für meine Buchhaltung. Die Abrechnungen der Praxis müssen in die Buchhaltungssoftware eingetragen werden, die Belege abgeheftet und die Rechnungen an die Patienten getippt werden. Bekommen Sie das hin, Anna?"

Rechnungen tippen? Das sollte das große Abenteuer sein, von dem er sprach? Ich war zugegebenermaßen enttäuscht.

„Klar, das … sollte kein Problem sein", antwortete ich wenig begeistert. Ich hatte nicht gerade vorgehabt, einen noch langweiligeren Job als den in der Kanzlei anzunehmen. Ich hätte einfach mit dem Hippie im Kanzleiklo eine rauchen sollen, dann hätte ich den Job dort vielleicht bekommen!

Gideon schlug die Mappe mit dem Arbeitsvertrag auf und reichte sie mir.

„Dann sehen Sie sich das bitte einmal an – wenn Sie keine Einwände haben, dann …"

Er schob mir einen silbernen Füller zu.

Ich sah von dem Vertrag zu ihm und wieder zurück. Sollte ich das wirklich in Betracht zieh…

„Heilige Scheiße!" Ich blinzelte. „Ist das ein Witz?"

„Hatten Sie eine andere Gehaltsvorstellung?", hakte Gideon höflich nach, und ich hatte Mühe, mich auf dem Stuhl zu halten! Die Zahl in dem Vertrag übertraf meine kühnsten Erwartungen um ein Vielfaches!

„Ich ... nein, das ... das ist schon okay so", stotterte ich ungläubig. „Damit kann ich leben." Ich blätterte durch die restlichen Seiten des Vertrags und suchte den Haken an der Sache. Denn der musste ja irgendwo sein!

„Was bedeutet diese Passage?", fragte ich und hielt meinem neuen, großzügigen Boss den Vertrag hin. „Was heißt, dass ich mich verpflichte, mich innerhalb dieses Anwesens nicht in Räumlichkeiten zu begebe, die mit meinem Aufgabenfeld nichts zu tun haben?"

Gideon lehnte sich lässig zurück. „Ach, das ... Sehen Sie, ich wohne hier, würde Ihnen aber mein Arbeitszimmer zur Verfügung stellen. Da ich ansonsten aber meine Privatsphäre nicht aufgeben möchte – dieser kleine, unbedeutende Passus."

Klang logisch!

„Ach so. Ja, das macht Sinn." Mit wild klopfendem Herzen überflog ich den restlichen Text. „Schweigepflicht, Vertraulichkeitserklärung ...", las ich leise mit.

„Das ist wegen der Patienten. Eine Standardformulierung", beruhigte mich Gideon.

Sicher, das war wirklich alles vollkommen normal. Ich kannte mich schließlich mit Vertragsdingen aus. Gideon wollte sich nur gründlich absichern.

Mit schwitzenden Händen griff ich nach dem Füller

und setzte meinen Namen unter den Vertrag.

Gideon sah zufrieden aus.

„Sehr gut. Dann sollten wir jetzt unbedingt auf unsere Zusammenarbeit anstoßen. Sie fangen dann zum frühestmöglichen Zeitpunkt bei mir an."

Ich grinste. Der Typ sah zwar hammermäßig aus, aber was eine Bürokraft in der Regel verdiente, wusste er nicht! Na, ich würde ihn darüber auch nicht aufklären!

Zufrieden folgte ich ihm wieder zurück auf die Party. Vom Tigerbaby fehlte jede Spur, und ich war zu glücklich, um mir darüber noch weiter Sorgen zu machen. Noch mal Sex on the Beach war mir jetzt herzlich willkommen. Ich setzte mich neben Gideon an die Bar und strich über mein Kleid. Dieses Paillettenkleid hatte mir echt Glück gebracht!

YAY!!!, ich würde in Kürze steinreich sein und mir ebenfalls einen Porsche zulegen!

Gideon war mein Richard Gere und ich die Exnutte, die es nun nicht mehr nötig hatte, für Fotzen-Harald anschaffen zu gehen!

Mein Leben war das reinste Märchen!

Kapitel 8

„Der ist garantiert ein Perverser!", schimpfte Marc, als ich ihm am nächsten Abend von meinem neuen Supergehalt erzählte. Und davon, dass ich in der Kanzlei gekündigt hatte. Zum Glück ließen die mich wegen der Personalneugestaltung nach der Fusion auch gleich aus dem Vertrag. Alles lief also super!

„Quatsch! Der hat nur keine Ahnung vom Stellenmarkt, wie mir scheint. Vermutlich hat er so viel Kohle, dass es ihm vollkommen wurscht ist, wie viel er mir bezahlt."

Marc hob seine Spottbraue.

„Ich sag dir mal was, Annalein: Jemand der Kohle hat, will immer nur noch mehr – nicht weniger! Die Reichen sind doch die Schlimmsten von allen! Das ist garantiert ein unmoralisches Angebot!" Er wedelte drohend mit der Gabel, ehe er sich das nächste Stück seines Schnitzels in den Mund schob.

Hm, meine Erfahrung mit stinkreichen Typen beschränkte sich auf den unsexuellen Christoph, der schon einen Kuss in der Öffentlichkeit ungehörig gefunden hatte. Aber so tickte Gideon nun wirklich nicht! Der Ständer in seiner Hose bewies ja wohl das Gegenteil – wie moralisch oder unmoralisch sein Angebot auch sein mochte, würde sich zeigen.

„Ist mir doch auch egal, Marc! Ich freu mich einfach über dieses Gehalt. Endlich kann ich das Auto in die Werkstatt bringen."

Marc wischte, immer noch skeptisch, mit dem letzten Happen den Teller sauber.

„Wenn dir dieser Typ auf die Pelle rückt, dann ..." Er steckte sich das Stück Fleisch in den Mund und kaute. „... dann bekommt er es mit mir zu tun!"

Wie cool! Marc würde für mich in den Kampf ziehen! Das war ein echt süßes Liebesbekenntnis.

Vielleicht tat dieser Job nicht nur meinem Geldbeutel gut, sondern auch meiner Beziehung. Ich hatte Marc noch nie so besitzergreifend erlebt. Das gefiel mir.

Ich verkniff mir ein Grinsen und räumte das Geschirr zusammen. Dann drehte ich mich wieder zu Marc um. Er sah gut aus, wie er da so lässig saß und seine Beine von sich streckte. Die Haare hingen ihm locker in die Stirn, und mich juckte es in den Fingern, sie ihm zurückzustreichen. Er war also eifersüchtig – na, vielleicht konnte ich das ja nutzen.

„Gideon kommt mir bestimmt nicht zu nahe", griff ich das Gespräch wieder auf. „Zugegeben, er sieht umwerfend aus, und darum hat er es auch nicht nötig, seine Sekretärin anzubaggern", versicherte ich Marc möglichst ernst. Schließlich wollte ich flachgelegt werden.

Es funktionierte. Marcs Spottbraue hob sich, und er kniff seine Lippen zu einem schmalen Strich zusammen. Langsam stand er auf und trat hinter mich.

„Er sieht also umwerfend aus? Bist du deshalb gestern Nacht erst so spät gekommen?", fragte er leise, und ein Schauer lief meinen Rücken hinab.

Ich zuckte mit den Schultern.

„Er ist schon ziemlich attraktiv. Und er hat heilende Hände – du weißt doch, dass er Tierarzt ist – das finden Frauen in der Regel ja ganz heiß." Ich verkniff mir mein Kichern. Marc schnaubte und umfasste meine Taille.

„Schluss jetzt! Ich finde, wir haben heute schon genug von deinem Doktor geredet, Annalein", murrte er und presste sein Becken an meinen Hintern. „Soll ich dir zeigen, was *ich* mit meinen Händen so anstellen kann?"

YES!! Ich war wirklich der Pferdeflüsterer … für Männer! Also der Männerflüsterer.

An meinem ersten Arbeitstag war ich etwas zu früh dran. Ich wollte ja nicht unpünktlich sein. Aber übereifrig wollte ich auch nicht wirken, deshalb stand ich mir auf dem Gehweg vor der Villa noch einige Minuten die Beine in den Bauch.

Der schwarze Audi, der schon neulich weiter oben an der Straße geparkt hatte, stand wieder da. Ein echt schöner Wagen, den ich mir dank meines Megagehalts bestimmt bald selbst würde leisten können. Im Wageninneren flammte ein Feuerzeug auf, und eine

Zigarette wurde angezündet. Aus dem Seitenfenster stieg grauer Dunst auf.

Ich warf einen Blick auf die Uhr. Gleich acht.

Ein blauer Transporter eines Solaranlageninstallateurs rollte langsam näher. Der Fahrer grüßte den Audi-Fahrer, woraufhin der den Motor startete und davonfuhr. Der Transporter fuhr in die frei gewordene Parklücke, und der Fahrer stellte den Motor ab.

Irgendwie fühlte ich mich plötzlich beobachtet. Da es aber ohnehin gleich acht war, strich ich mir noch einmal über den Mantel und drückte auf die Klingel.

Mit einem Surren wurde das Tor entriegelt, und ich trat hastig ein. Irgendwo bellten die Hunde, und ich beeilte mich, zum Haus zu kommen. Das Letzte, was ich brauchen konnte, waren Pfotenabdrücke auf meinem Rock und Zahnabdrücke an meinem Hintern.

Die Tür wurde geöffnet, aber nicht von Gideon, sondern von Boris. Der kahlköpfige Russe musterte mich schlecht gelaunt und murmelte unverständliches Zeug vor sich hin.

„Hi", versuchte ich, das russische Eis zu brechen, und sah mich unsicher um. Kein Anzeichen mehr, dass hier noch vor wenigen Tagen eine *animalische* Party gefeiert worden war. Alles war ordentlich und sauber. „Da hatte Gideon ja alle Hände voll mit Aufräumen zu tun", plapperte ich, um das eisige Schweigen zu brechen.

Half nichts. Boris starrte mich weiterhin wortlos an.

„Ich hatte professionelle Hilfe", antwortete

stattdessen Gideon, der am Kopf der Treppe stand. Ich hob den Blick und stolperte beinahe.

Scheiße! Er war nackt, bis auf ein Handtuch, das lässig um seine Hüften gewickelt war.

„Der Putztrupp hat zwei Tage gebraucht", erklärte er. Offenbar störte ihn seine Freizügigkeit nicht.

Boris deutete die Treppe hinauf, aber ich zögerte.

War Gideon Koch vielleicht ein Exhibitionist? Musste ich damit rechnen, gleich seinen Schwengel schwingen zu sehen? Und wäre das schockierend oder interessant?

Himmel, was stellte ich mir denn da für Fragen? Natürlich wäre es absolut unverzeihlich, wenn sich der gute Doktor so danebenbenehmen würde. Die Sache sähe nur dann anders aus, wenn die Offenbarung seiner Männlichkeit ein Versehen wäre. Dann ... ja, dann könnte das schon irgendwie spannend sein.

Ich stieg die Treppe hinauf. Obwohl Gideon mir die Hand reichte, blieb das Handtuch genau dort, wo es hingehörte. Auf die Schwerkraft war wirklich kein Verlass!

„Ich habe gedacht, ich zeige Ihnen heute alles, und ab morgen kommen Sie dann schon allein klar. Wenn nicht, rufen Sie mich einfach in der Praxis an."

Wassertropfen perlten auf seiner Brust und in seinem noch feuchten Haar. Er roch nach Aftershave, und mir wurde warm. Ich schielte auf sein Handtuch. Ob er mir wirklich *alles* zeigen wollte? Mir entging nicht, dass er da ein ganz ordentliches Paket unter dem Handtuch versteckt hatte. Der gute Doktor hatte wirklich was zu bieten.

„Sicher. Ich ... kann es kaum erwarten", keuchte ich, denn obwohl mein Herz Marc gehörte, erregte mich die Tatsache, neben meinem fast nackten Chef herzugehen.

Gideon sah mich amüsiert an. Hoffentlich ahnte er nicht, welche Gedanken mir durch den Kopf gingen!

Ich sah direkt vor mir, wie er und natürlich Marc (denn ohne Marc wäre es irgendwie beziehungsschädigend) nackt wie der Klippenspringer aus der Werbung zu mir ins karibische Gewässer tauchten. Beide schwammen mit kräftigen Zügen auf mich zu. Ich trieb in den Wellen, das willenlose Spielzeug ihrer Lust! Ihre Hände waren überall, strichen über meinen Körper, wie das Wasser selbst, und ihre Küsse brannten heißer auf meiner Haut als die sengende Sonne am strahlenden Himmel über uns.

Diese Wahnsinnsvorstellung lenkte mich so ab, dass ich beinahe die Hunde übersehen hätte, die uns nun im Gang entgegenkamen. Bis sie knurrend vor mir standen.

„Das sind ja niedliche Hundchen!", versuchte ich, mir meine Abneigung nicht so direkt anmerken zu lassen.

Gideon nickte. Das Handtuch hielt.

„Das sind Pinky und Brain. Sie werden sie mögen", versicherte er mir unsinnigerweise, denn ich würde diese schwarzen, zähnefletschenden Wadenbeißer ganz sicher *niemals* mögen. Dafür trugen sie einfach zu viele scharfe Zähne mit sich herum.

Wir erreichten das Arbeitszimmer, und Gideon sperrte die Tiere aus. Ich konnte also durchatmen.

„Bitte, setzen Sie sich, Anna." Er deutete auf den großen Schreibtischstuhl, auf dem er während der Party gesessen hatte. Ich tat, worum er mich bat, und fühlte mich sofort unwohl. In dem Riesensessel kam ich mir vor wie der Bösewicht in einigen Kinderzeichentrickserien. Fehlte nur noch, dass das Licht gedämpft wurde und ich eine dicke schwarze Katze mit Nietenhalsband kraulte.

Wobei mir die dicke schwarze Katze noch lieber gewesen wäre als die Hunde vor der Tür. Immerhin war ich Expertin im Umgang mit Problemkatzen! Aber einen Topf zu finden, in dem ich gleich zwei Dobermänner unterbringen konnte … das würde sich bestimmt als schwierig herausstellen.

„Und was soll ich jetzt tun?", fragte ich, da Gideon mich vergessen zu haben schien. Er schenkte sich ein Glas Scotch ein und sah aus dem Fenster. Um acht Uhr morgens! Also echt! Als gäbe es um diese Zeit da draußen schon was zu sehen.

Er trank aus und kam zu mir.

War das Handtuch gerade etwas verrutscht? Nervös beschwor ich die losen Enden, sich zu lockern, aber meine übersinnlichen Kräfte ließen mich im Stich.

Lässig beugte er sich über mich und schaltete den Rechner an.

„Zuerst anmachen", erklärte er, und sein Duft benebelte meine Sinne.

Also noch mehr anmachen sollte er mich besser

nicht.

„Und dann …" Er bückte sich nach etwas in der untersten Schreibtischschublade – und das Handtuch klaffte auf.

Ich hatte freie Sicht auf Gideons bestes Stück. Es war gigantisch. Beinahe so groß wie mein lila Riesenvibrator.

„Dann stecken wir den hier rein."

„Dafür ist er ja da", murmelte ich mit plötzlich trockenem Mund.

Gideon lachte, das Handtuch glitt zurück, und ich wurde mir bewusst, wo ich hingestarrt hatte.

„Richtig. Dafür ist er da. Nehmen Sie ihn ruhig in die Hand."

Was? Ich riss die Augen auf. Wurde ich hier gerade sexuell belästigt?

„Na los, nicht so schüchtern. Stecken Sie ihn einfach rein!"

Wie cool! Also nicht, dass ich sexuelle Belästigung gut fand, aber … aber mein Ego erlebte gerade einen mächtigen Aufschwung. Ich musste einsehen, dass ich eine echt heiße Schnitte war. Da blieb so was eben einfach nicht aus!

Trotzdem durfte ich nicht vergessen, dass ich in einer festen Beziehung war. Einen fremden Penis anzufassen, war da nicht angebracht, auch wenn mein unterbewusstes Schlampen-Ich schon die Hand ausstreckte.

Scheiße! War ich irre? Ich streckte tatsächlich schon die Hand aus!

Schnell, um nicht sehen zu müssen, was ich tat, kniff ich die Augen zusammen und hielt die Luft an.

Gideon nahm meine Hand in seine und schloss meine Finger um etwas kühles Glattes.

Hmmm ... fühlte sich total anders an als erwartet. Viel kleiner und ... eckig ... ?!?

„Wenn Sie ihn reinstecken, achten Sie nur darauf, wo oben und unten ist."

Ich blinzelte. Von seinem Penis war nichts zu sehen, und ich stieß erleichtert die Luft aus. Das kühle, glatte, eckige Ding war ein USB-Stick, und endlich ergab auch Gideons drängende Aufforderung einen Sinn.

„Anna?", hakte er nach und trat noch einen Schritt näher. „Sie kennen sich damit doch aus, oder?" Das Handtuch blähte sich bei der Bewegung, und wieder erhaschte ich einen Blick auf ... den *kleinen Koch*.

Herrgott! Ich sollte echt nicht so glotzen!

„Anna?"

„Keine Sorge!", stotterte ich abgelenkt. „Ich ... ich bin eine echte Expertin auf dem Gebiet."

Ob ich von Riesenpenissen sprach oder von Speichermedien, wusste ich in diesem Moment nicht so genau, aber was auch immer Gideon von mir wollte – ich war bereit dazu. Ähhh, ich meine, ich wäre bereit dazu, sollte Marc plötzlich sterben und in seinem Testament den Wunsch äußern, dass ich auf nichts verzichten und mein Leben in vollen Zügen genießen sollte. Dann, Doktor Gideon Koch, würde ich ...

Oh, was war ich nur für ein schlechter Mensch? Wie konnte ich an so was überhaupt nur denken? Ich liebte

Marc!

Schuldbewusst verdrängte ich jeden Gedanken an mein Dasein als trauernde Witwe, die in Gideons Armen Trost suchte, und steckte den Stick in den USB-Anschluss. Die Dateien öffneten sich: Rechnungsvordrucke sowie Ordner für Patientenrechnungen nach Monat und Jahr. Dazu eine Reisekostenaufstellung, Tabellenarbeitsmappen mit Einnahmeüberschussrechnungen und etliches an Schriftwechselablage.

„Am besten sehen Sie sich alles einmal in Ruhe an, während ich ... mich ankleide?"

War das eine Frage? Erwartete er jetzt eine Antwort? Hoffte er, dass Kleidung zwischen uns unnötig wäre? Dabei war Kleidung gerade zwischen uns bitter nötig, denn ich war ja schließlich auch nur ein Mensch – und alle chemischen Rezeptoren schütteten bei Kochs Anblick Sexualhormone aus. Ich wurde von diesen steinzeitlichen Evolutions-Mechanismen gelenkt wie eine Marionette.

„Sicher", stammelte ich daher und versuchte, alle übrigen, nicht von Sexualhormonen gefluteten Hirnregionen auf meine Aufgabe zu lenken.

Mein erster Arbeitstag als Kochs neue Bürokraft neigte sich dem Ende zu. Nachdem Gideon sich angezogen hatte, war die Zusammenarbeit eigentlich recht reibungslos verlaufen. Zwar hatte ich eine lautstarke Unterhaltung zwischen ihm und Boris mit angehört, aber da er darüber kein Wort verlor, sagte auch ich nichts dazu. Nach dem Streit hatte Gideon einen Drink hinuntergestürzt und mir dann erklärt, er hätte in der Praxis einen Notfall.

Nun saß ich also allein da, feilte meine Nägel und fand, dass ich meine Sache für den ersten Tag ganz gut gemacht hatte.

Mein Blick schweifte durch das erhabene Arbeitszimmer bis zur Tür. Stiefelschritte und ein leises Knurren waren zu hören.

Beschattete mich dieser komische Russe etwa? Und was war das überhaupt für ein Typ? Was hatte der gut aussehende, mit einem prächtigen Schwanz ausgestattete Gideon mit so einer windschiefen Kreatur zu schaffen? Und warum sah ich jetzt immer, wenn ich an den Tierarzt dachte, seinen Penis vor mir? Ich sollte heute unbedingt mit Marc schlafen, um meine Fortpflanzungsorgane zu eichen.

Ein Kratzen an der Tür ließ mich meine Pläne für den Feierabend erst mal auf Eis legen. War das Pinky? Oder Brain? Ich stand auf und schlich zur Tür. Vorsichtig lauschte ich am Holz. Nicht weit entfernt hörte ich den Russen sprechen. Ich bückte mich und spähte durchs Schlüsselloch. Boris telefonierte. Er sah ziemlich wütend aus.

„… auch noch dieses Frauenzimmer hier herum!", hörte ich ihn sagen. „Gideon … nur noch mit seinem Schwa…"

Einer der Hunde bellte und kam schnüffelnd zur Tür. Ich beeilte mich, zurück an den Schreibtisch zu kommen und ein beschäftigtes Gesicht zu machen, als Boris auch schon seinen kahlen Kopf hereinsteckte.

„Feierabend!", erklärte er schroff und stellte sich abwartend an die Tür.

Die Hunde stromerten durch den Raum, bis Boris sie mit einem Pfiff wieder nach draußen dirigierte.

„Ja, ich ... ich hab's gleich."

Wer bist du, Boris? Diese Frage hämmerte wie ein Kanonenschlag in meinem Kopf. Es schien, als könnte er meine Gedanken lesen, denn er kniff verärgert die Augen zusammen.

„Du kommen jetzt!", brummte er und deutete auf den Flur.

Na schön! Dann würde ich jetzt eben gehen, aber es verwunderte mich doch, dass ich bei meiner Sichtung von Kochs Ausgaben kein Gehalt für Boris entdeckt hatte. Wie Freunde sahen mir die beiden aber auch nicht aus.

Also, du kaukasischer Schurke, warum hängst du ständig hier rum und spielst das Alpha-Männchen?

Ich packte meine Tasche und schlüpfte in meinen Mantel, fest entschlossen, dieses Rätsel zu lösen. Am besten gleich morgen!

Kapitel 9

Gideon war in seiner Praxis, Boris polierte draußen im Hof an einem Porsche herum, und die Köter rannten bellend durch den Garten. Möglichst unauffällig drückte ich mich in die Gardine, um den Russen zu beobachten.

Ein komischer Kerl – das stand fest. Immer wieder warf er kritische Blicke hier herauf, als würde er spüren, dass ich ihn beobachtete. Ohne den Vorhang in Bewegung zu versetzen, trat ich zurück an den Schreibtisch.

Mir waren heute einige merkwürdige Rechnungen aufgefallen – aber was wusste ich schon, was merkwürdig war? Ich kannte mich ja im tiermedizinischen Bereich überhaupt nicht aus. Allerdings wunderte ich mich schon, warum Gideon zweihundert Ampullen Betäubungsmittel gekauft hatte – in einem Onlinehandel für Großwildjäger!! Oder warum er einen gigantischen Geldeingang einer Dame aus Monaco mit Verwendungszweck „für den König" verbucht hatte – auf einem Schweizer Konto. Warum hatte Koch dort überhaupt ein Konto? Und wer zum Teufel war der König? War das womöglich Gideons Sex-Name? Ein Kosename für Swinger?

Wenn ich so darüber nachdachte, dann wurde mir

irgendwie mulmig. In was für krumme Geschäfte war ich da hineingeraten? Ich spähte noch einmal aus dem Fenster, aber weder der Porsche noch Boris waren zu sehen. Vermutlich drehte er eine Runde mit dem frisch aufpolierten Flitzer.

War das Boris' Karre? Ich öffnete die Datei mit den Kraftfahrzeugkosten. Der Porsche war auf Gideon zugelassen, aber laut den eingescannten Rechnungskopien hatte ein Boris Smirnow den Wagen nach dem Kundendienst entgegengenommen.

Boris Smirnow! Jetzt hatte ich zumindest den Namen dieses Freaks! Ich war echt eine super Spürnase! Ein echter Sherlock Holmes! Adrenalin rauschte durch meine Adern, und mein Puls hämmerte im Takt mit dem Titelsong von *Golden Eye*!

„You'll never knooow how I watched you ... hmhmhm shadows like a Dingsbums", summte ich, ohne den Text richtig zu kennen – und natürlich, ohne auch nur annähernd so zu klingen wie Tina Turner.

Die ganze Aufregung drückte mir auf die Blase, und ich rutschte nervös auf dem Stuhl herum. Ich wusste ja nicht mal, wo in diesem Riesenhaus das Klo war. Das hatte ich Gideon gestern leider nicht gefragt. Aber bis zum Feierabend war noch eine ganze Stunde hin. Und ich musste unbedingt das Töpfchen aufsuchen.

Ein Kontrollblick in den Hof zeigte mir, dass Boris wohl noch immer unterwegs war, darum ging ich hastig zur Tür und öffnete sie einen Spalt. Von den Hunden war nichts zu sehen, also schlich ich in den

Flur hinaus. Diese Passage im Arbeitsvertrag bezüglich der Räumlichkeiten drängte sich in mein Bewusstsein, aber es half ja nichts. Gideon würde es sicher nicht so toll finden, wenn ich auf seinen Teppich pinkeln würde – wobei, ich könnte es ja auf Pinky schieben ... Außerdem musste ich an meinem Arbeitsplatz wohl mal das Klo benutzen dürfen.

Also: Wo war die Toilette? Logisches Denken war angesagt!

Gestern hatte Gideon mit einem Handtuch um die Hüften hier oben gestanden. Meine Spürnase sagte mir, dass ein Badezimmer demnach nicht weit sein konnte. Der Flur war zwar lang und es zweigten einige Türen ab, aber hinter einer davon das Bad zu finden, schien mir eine lösbare Aufgabe.

Hinter Tür eins verbarg sich so was wie ein Kaminzimmer: Ledersessel, Bücher, Whiskykaraffe auf einem altmodischen Servierwagen.

Hinter der nächsten ein Spielzimmer mit einem großen Billardtisch, einer Dartscheibe und sogar einem Roulette-Spiel. Wenn ich mich hier so umsah, dann gewann wohl recht oft die *Bank*! Gideon musste nur so im Geld schwimmen.

Verwundert über diesen Reichtum suchte ich weiter und fand: Gideons Schlafzimmer.

Holla, das war mal ne Liebeshöhle! Ein Giga-Bett, für die Stimmung ein elektrisches Kaminfeuer gegenüber an der Wand und ein Riesenfernseher. Die weiten Fenster standen offen, und Zweige des wilden Efeus, der die Hauswand berankte, wippten davor im

Wind. Vor dem Bett lag das Fell eines Bären, mitsamt Kopf und Pfoten. Und an der Decke – eigentlich keine Überraschung – ein mächtiger Spiegel.

Ha! Das war nicht schlecht! Aber der Bär …! Mich gruselte, und ich fühlte mich wie ein Stalker. Herrgott, ich stand mitten im Schlafzimmer meines neuen Chefs! Fehlte ja nur noch, dass ich mich probehalber in sein Bett legte!

Ob ich mich nicht schnell mal probehalber in sein Bett legen sollte?

Verdammt! Warum hatte ich nur immer so schräge Gedanken?

Gelenkt von irgendeinem Teufel in mir, schlüpfte ich aus den Schuhen und kletterte in Gideons Bett. Es war der Himmel! Die Queen konnte nicht besser liegen!

„Ahhh!", seufzte ich und streckte mich quer aus. „Wie herrlich!"

Was war das nur für eine Matratze? Wunderbar weich und zugleich so angenehm für den Rücken. Ich sah mich selbst im Spiegel und wippte mit dem Becken. Sex hier drin wäre der Hammer! Ob ich wohl Marc mal heimlich mit herbringen konnte?

Ein leises Knurren riss mich aus meinen Gedanken, und ich setzte mich ruckartig auf.

„Kacke!" Pinky – oder war es Brain? – stand vor dem Bett und fletschte die Zähne.

Das war ungünstig!

Langsam, um das Hundchen nicht zu erschrecken, robbte ich an die Bettkante. Das Knurren wurde lauter. In Zeitlupe schwang ich ein Bein auf den Boden. Pinky – oder Brain – folgte jeder meiner Bewegungen. Mir brach der Schweiß aus, als ich mich Schritt für Schritt unter dem kritischen Blick dieser Bestie der Tür näherte. Dort angekommen, stieß ich einen erleichterten Schrei aus, knallte die Tür zu, sodass der Hund eingesperrt war, und rannte barfuß zurück ins Büro. Barfuß?

„Verdammt!" Was jetzt? Meine Schuhe lagen noch immer vor Gideons Bett! Ich musste sie unbedingt zurückholen, ehe er sich darüber wundern würde, dass ich ohne Schuhe herumlief, oder sogar merken würde, dass ich durch sein Haus geschlichen war. Aber wie?

Stiefelschritte auf der Treppe. Das musste der Russe sein! Himmel! Ich war echt im Arsch! Vermutlich würde der mich für eine Spionin halten und mich mit seiner Kalaschnikow eiskalt über den Haufen schießen, oder mich von einer riesigen Kreissäge zerschneiden lassen ... auch wenn das schon etwas klischeemäßig wäre.

Ich rannte um den Schreibtisch herum und setzte mich, so konnte Boris von der Tür aus meine schuhlosen Füße nicht sehen. Schnell schloss ich die Rechnung für den Porsche und tat so, als säße ich an den Reisekosten.

Malaysia, Sumatra, Florida ...

Gideon kam wirklich rum. Aber es war keine Zeit, von Stränden zu träumen, denn mein glatzköpfiger Aufpasser kam herein.

„Du heute machen früher Feierabend!", gab er

forsch bekannt.

Ich ballte die Hände zu Fäusten. Ich konnte doch nicht ohne meine Schuhe gehen.

„Echt? Wie … schön!", tat ich ganz unschuldig. „Und … wann?"

„Jetzt! Du jetzt gehen!"

JETZT???

Ommmm! Beruhige dich und lass dir nichts anmerken!, beschwor ich mich. Sei ganz natürlich!

„Schön. Dann … gehe ich jetzt." Ich nahm meine Tasche und ging möglichst selbstbewusst auf ihn zu.

„Was ist mit Schuhen?", fragte er und nickte in Richtung meiner Füße.

„Och, ich gehe gerne barfuß. Das ist gut für die Haltung." Ich reckte die Brüste raus und streckte den Hals. „Diese Pumps sind ja sooo ungesund."

Aus Boris' Gesicht sprach Unglauben, darum drängelte ich mich schnell an ihm vorbei und lugte ein letztes Mal in Richtung des Schlafzimmers. In Richtung meiner Schuhe!

So gelassen wie möglich stieg ich die Treppe hinunter. Der kalte Marmor war ganz schön unangenehm an den bloßen Füßen, und Boris hinter mir räusperte sich schon. Ganz sicher kam ihm das mehr als nur merkwürdig vor.

„Bis morgen dann!", trällerte ich gespielt fröhlich und zog hastig die schwere Haustür hinter mir zu.

Puh! Das war knapp!

Kurz wischte ich mir den Angstschweiß von der Stirn, dann setzte ich den ersten Fuß auf den Kies der ellenlangen Auffahrt.

„Au!" Meine armen Fußsohlen! „Au!", keuchte ich und drehte mich um. Super! Den ersten halben Meter auf dem Folterkies hatte ich ja schon geschafft. Lagen nur noch dreißig vor mir. „Au! Au! Verflu... Au!"

Als ich endlich den Gehweg erreicht hatte, waren meine sämtlichen Fußreflexzonen so angeregt, dass ich mich fühlte, als wäre ich ein radioaktives Teilchen. Alles kribbelte.

Ich blieb kurz stehen und rieb meine schmerzenden Füße, als Boris im Porsche aus der Einfahrt preschte. Steinchen flogen auf, und ich hörte das leise Quietschen des sich schließenden Tores.

Ohne groß nachzudenken, rannte ich los und quetschte mich durch das beinahe schon geschlossene Tor.

„Au!", rief ich, als sich mir der Schotter erneut in die Fußsohlen bohrte.

Und jetzt? Ich sah mich um. Ich wusste, was mich hergetrieben hatte, aber wie um alles in der Welt sollte ich wieder rauskommen? Die Mauer war gute zwei Meter hoch, und das Tor hatte oben spitze Zacken. Ganz abgesehen davon, dass sich irgendwo auf dem Grundstück auch noch zwei beißwütige Dobermänner herumtrieben!

So schnell es meine gequälten Füße zuließen, humpelte ich zurück zum Haus und schlug mich dann in die Büsche.

Hinter einigen Buchskugeln und einer Säulenzypresse wand sich der Efeu in einem undurchdringlichen Geflecht aus dicken Ästen und dunkelgrünen Blättern an der Hauswand empor. Unentschlossen stand ich da und spähte nach oben. Das Fenster stand noch immer weit offen, aber es befand sich gute vier Meter über meinem Kopf.

Da hochklettern zu wollen, war eine Scheißidee! So bescheuert wie die Hebefigur an Maries Hochzeit! Oder der lila Riesendildo! Oder der Pfannenwender …

Okay, ich hatte einen Hang für schräge Ideen!

Ich spähte über die Schulter zum Tor hin. Jeder, der vorbeikäme, würde mich sehen – wenn ich es denn überhaupt schaffen würde, da hinaufzuklettern. Ich war ja schließlich nicht *Spiderman*! So ein *Spiderman*-Anzug würde meiner Figur auch nicht gerade schmeicheln.

Ein wütendes Bellen riss mich aus meinen Grübeleien.

Scheiße! Pinky! … na, oder eben Brain!

Da ich nicht vorhatte, als Hundefutter zu enden, schob ich mir den Rock bis zu den Hüften nach oben, hängte mir meine Tasche über die Schulter und krallte mich in den Efeu. So schnell ich konnte, kraxelte ich an den dicken holzigen Ranken nach oben. Ich schnaufte vor Anstrengung und … war gerade mal zehn Zentimeter vom Boden entfernt.

„Gott, ist das anstrengend!", keuchte ich und zog mich weiter nach oben. Meine Arme zitterten und …

Igitt! Ich hatte voll in eine Spinne gelangt! Wäh! Ich wollte loslassen, runter von diesem Zauberbohnenverschnitt. Weg von dem

Spinnenparadies! Jetzt, wo ich mir bewusst war, dass ich nicht die Einzige war, die hier zwischen den Blättern so abhing, sah ich es überall kribbeln und krabbeln.

Bäh! Eine Wanze ... und dort, eine eklige gelbe Kreuzspinne ... und da! Eine Vogelspinne!!!

Nein, nein! Doch nicht! Es war nur ein Vogel, der eine Spinne fraß! Trotzdem schüttelte es mich, und ich zwang mich, den Blick von dem Grünzeug zu nehmen. Stattdessen sah ich nach unten.

Schlechte Idee! Obwohl ich nicht mal die Hälfte geschafft hatte, kam mir der Boden ziemlich weit entfernt vor. Die Erde fing an, sich um mich zu drehen, und ich hob eiligst den Kopf.

„Schaff deinen Hintern da rauf!", ermahnte ich mich selbst. Schließlich war Abstürzen keine besonders reizvolle Alternative. Darum kämpfte ich mich weiter. Mein roter Schlüpfer musste sich wie ein Leuchtfeuer von dem satten Grün des Efeus abheben, und ich betete, dass keiner der Nachbarn die Polizei rief. Eine gefühlte Ewigkeit später schwang ich endlich mein Bein über den Fenstersims.

Vorsichtig spähte ich durch die Vorhänge, aber von dem Dobermann, den ich vorhin hier eingesperrt hatte, war nichts zu sehen. Bestimmt hatte Boris ihn befreit. Ob er sich fragte, wie der Köter hier hereingekommen war? Na, ich hatte damit jedenfalls NICHTS zu tun – sollte er mich jemals danach fragen.

Beruhig ließ ich mich ins Schlafzimmer plumpsen. Ich schnaufte, als wollte ich ein Schlauchboot aufpusten, und jeder einzelne Muskel in meinem Körper trat in Generalstreik. Boah! Wer hätte gedacht, dass Fassadenklettern so anstrengend ist! In Filmen sah das immer so einfach aus. Wenn ich mich hingegen jetzt so ansah …

Mein Rock hing immer noch über meinem Slip, und meine Hände waren braun von Blattsaft, Harz – und vermutlich einigen zerdrückten Insekten …

Aber wenigstens hatte ich es geschafft! Jetzt nur schnell meine Schuhe einsammeln, und … Das Röhren eines leistungsstarken Motors drang durchs Fenster.

„Mist!" Ich rechnete mit Boris' Rückkehr, aber der Blick aus dem Fenster zeigte, dass statt des Russen Gideon auf dem Weg zur Haustür war.

Shit! Wie sollte ich aus dieser Nummer wieder rauskommen?

Hektisch rappelte ich mich auf, griff mir meine Schuhe und hastete zur Tür. Wenn ich von mir ausging, dann würde Gideon nach einem anstrengenden Tag in der Praxis sicher zuerst in die Küche gehen, ein Spiegelei – oder eine Packung Fischstäbchen – verdrücken (Merke: Diesen Punkt bei Gelegenheit in Bezug auf meine Gewichtsprobleme noch einmal unter die Lupe nehmen!), ein Bier trinken (Merke: Diese Tatsache in Bezug auf meinen fast schon besorgniserregenden Alkoholkonsum ebenfalls noch einmal unter die Lupe nehmen!) und dann ein Nickerchen auf der Couch machen (Merke: Diesen Punkt …) Ach, verdammt! Scheiß drauf!

Ich schlich in den Flur. Wenn Gideon also normal tickte, dann konnte ich vielleicht unbemerkt die Treppe hinunterschleichen und mich aus der Tür mogeln. Jedenfalls würde er bestimmt nicht gleich die Treppe hochkomm…

Schritte. Verdammt! Er kam die Treppe herauf!

Und jetzt? Rückzug? Ich rannte zurück zur Schlafzimmertür und lehnte mich schnaufend dagegen.

Eine Idee! Ich brauchte irgendeine Scheißidee!

Mein Blick streifte durchs Zimmer, auf der Suche nach einer Rettungsleine. Nach einer Erklärung für meine Anwesenheit.

Das Bett! Ich konnte mich darunter verkriechen, und wenn er schlief, könnte ich rausschleichen. Erleichtert hob ich den bodenlangen Bettüberwurf an und …

Unterbettaufbewahrungsboxen! Arghh!!

Mit einem Fluch, der definitiv ein PIIIEP vertragen hätte, riss ich mir den Haargummi aus den Locken, schüttelte meine Mähne aus und zupfte mir den Ausschnitt meines Shirts bis zu den Nippeln. Möglichst verführerisch warf ich mich aufs Bett, versuchte meine schmutzigen Hände an meinem Rock zu säubern, und starrte bang zur Tür.

Ich musste das Überraschungsmoment nutzen! Er trat in den Raum.

„Gideon!", flötete ich so verführerisch, wie es meine zitternde Stimme zuließ.

Er riss die Augen auf.

„Anna!?! Was …?" Er sah sich misstrauisch um.

Was ich hier mache? Das fragte ich mich auch. Ich hätte mich ohrfeigen mögen. Stattdessen strich ich mir betont wollüstig über den Körper und klimperte mit den Wimpern.

„Endlich kommst du nach Hause, Gideon. Ich … ich habe schon auf dich gewartet", trällerte ich und versuchte mich an sinnlichen Marylin-Monroe-Bewegungen, als ich mich aus dem Bett wand. „Ich hätte keine Minute länger warten können."

Gideons überraschte Gesichtszüge entspannten sich, und er kam langsam näher.

„Ich hatte ja keine Ahnung, dass du … so empfindest."

Ja, was er nicht sagte! Ich hatte auch keine Ahnung, dass ich so verrückt war!

„Ich muss gestehen, dass die gestrige Nähe zu dir … mir klargemacht hat, was ich will!", plapperte ich drauflos und suchte im Geiste noch immer nach einem Ausweg.

Gideon sprang darauf an. Er kam zu mir und umfasste meine Schultern. Sein Blick glitt ungeniert zu meinem Brustansatz, der durch das tief gezogene Shirt deutlich zu erkennen war.

„Und was willst du, Anna?", fragte er heiser und presste sich entschlossen an mich.

Holla!

Nach Hause zu Marc – aber das war es nicht, was er hören wollte.

„Ich … will …" Aussprechen konnte ich diese Lüge nicht, also sah ich mit hoffentlich bedeutungsschwerem Blick zum Bett.

Gideon schien zu verstehen, denn sein Giga-Penis schwoll zur Größe einer Parkuhr an. Ich musste einen Schritt nach hinten machen, um dem Gerät Raum zu lassen.

„Das will ich auch!", gestand er und zog mich mit sich auf die Matratze. „Seit du mit den Handschellen hier hereingeschneit bist, kann ich nur noch an dich denken!"

War klar! Ich war die Sharon Stone des Kopfkinos. Ich weckte die *Basic Instincts*!

Aber trotzdem musste ich dringend aus dieser Nummer raus.

Gierig warf sich Gideon auf mich, seine gespitzten Lippen kamen mir immer näher. Seine Hände fuhren in mein Haar. Ich drehte den Kopf weg, um seinem Kuss zu entkommen.

„Warte, ... Liebster!" Oh, ich war ein wirklich schlechter Mensch! Marc würde mich auf jeden Fall für meine Sünden bestrafen müssen. Ich schob den Tierarzt von mir und strich mir die von ihm in Unordnung gebrachten Haare zurück. „Ich will das hier ja auch!", versicherte ich ihm und klimperte noch einmal mit den Wimpern. „Aber ... aber ich habe einen Freund. Ich muss ... das erst klären!"

Gideon schien enttäuscht. Trotzdem drückte er mich mit seinem Körper in die Kissen.

„Aber, Anna ... Du bist hier, ich bin hier ... niemand muss davon erfahren", versuchte er, mich umzustimmen, während er gezielt seine Parkuhr zwischen meinen Oberschenkeln parkte.

„Ich könnte das nicht mit meinem Gewissen vereinbaren, Gideon. Ich könnte nicht damit leben, dass etwas so … Unfassbares mit einer Lüge beginnt."

Es war *unfassbar*, was für einen Unsinn ich von mir gab! Warum sagte ich ihm nicht einfach, dass ich das verdammte Klo gesucht hatte?

Wenn ich hier heil rauskäme, dann würde ich mir auf jeden Fall noch einmal einen neuen Job suchen müssen.

Es tat weh, so ein Einkommen abzuschreiben, aber was blieb mir denn noch anderes übrig, nachdem ich wie ein Einbrecher sein Zimmer durchsucht hatte, am Efeu ins Haus eingestiegen war und mich wie eine willige Geliebte in sein Bett drapiert hatte? Und nach all dem immer noch nicht wusste, wo das verdammte Klo war.

Wenn ich die Dinge, die heute passiert waren, aneinanderreihte, dann war dies wohl einer der erbärmlichsten Tage meines Lebens. Aber hey – wie es aussah, war ich immer noch steigerungsfähig!

Gideon fasste nach meiner Brust, und ich sprang förmlich aus dem Bett.

„Huch, also das …", stotterte ich. Meiner Brustwarze war es offenbar egal, wer sich ihr widmete, denn sie drückte sich hart durch mein Shirt. „Also, Gideon, das …"

Er stand ebenfalls auf und kam wie ein Tiger auf mich zu.

„… das dürfen wir nicht. Nicht heute!" Ich bückte

mich nach meinen Schuhen, die an der ganzen Misere schuld waren, schlüpfte hastig hinein und drängte mich an ihm vorbei zur Tür.

Niedergeschlagen ließ Gideon den Kopf hängen und strich sich über den Bart.

„Schön. Ich ... ich habe eh noch etwas zu erledigen. Es ist vielleicht wirklich besser, du gehst jetzt."

„JA! Das sage ich doch!"

Boah, was für ein Glück! Er hielt mir die Tür auf und ließ mir den Vortritt. Als ich im Flur war, wusste ich auch, warum. Er legte mir frech die Hand auf den Po.

Shit! Jetzt nur die Ruhe bewahren!

Derart fummelnd, geleitete er mich die Treppe hinunter und führte mich durch die Halle. Von irgendwo aus den Tiefen der Villa drang ein komisches Fauchen und ein lautes Scheppern zu uns, aber was immer das auch war, es war im Moment nicht mein Problem. Vermutlich zerlegten Pinky und Brain Gideons Küche – oder aber, die beiden versuchten, die Weltherrschaft an sich zu reißen!

Gideons Finger schoben sich unter meinen Rock, und ich trat eiligst einen Schritt zurück.

„Bis morgen dann", trällerte ich und floh in die Auffahrt. Es war schon beinahe dunkel. Mit Schuhen an den Füßen erreichte ich schnell das Tor, das Gideon mir freundlicherweise von der Haustür aus öffnete. Ich winkte noch einmal und stürzte davon.

Scheiße, Scheiße, Scheiße! Was für ein Bockmist!

Ich hatte diesen Bürotantenjob echt verkackt! Einen

passenden Broterwerb für mich zu finden, war offenbar eine ziemliche Mission Impossible.

Ich rannte (na gut, ich ging schnell) den Gehweg entlang und ärgerte mich über mich selbst. Der schwarze Transporter des Solaranlageninstallateurs stand schon wieder da, und auch der Audi auf der anderen Straßenseite. Wieder rauchte der Fahrer seine Zigarette zum Seitenfenster hinaus. Hatte der keine Wohnung?

Ich grübelte über diesen Audi-Fahrer, bis ich zu Hause ankam. Dort feuerte ich meine Tasche in die Ecke, zog die Schuhe aus, ging endlich aufs Klo und dann schnurstracks in die Küche. Wie jeder normale Mensch!!!

„Maaharc!", rief ich und öffnete mir ein Bier. Es duftete nach Pfannkuchen, und Pussy schlich mir maunzend um die Füße.

„Du bist ja spät dran." Marc kam aus seinem Zimmer. „Schon am zweiten Arbeitstag Überstunden?", fragte er mitfühlend und reichte mir einen Teller mit Pfannkuchen.

Ich schüttelte den Kopf und zog uns beiden einen Stuhl heraus. Dann rollte ich mir den Teigfladen und biss hinein.

„Nee. Überstunden nicht direkt! Ich … ich hab mal wieder …"

Die Spottbraue hob sich.

„Du hast mal wieder eine Anna-Nummer abgezogen?", fragte Marc ungläubig. „An deinem zweiten Arbeitstag? Lass mich raten: Was hast du diesmal angestellt?" Er tippte sich nachdenklich mit dem Finger gegen sein Kinn. „Hast du im Büro einen Porno angeschaut und bist erwischt worden?"

Dieser Idiot! Nie nahm er etwas ernst! Ich grinste und schüttelte wieder den Kopf.

„Weißt du, Annalein, das wäre nicht schlimm – das ist mir auch schon mal passiert", gab er verschwörerisch zu, und ich hätte vor Lachen beinahe meinen Pfannkuchen verschluckt.

„Nein, Marc – ehrlich, das war es nicht."

Er grinste.

„Ist es schlimmer?"

Ich nickte.

„Will ich es wissen?"

Ich schluckte den letzten Bissen Pfannkuchen hinunter und verzog das Gesicht.

„Eher nicht – aber ich will es nicht für mich behalten." Ich zupfte verlegen am Saum meines Shirts, während ich ihm in groben Zügen von meinem Tag berichtete. Marc schüttelte immer wieder fassungslos den Kopf, aber als ich fertig war, grinste er.

„Ein Penis wie eine Parkuhr, richtig?", vergewisserte er sich schmunzelnd, und ich schlug nach ihm.

„Das hab ich doch gesagt, Marc! Aber ... das hat wirklich nichts zu bedeuten! Ich will nur dich, wirklich!"

Dieser Idiot lachte mich auch noch aus.

„Warst du scharf auf ihn?", fragte er schelmisch und zog mich auf seinen Schoß. „Hast du dir vorgestellt, wie es mit ihm wäre, Annalein?"

„Was? NEIN! Auf keinen Fall!", log ich, aber Marc schien mich zu durchschauen. Seine Augen funkelten, als brütete er etwas aus.

„Und wenn ich tot wäre?", fragte er herausfordernd.

Was? Konnte er plötzlich Gedanken lesen? Das war ja unheimlich, und ich spürte, wie ich rot wurde. Schnell sprang ich auf und räumte die Teller in die Spüle.

„Was soll der Mist, Marc? Du bist nicht tot – und das ist das Einzige, was zählt! Außerdem muss ich jetzt schon wieder kündigen!"

Marc schob den Stuhl zurück und griff nach meiner Hand. Schlecht gelaunt folgte ich ihm auf die Couch – ja, denn dahin gingen normale Menschen nach einem anstrengenden Arbeitstag!

„Vielleicht", gab er mir zögernd recht. „Da ist ein Brief von der Kanzlei Klett & Partner gekommen. Liegt auf deinem Bett."

„Was? Oh, Scheiße!"

Ein Schreiben von der Kanzlei des Späthippies – das konnte nichts Gutes bedeuten! Vermutlich wurde ich jetzt auch noch verklagt! Würde dieser elende Tag denn niemals enden?

„Das wird ja immer schlimmer", jammerte ich, und Marc zog mich in seine Arme.

„Na, wenn du da auch nicht hinwillst, dann solltest du diesem Koch einfach klarmachen, dass dein Herz allein mir gehört, dein Hintern nur von mir berührt werden will und er mit seiner Parkuhr nie da hinkommt, …" Er küsste mich und strich mir die

Haare aus dem Gesicht. Dann wanderten seine Hände tiefer. „… wo ich gleich sein werde."

Kapitel 10

Am nächsten Morgen fühlte ich mich elend. Natürlich nicht wegen der beinahe schlaflosen und liebesspiellastigen Nacht, denn die war ganz nach meinem Geschmack gewesen – sondern wegen der Komplikationen auf der Arbeit. Wie sollte ich meinem neuen Chef nur jemals wieder unter die Augen treten? Wie sollte ich mein Verhalten von gestern erklären?

Ich trug heute Turnschuhe, um nicht noch einmal in Versuchung zu kommen, sie auszuziehen und irgendwo liegen zu lassen. Außerdem Jeans und eine hochgeschlossene Bluse, um Gideon keine falschen Signale zu senden. Trotzdem wusste ich noch immer nicht, ob ich kündigen sollte. Kündigen – und noch einmal den Stellenmarkt durchforsten? Oder Gideon überzeugen, dass eine rein geschäftliche Beziehung für uns beide am besten wäre?

Der Weg zu Kochs Villa kam mir heute vor wie der Gang zum Galgen. Meine Schritte waren lahm, und ich wäre rückwärts genauso schnell vorangekommen wie vorwärts.

Ich brauchte eine Ausrede. Vielleicht ginge eine gespaltene Persönlichkeit? Mein braves Ich, das nur den Job wollte – und mein Schlampen-Ich, das sich gestern in sein Bett geschlichen hatte … ziemlich glaubwürdig, weil es doch recht nah an die Realität heranreichte! Oder irgendeine Geschlechtskrankheit …

„Tripper!", murmelte ich.

Das war überhaupt die Idee! Ich könnte behaupten, mir einen Tripper eingefangen zu haben. Damit würde sein Interesse an mir sicher schnell abkühlen.

Ich überlegte, welche Begleiterscheinungen Tripper wohl mit sich brachte? Sollte ich mich da nicht auskennen – so als Quasi-Betroffene? Vielleicht konnte ich schnell noch Google bemühen?

Ich kramte nach meinem Handy, als sich am Straßenrand neben mir die Schiebetür des Solaranlagentransporters öffnete.

Der schon wieder? Ich suchte mein Handy und …

Ein dunkler Handschuh presste sich schwer gegen meinen Mund, und ich verlor den Boden unter den Füßen. Ich wurde rückwärts geschleift, bis der Van mich verschluckte. Überrascht schlug ich um mich.

Was …???

Mein Gehirn musste mir dringend eine Erklärung liefern, denn bis jetzt wusste ich nicht, was gerade geschah.

„Na also!", hörte ich eine Männerstimme, ehe die Schiebetür vor meiner Nase zugeknallt wurde. Schummrige Dunkelheit hüllte mich ein, und der Druck auf meinem Mund verstärkte sich.

Ich sollte schreien!

Vollkommen zeitverzögert setzte meine Abwehr ein. Ich stemmte mich gegen den Arm um meine Brust und presste ein gellendes Quieken zwischen meinen Lippen hervor.

Ich wurde entführt! Oh danke, danke, mein Gehirn lief endlich wieder an. Ich wurde entführt, vergewaltigt, ermordet und in Stücke gehackt!!

Mein Gehirn lief wirklich wieder – nur leider viel zu panisch.

„Halt still!", knurrte mein zukünftiger Mörder.

Ich wurde entführt, unter Drogen gesetzt und zur Prostitution gezwungen!

Konnte mich nicht endlich einer bewusstlos schlagen, damit meine Fantasie aufhörte, solche Schreckensszenarien zu kreieren?

Ich zappelte mit den Füßen, und mein Peiniger keuchte.

„Zefix! Schluss damit! I lass los, sobald Sie sich beruhigt ham!", beschwor er mich.

Toll! Ich war an den einzigen urbayrischen Serienkiller geraten! Dass er mit mir sprach, ließ nur diese Erklärung zu, denn umbringen würde er mich jetzt müssen. Seinen breiten bayrischen Dialekt würde ich unter Tausenden wiedererkennen. Na gut, zumindest unter tausend Sachsen, Schwaben und Hessen! Kein Serienkiller mit Verstand würde dieses Risiko eingehen. Ich hatte alle Folgen *Dexter* gesehen – und kannte die erste Regel des Killer-Kodex: Lass dich nicht erwischen!

Darum wehrte ich mich weiter. Ich rammte ihm meine Ellenbogen in die Rippen und hämmerte mit dem Kopf gegen seine Brust.

„Herrschaftszeit'n!"

Die Tür des Transportes ging auf, und ich blinzelte.

Juhu!!! Der Audi-Raucher! Er war mit seiner Fluppe im Mundwinkel gekommen, um mich zu retten!

„Was soll der Krawall, Edlmayer?", fragte er verärgert und stieg in den Van. Schnell zog er die Tür wieder zu, und ich verstand gar nichts mehr. Was war denn hier los? Gehörte er etwa zu dem Van-Killer?

„Die is ned gscheid! Hört überhabt ned zua."

Audi-Man schüttelte genervt den Kopf und bedeutete dem Killer, mich loszulassen.

„Dir passiert nichts! Mein Kumpel lässt dich jetzt los – aber sei bitte leise", erklärte er gelassen.

Und tatsächlich ließ der andere Typ von mir ab. Ich wischte mir über die Lippen und sah mich hektisch um.

Edlmayer – wie Audi-Man den Entführer genannt hatte – musste Anfang zwanzig sein. Trotzdem trug er einen gezwirbelten Schnauzbart und eine altmodische Brille. Er sah gar nicht so gefährlich aus. Aber die Harmlosen waren ja immer die mit den perversesten Fantasien! Neben ihm reihten sich Monitore, Kopfhörer und eine Magnettafel mit verschiedenen Notizen daran auf. Dazu Dutzende Fotos von wilden Tieren. Das waren unter Garantie keine Solarinstallateure!

Audi-Man sah ein bisschen wie ein rebellischer Neureicher aus. Lederarmband, silberne Ringe an den Fingern, aber eine Krawatte passend zum Jackett. Der Eindruck bestätigte auch die Wahl seines Autos. Die beiden waren ganz klar komische Nerds! Mordende Entführer-Nerds!

Ich holte tief Luft.

„HIIIIIILFEEEEE!", kreischte ich so laut ich konnte, und beide Kerle warfen sich zugleich auf mich. „Hiiiilfee!", gab ich noch mal alles.

Edlmayers Schnauzer kratzte mich am Hals, und der Gestank nach Nikotin war übermächtig, als er mich schließlich Audi-Man übergab. Der zog mich mit sich auf die Beine.

„Schluss damit!" Er griff in sein Jackett.

Shit! Er zog eine Waffe!!

Sofort stellte ich jede Gegenwehr ein und kniff die Augen zu.

„Ich bin Schmitt. Wir sind von *Wild Animal Wildlife*!", hörte ich ihn sagen. „Mein Kumpel und ich …"

Er rüttelte mich am Arm, und ich spähte misstrauisch durch die Wimpern. Schmitt hielt mir irgendeinen Flyer mit Tieren in grässlich kleinen Käfigen vor die Nase – aber was bewies das schon? Konnte ja auch sein, dass meine Entführer nur eine neue Masche ausprobierten. Ein neues Kapitel im Playbook der Serienkiller: *Der Tierschützer!*

Klar, und der Schnauzbart war der etwas untalentierte Wingman in der Mordserie „*How I Met my Killer*".

„Ich will nicht sterben!", presste ich schluchzend heraus. „Ich habe Kinder!", log ich spontan. „Zehn Kinder! Und … und eine Katze! Nein, äh … viele

Katzen!" (Vielleicht hatte das bei militanten Tierschützern mehr Gewicht!)

„Du wirst schon nicht sterben!", schrie Schmitt. „Hör doch jetzt einfach mal zu!" Er zündete sich genervt eine Zigarette an. „Wir brauchen deine Hilfe", erklärte er wieder ruhiger und blies einen Schwall Rauch aus. „Unseren Ermittlungen zufolge hast du das Vertrauen von Doktor Gideon Koch gewinnen können. Damit bist du als Einzige in der Lage, seine kriminellen Machenschaften auffliegen zu lassen!"

„Was? Gideon? Kriminelle Machenschaften?" Erst jetzt erkannte ich, dass die Monitore Gideons Haus aus verschiedenen Perspektiven zeigte. „Ich verstehe nicht? Sind Sie von der Polizei?"

Mir wurde ganz schlecht. Vermutlich hatte mich mein Spruch mit dem Joint ins Fadenkreuz der Ermittler gerückt! Ich war geliefert. Ob ich lieber gleich ein umfassendes Geständnis ablegen sollte?

„Ich will einen Anwalt!", presste ich heraus. „Und mir steht doch ein Anruf zu, oder nicht?"

Edlmayer schüttelte ungeduldig den Kopf, schwieg aber.

„Wir sind nicht von der Polizei. Das ist Angelegenheit des Zolls, aber denen sind die Hände gebunden, solange keine eindeutigen Beweise vorliegen. Wir unterstützen eine Tierschutzorganisation, die gegen den illegalen Handel mit exotischen Tieren vorgeht. Wir observieren Koch seit Monaten." Mit jedem Wort atmete Schmitt seinen stinkenden Qualm aus, und mir wurde langsam schlecht. „Du kennst den Verdächtigen. Wie es scheint, hast du Zugang zu seinem Anwesen."

Es ging also allein um Gideon? Gut! Das bedeutete dann wohl, dass ich jetzt doch nicht verhaftet oder unter Drogen gesetzt wurde! Na, auch nicht so schlimm, wenn ich bedachte, dass schon der Joint-Witz wie ein Damoklesschwert über mir schwebte.

„Du sollst Informationen beschaffen, die Kochs Tatbeteiligung beweist", erklärte Schmitt nüchtern. Seine Kippe war schon so kurz, dass der Gestank des glimmenden Filters den Van einhüllte. Das machte es mir fast unmöglich, seinen Worten zu folgen.

„Aber … aber ich …" Echt, an diesem Morgen war mein Kopf reinste Dekoration.

„Koch und seine kriminellen Helfershelfer müssen gestoppt werden. Mit deiner Hilfe kann es uns endlich gelingen, die Bande zu überführen."

„Kriminell?", echote ich, weil ich Zeit schinden wollte, um mein Gehirn neu hochzufahren. Vermutlich ahnten die beiden schon, dass ich – als ihre einzige Hilfe – eine echte Nullnummer darstellte. Das wäre auch eine Erklärung dafür, dass Schmitt einfach weitersprach, ohne meine Frage zu beantworten.

„Die zum Teil brutalen Fangmethoden, der illegale Transport und die unsachgemäße Haltung fügen diesen Wildtieren beträchtlichen Schaden zu. Ganz abgesehen davon, dass gegen Einfuhrbestimmungen verstoßen wurde."

Konnte das sein? Irgendwie wollte ich nicht glauben, dass ein Mann, der so gut aussah – und so einen ehrbaren Beruf ausübte –, zu solchen Taten fähig sein sollte.

Und ich konnte nicht glauben, dass ausgerechnet ICH als Geheimagentin für diese Tierschützer tätig werden sollte. Eine Geheimagentin! ICH?

„Denk darüber nach. Diese Männer sind Kriminelle." Er machte eine bedeutungsschwere Pause. Im Film würde sich die Musik steigern – und auch ohne Musik beschleunigte sich mein Puls noch weiter. „Und sie sind gefährlich!"

Edlmayer nickte.

„Des san echte Daifi."

Echte Teufel? Hm, in Bezug auf Boris gab ich dem Schnauzbart recht. Aber Gideon? Was, wenn er da nur versehentlich hineingeraten war – so wie ich jetzt?

„Sind Sie denn sicher, dass Gideon damit etwas zu tun hat?"

Schmitt nickte.

Na schön – damit stand ja wohl fest, dass ich meiner Pflicht nachkommen musste. Ich konnte ohnehin noch einige Karmapunkte gebrauchen. So, wie mich das Pech zurzeit verfolgte, hatte meine Weihnachtsbaum-Rettung mein mieses Karma noch nicht ganz vertreiben können.

„Na schön", überlegte ich laut. „Wenn ich das mache, was … also, was genau muss ich denn dann tun? Und bekomme ich eine Waffe? Oder ein Auto?"

Ein Auto wäre super, weil meine Karre ja noch immer nicht …

„Aber nein! Keine Waffen! Das ist doch kein Bond-

Film! Wir würden dich verkabeln und du müsstest Koch zu einem Geständnis bringen. Stehst du ihm nahe genug, um das zu schaffen?"

„Nun, ich …"

„Zefix! Sie is in sei Schlofzimma nei grabblt. Des werd sie ihm scho irgendwie verkaf'n kenna."

Hä? Ich tat mir schwer, Edlmayers Gebrabbel zu folgen.

„Du warst in seinem Schlafzimmer?", hakte Schmitt nach und musterte mich interessiert. „Dann hat mein Kollege recht. Du schaffst das. Tu einfach so, als hättest du … nun, sagen wir, Interesse an Koch."

Uff! Und dabei hatte ich doch vorgehabt, Gideon davon zu überzeugen, dass ich KEIN Interesse an ihm hatte!

Noch ehe ich Einwände hätte erheben können, begann Edlmayer damit, Kabel abzurollen. Als er an meiner Bluse zupfte, fuhr ich zusammen.

„Mal langsam! Was wird das?", rief ich und hielt mir die Hände schützend um den Bauch.

„Des san die Mikros", erklärte Edlmayer, und Schmitt nickte mir beschwichtigend zu.

„Keine Sorge. Man wird das später nicht sehen. Wenn du dich normal verhältst, dann wird keiner merken, dass wir jedes Wort aufzeichnen."

„Was soll ich denn eigentlich tun?"

„Finde Hinweise auf die Lagerorte der Tiere. Ein gemieteter Container, eine Lager- oder Industriehalle, die auf Gideons Namen läuft. Zahlungseingänge, die nicht zugeordnet werden können, oder …"

„Oder Tigerbabys, die an der Leine durch sein Wohnzimmer geführt werden?", schlug ich zögernd vor. Wenn ich so darüber nachdachte, hielt ich es plötzlich doch für möglich, dass der gut bestückte Gideon Dreck an seinem mächtigen Stecken hatte.

„Bitte? Tiger? Im Wohnzimmer? Ein lebendes Wildtier auf dem Gelände wäre das Beste, was uns passieren könnte. Dann könnte sogar der Zoll endlich zuschlagen. Wir arbeiten eng mit den Behörden zusammen, und es steht ein ganzes Sondereinsatzkommando bereit – für den Fall, dass wir endlich Beweise liefern." Schmitt war ganz aus dem Häuschen.

Und ich nun offiziell eine Spionin!

Kapitel 11

Mit all den Kabeln am Körper und dem Stecker für Anweisungen im Ohr fühlte ich mich wie ein *Transformer*. Meine ruckartigen Bewegungen passten sehr gut zu diesem Vergleich. Ich bemühte mich, gelassen zu wirken, als Boris mir das Tor öffnete und mich zur Villa begleitete. Möglichst lässig schlenkerte ich mit den Armen und versuchte, ein normales Gespräch zu führen.

„Guten Morgen, Boris! Was für ein Frühlingswetter! Ich habe schon richtige Frühlingsgefühle!"

Hä? Was redete ich denn da für einen Unsinn?

Boris runzelte die Stirn. „Du hier nur arbeiten. Nix Frühlingsgefühle!", brummte er und dirigierte mich die Stufen hinauf.

„Ruhig bleiben!", ermahnte mich Schmitt durch den Stecker in meinem Ohr. Unbewusst strich ich mir die Haare darüber.

„Verstanden", flüsterte ich.

„Du darfst auf keinen Fall auf unsere Anweisungen antworten! Sieh dich einfach nur um."

„Verstand… Shit! Ich meine …"

Wie sagte man *nicht*, dass man verstanden hatte? So ein Chaos!

Durch meinen neuen Blickwinkel als Superspionin

scannte ich die Umgebung also noch einmal ab. Alles, was mir vorher unauffällig erschienen war, nahm ich erneut unter die Lupe. Illegales Treiben ... wo steckst du???

Mir fiel ein verdächtig prall gefülltes Sofakissen auf – sicher steckten da Geldscheine unter dem Bezug. Und einer der Kunstdrucke hing leicht schief. Ob sich dahinter ein geheimer Tresor verbarg? Ich fühlte, wie mir die Augen der porträtierten Dame bei jedem Schritt folgten.

Jetzt, wo meine Sinne übermenschlich geschärft waren, entging mir nichts mehr!

Vor mir auf dem Teppich machte ich Tierhaare aus – entweder von den Hunden oder ... oder von einem dunkelhaarigen Affen! Oder einem Bären.

Ich sollte eine Probe nehmen, um einen DNA-Abgleich durchführen zu lassen.

„Du endlich gehen in Büro!", schimpfte Boris und hielt mir wartend die Tür auf.

Schnell und unauffällig leistete ich seiner Aufforderung Folge und setzte mich mit einem strahlenden Heidi-Klum-Lächeln hinter den Rechner.

„Ist Gideon ... ähm, ich meine Doktor Koch ... heute wieder in der Praxis?"

Ich musste wissen, ob ich mich auf sexuelle Abwehr vorbereiten musste, denn immerhin klebte mir ein Mikrofon zwischen den Brüsten.

„Ja. Du machen deine Arbeit – er machen seine." Boris sah mich eindringlich an. „Und ich machen meine!"

War das eine Drohung? Klang so. Aber warum sollte er mir drohen? Ich hatte mich doch, abgesehen von meinen Schuhen in Gideons Schlafzimmer und der Fassadenkletterei, immer sehr unauffällig verhalten.

Als ich endlich allein war, machte ich mich am Computer auf die Suche nach Hinweisen. Edlmayer würde sich an seinem bayrischen Fluch verschlucken, wenn ich den ganzen Fall bis Mittag gelöst haben würde! Und das musste ich, denn dann würde Gideon seine Praxis schließen und nach Hause kommen. Und nach all diesen unerwarteten Wendungen wollte ich ihm nicht mehr unbedingt in die Arme laufen.

Ich nahm mir noch mal die Kontobewegungen vor und druckte aus, was mir komisch vorkam.

Der Betreff „Für den König" war ganz klar eine Anspielung auf den König der Löwen! – also ein illegaler Löwe. Und die Reisen nach Sumatra und in sonstige exotische Länder untermauerten meine Befürchtungen.

Ich druckte auch das alles aus. Nun widmete ich mich den Immobilien. Schmitt vermutete Gideons lebendige Handelsware in einer Lagerhalle.

„Haus in der Schweiz, Wohnung in Ischgl, eine Bootsgarage am Münchner Stadtrand und mehrere Mietswohnungen in der ganzen Region", zählte ich für die Männer im Observationswagen leise mit auf.

Heilige Scheiße, so ein Tierarzt mit illegalem Nebeneinkommen konnte sich echt was leisten!

Das Mikrofon in meinem Ohr knackte, ehe ich

Schmitts Stimme direkt in meinem Kopf vernahm: „Du machst das super! Was findest du über die Bootsgarage?"

Ich vertiefte mich in die dazu passenden Unterlagen und gab Schmitt die Adresse durch.

„Es ist echt komisch, denn ich finde in all den Unterlagen überhaupt kein Boot", überlegte ich.

„Rate, was er dort lagert?", antwortete Schmitt, ehe ein weiteres Knacksen signalisierte, dass das Gespräch beendet war.

Was er dort lagerte? Mir wurde ganz schlecht. Hatte ich gerade einen Beweis für Gideons Beteiligung an all diesen furchtbaren Taten gefunden? Meine Mutter würde sehr enttäuscht sein, hatte sie sich doch den attraktiven Tierarzt als Schwiegersohn auserkoren. Oder als Lustknaben ... wofür auch immer, sie würde auf jeden Fall mir die Schuld geben! Und Pussy würde auch sehr enttäuscht sein – immerhin hatte er uns sogar am Abend vor Weihnachten geholfen.

Der Gedanke an Weihnachten brachte mir auch mein komisches Gefühl von damals wieder in Erinnerung. War da nicht ein Schrei gewesen? Und ein merkwürdiger Knall? Von irgendwo im Erdgeschoss? Und gestern dieses komische Knurren?

Ich sollte mir das auf jeden Fall noch genauer ansehen. Aber zuerst ... Ich stand auf und wollte meine Beweise aus dem Drucker nehmen, aber ein Papierstau ließ sämtliche Lämpchen an dem Gerät leuchten.

Verdammt! Ein Papierstau! Das war der Super-

GAU! Ich konnte alles – außer Drucker und Kopierer – dazu bringen, mir zu geben, was mir zustand!

„Na warte, du Scheißding! Ich mach dich alle!", fluche ich und riss das Papierfach heraus.

In meinem Ohr knackte es.

„Bist du aufgeflogen? Wir holen Verstärkung!"

„Was? Nein, ich … ich komme klar!", beschwichtigte ich Schmitt, denn ich hatte eine Idee. Marc! Er war doch immer mein Retter – und er war ein Held am Computer. Ein Drucker würde für ihn kein Problem darstellen.

Ich rannte zu meiner Handtasche und kramte mein Handy hervor.

„Hi, Süße, na, hast du deinen Doktor in die Schranken verw…"

„Marc!", unterbrach ich ihn hektisch. „Du musst mir helfen! Ich habe ein Riesenproblem! Du ahnst nicht, was heute passiert ist."

In meinem Ohr knackte es.

„Stopp! Kochs Villa könnte verkabelt sein. Ein Mann wie er sichert sich ab! Du darfst nichts Verdächtiges sagen!", ermahnte mich Schmitt.

„Was ist denn nun schon wieder passiert?", übertönte Marc Schmitts Warnung.

„Was?" Ich war überfordert. „Also …"

„Nichts sagen, was die Mission gefährdet!"

„Warum rufst du an, Annalein? Hast du Sehnsucht? Soll ich dir erzählen, was ich heute Nacht geträumt hab?"

Shit! Das lief ja alles total aus dem Ruder.

„Nein! Marc! Hör zu …"

Schweigen am Ende beider Leitungen. Ich holte tief Luft. „Ich habe einen Papierstau – du musst mir helfen, sonst …"

„Nichts über die Mission!", warnte mich Schmitt erneut.

„Ja, Herrgott! Ich weiß! Halt doch mal den Mund!", schrie ich auf.

„Was?" Marc war zurecht verwirrt. „Ich hab gar nichts gesagt."

„Ja, ich … vergiss es, Marc! Sag mir lieber, wie ich das Papier wieder aus dem Drucker bekomme. Wenn ich das nicht hinbekomme …" Ich suchte nach einer diplomatisch unverfänglichen Erklärung. „… dann bekomme ich echte Schwierigkeiten."

Das war nicht mal gelogen. Sollte Boris sehen, was ich ausgedruckt hatte, würde er mich vermutlich an die Dobermänner verfüttern.

„Ist alles in Ordnung, Annalein? Dieser Tierarzt lässt dich doch hoffentlich in Ruhe?"

„Ja, keine Sorge. Hilf mir nur bitte ganz schnell mit dem Drucker!"

„Na schön. Hat der Drucker eine hintere Kassette? Meistens kann man da das Blatt sehen, das sich verklemmt hat."

Ich suchte – und fand das Fach, von dem Marc sprach, und tatsächlich schaffte ich es, das Papier zu fassen zu bekommen.

„Klappt es?"

„Ja, ich ... warte ... jetzt hab ich's." Ich zerknüllte das verkrüppelte Blatt und wartete, bis die anderen Ausdrucke nun säuberlich ausgespuckt wurden. „Danke, Marc!"

„Ist wirklich alles in Ordnung? Du klingst gestresst. Eigentlich wollte ich es dir erst später sagen, aber ..."

„Ja, sag's mir später! Ich muss hier dringend weitermachen."

„Warte! Ehe du dich da noch mehr reinstressen lässt: Die Kanzlei, bei der du dich neulich vorgestellt hast, hat angerufen. Ob du ihren Brief nicht bekommen hättest?"

Mir stockte der Atem.

„Was?", rief ich und taumelte zu meinem Bürostuhl. Das war nicht der richtige Zeitpunkt für schlechte Neuigkeiten. Wütend warf ich die Blätter auf den Tisch. Dieser Scheiß-Kiffer-Witz! Trotzdem war das jetzt nebensächlich.

„Marc, wir ... wir reden später. Ich muss, ehe Gideon ..."

„Nichts über die Mission!", hallte schon wieder Schmitts Stimme in meinem Ohr.

„Herrgott, fick dich! Dieser ganze Scheiß hier macht mich noch ganz verrückt!"

„Was?" Marc klang wirklich verwirrt, aber darauf konnte ich jetzt keine Rücksicht nehmen.

„Ich erkläre es dir später!", versprach ich und legte auf.

Gerade rechtzeitig, um zu bemerken, dass ein Mercedes-Transporter mit dunkel getönten Scheiben die Auffahrt heraufgerollt kam. Boris ging dem Wagen entgegen, die Hunde im Schlepptau.

Ha! Das war meine Chance!

„Ich durchsuche das Erdgeschoß", flüsterte ich für die beiden im Überwachungsfahrzeug, ehe ich in den Flur schlich. Mit den Turnschuhen war ich im Nu die Treppe unten und versuchte, mich zu erinnern, von wo das Geräusch gekommen war.

Gideon hatte Boris am Weihnachtsabend in Richtung Küche geschickt, also schlich ich dorthin. Ich öffnete die Tür und erstarrte.

„Komm raus – der Zoll stürmt gerade die Bootsgarage! Wenn Koch das mitbekommt, wird es vielleicht brenzlig", warnte Schmitt, und ich kniff frustriert die Lippen zusammen.

Klar – das hätte er ja auch nicht eine Minute früher sagen können!

„Anna? Was machst du hier?", fragte Gideon und bedeutete den Männern neben sich, ihre Waffen herunterzunehmen.

Eine große Holzkiste stand auf dem Boden zwischen mir und den Bewaffneten. Darin wand sich eine riesige Schlange.

„Anna?", hakte Gideon noch einmal nach und kam langsam auf mich zu. Ich wich an die Tür zurück.

„Ich ... ich suche das Klo", presste ich heraus.

„Bist du aufgeflogen?", hallte Schmitt in meinem Ohr.

War ich aufgeflogen? Es sah so aus. Ich würde dieses Haus vermutlich im Magen dieser Schlange verlassen! Ich musste Schmitt unauffällig sagen, was hier vorging.

„Ja, äh ... das ... das in der Kiste ist eine riesige illegale Schlange."

Ahhh! Wie unauffällig war es denn, diese Anakonda als illegal zu bezeichnen?

Sicher sah Gideon das genauso, denn sein Blick verfinsterte sich. Ich griff nach dem Türgriff und taumelte nach hinten in den Flur, als Boris die Tür energisch aufriss. Ich fiel ihm direkt in die Arme.

„Ah! Hier ist sie. Hat ihre Nase gesteckt in unsere Angelegenheit!", donnerte er und warf meine Ausdrucke vor Gideon auf den Boden. Die hatte ich offensichtlich auf dem Schreibtisch liegen lassen!

Ich war echt geliefert!

„Was haben wir denn da?", fragte Boris und tastete meinen Oberkörper ab. Dann riss er mit einem Ruck meine Bluse auf, und der ganze Kabelsalat offenbarte sich.

„Hiiiiiiiilfeeeee!", kreischte ich, ehe er mir das Mikro mitsamt dem Klebeband vom Körper riss.

„Miststück!" Boris stieß mich zu Boden. „Was wir jetzt machen mit ihr? Die Übergabe wir können vergessen!"

Die Männer beeilten sich, einen Deckel auf die Kiste zu machen, was ich erst mal ganz gut fand – vor allem, weil ich nicht in der Kiste lag, als das geschah. Gideon sah mich bedauernd an, dann rannte er zur Tür.

„Plan B!", rief er, und Boris nickte.

Offenbar wussten alle außer mir, was Plan B bedeutete. Vermutlich **B**eseitigen von Beweisen ... und Zeugen.

Darum sprang ich auf und rannte los. An der Haustür stand Gideon und zückte eine Pistole, also floh ich wieder die Stufen hinauf. Boris kam mir fluchend nach, und auch die Hunde kläfften irgendwo hinter mir.

So eine Scheiße! Warum rannte ich weg? Warum hatte ich nicht ebenfalls eine Waffe? Was war ich denn bitteschön für eine Spionin? Ich brauchte eine giftpfeilspuckende Uhr – und eine Lizenz zum Töten!

Da meine Ausstattung demnach arg zu wünschen übrigließ, blieb mir nur die Flucht, denn die Hunde kamen immer näher. Ich rannte den Gang entlang, am Arbeitszimmer vorbei – Shit! Da drin lag mein Handy! An Gideons Schlafzimmer vorbei – Shit! Da hätte ich am Efeu hinunterklettern können! Und durch die nächstbeste Tür.

Ha! Ich hatte das Badezimmer gefunden!

WAHHHHH!

Ein Badezimmer mit einem Babykrokodil in der Badewanne! Einem hungrigen Krokodil, wenn ich den Blick des Reptils richtig deutete.

Ohne nachzudenken, stolperte ich rückwärts und hastete zurück in den Flur.

Ein Fehler – wie sich herausstellte, denn Pinky – oder war es Brain? – übernahm jetzt die Herrschaft, indem er seine Zähne in meinen Schuh grub.

„Scheißtöle!", schrie ich und humpelte, den Hund mit mir schleifend, weiter.

„Bleib stehen!", warnte mich Boris, richtete sein Gewehr auf mich und drückte ab.

Der Schmerz war ... gar nicht so schlimm wie erwartet, aber ich ging dennoch augenblicklich zu Boden.

Hmm, ich hatte immer angenommen, es würde wehtun, wenn einen eine Gewehrsalve niederstreckt. Na, ich wollte mich ja in meiner letzten Sekunde auf Erden nicht beschweren. Stattdessen hätte ich gerne noch erfahren, wovon Marc heute Nacht geträumt hatte ...

Kapitel 12

Eine lange Bewusstlosigkeit später fragte ich mich, wie um alles in der Welt ich mich in dieser Situation wiederfinden konnte. Wie um alles in der Welt war ich hier gelandet?

Ich lag an Händen und Füßen gefesselt auf Gideons Bett und blinzelte benommen gegen die Trägheit an, die meine Glieder befallen hatte. Eine Gänsehaut überzog meinen Körper, als Marc mit hochrotem Kopf die Tür aufbrach.

Das Holz splitterte und flog bis auf den Bärenteppich. „Sie ist hier!", rief er, und drei Männer in Kampfanzügen und mit Sturmgewehren im Anschlag drängten sich an ihm vorbei in den Raum. Akribisch durchsuchten sie alles, hoben Vorhänge an und schauten unters Bett.

„Gesichert!", brüllte einer, während die anderen schon wieder den Rückzug antraten.

Hallo??? Und was war mit mir? Sie würden mich doch hier nicht einfach so liegen lassen? Und warum stand Marc nur so da?

„Ist sie das?", fragte mein einzig verbliebener Retter und schob Marc zu mir ans Bett.

Erst jetzt fragte ich mich, ob ich halluzinierte, denn was in aller Welt hatte Marc hier verloren? Wie war das möglich? Er war weiß wie die Wand und kam mir neben dem Kerl in der Kampfmontur doch ziemlich schmächtig vor.

„Anna!" Erleichtert beugte er sich über mich und strich mir über die Wange. Ich wollte nichts mehr, als in seiner Umarmung Schutz zu suchen. Allerdings gehorchte mir mein Körper überhaupt nicht.

„Was zum Teufel ist denn hier los?", fragte er und musterte mich erschrocken.

Es war sicher nicht gerade erfreulich, wenn man die eigene Freundin mit zerrissener Bluse und gefesselt im Bett eines anderen vorfand. Aber hey – ich hatte doch eine wirklich logische Erklärung dafür. Immerhin war ich eine waschechte Tierschutzspionin mit der Lizenz zum Abhören, die zudem noch einen illegalen Tierschmugglerring hochgenommen hatte. Zumindest sah es für mich ganz danach aus, da anstatt des mordenden Boris das Sondereinsatzkommando der Polizei sich meiner angenommen hatte.

„Das ... das kann ich dir jetzt alles nicht erklären", flüsterte ich noch immer geschwächt. „Wie ... wie kommst du hierher?"

Er schüttelte den Kopf.

„Du warst vorhin am Telefon so komisch – da hab ich mir Sorgen gemacht. Ich hab dann ein paar Mal versucht, dich am Handy zu erreichen, aber du bist nicht drangegangen. Darum bin ich hergekommen. Ich wollte gerade am Tor klingeln, als mich so ein Kerl mit breitem Dialekt angesprochen hat. Er hat gesagt, ich solle da jetzt besser nicht rein – nicht, ehe sie die ganze

Bande hochgenommen hätten." Marc strich sich noch immer ganz konfus durchs Haar.

Ich hätte ihm gerne Trost gespendet, denn mir war klar, dass es schwer sein musste, herauszufinden, dass der geliebte Partner in Wahrheit ein Spion war. Er fühlte sich sicher wie Brad Pitt in *Mr. & Mrs. Smith*. Nur, dass ich nicht Angelina Jolie war – und ihn zumindest im Moment auch nicht umbringen wollte.

„Oh, Marc – es tut mir alles so leid!"

„Ehe ich wusste, wovon der Typ überhaupt spricht, kam schon das SEK mit ihren schusssicheren Westen und dem ganzen Kram. Ich hab mich einfach an sie rangehängt."

Er zupfte mir vorsichtig den Betäubungspfeil, den Boris mir verpasst hatte, aus dem Oberschenkel und hob die linke Augenbraue – diesmal aus Sorge und nicht aus Spott.

„Ich bin so froh, dass dir nichts passiert ist!", gestand er und machte sich an den Fesseln zu schaffen. „Auch, wenn ich wirklich gerne wüsste, warum du dich immer wieder in solche Situationen bringst. Du bist echt etwas Besonderes, Annalein!"

Es war süß, dass er das sagte. Allerdings ließ dieses „Besondere" mehrere Auslegungen zu. Aber wollte ich wirklich herausfinden, was genau er damit sagen wollte? Besser nicht!

„Was ist mit Koch? Und Boris? Und der Schlange und dem Krokodil?"

Marc lachte.

„So einen Russen haben sie in der Auffahrt

verhaftet, Koch ist wohl auf der Flucht, und der Rest … keine Ahnung, aber das ist mir im Moment auch ziemlich egal." Er beugte sich über mich und küsste mich. „Herrgott, Annalein! Du hast mir einen teuflischen Schrecken eingejagt!"

Ich kicherte, denn ansonsten hätte ich vor Erleichterung, dass wirklich alles überstanden war, geheult.

Zu Hause ließ mir Marc ein Schaumbad ein, entzündete Kerzen und kochte mir einen Tee zur Beruhigung, auch wenn ich dem Anlass entsprechend lieber einen Martini – geschüttelt, nicht gerührt – getrunken hätte.

Es war so süß, wie er sich um mich kümmerte. Er hatte mich den ganzen Weg nach Hause getragen, weil die Wirkung des Betäubungspfeils noch immer nicht ganz nachgelassen hatte.

Jetzt fühlte es sich so an, als säße ich anstatt auf meiner Arschbacke auf einem Hämorrhoidenkissen! Marc kniete neben der Wanne und fuhr mir mit dem Waschlappen über die Schulter.

„Ich brauche einen neuen Job, Marc!", erklärte ich matt und sank tiefer in das heiße Wasser.

Ein leises Lachen entstieg seiner Kehle, und mir wurde wärmer. Das Wasser rann aus dem Waschlappen über meine Brust.

„Dann ist es ja praktisch, dass diese Kanzlei Klett gerne wissen würde, ob du jetzt den Job bei ihnen annehmen willst – denn nach Aussage der Sekretärin hast du den Chef dort ordentlich beeindruckt."

Ich fuhr hoch, sodass Wasser auf Marcs Shirt schwappte.

„Echt? Das gibt's doch nicht!"

Ich konnte es nicht fassen. Sollte es so einfach sein, Fotzen-Harald und Kroko-Doc Gideon hinter mir zu lassen und stattdessen meine Zukunft in die Hände von Hippie-Klett zu legen? Das klang beinahe verlockend. Verlockend NORMAL! Wurde ich jetzt am Ende noch seriös? Und war seriös nicht das Ende jeder Femme fatale?

Marc betrachtete sein nasses Shirt, dann zuckte er die Achseln und zog es kurzerhand aus.

„Doch. Das stand wohl auch in dem ungeöffneten Brief auf deinem Bett – aber jetzt sag mir bitte nicht, dass du mit dem auch schon einschlägige Pfannenwendererfahrungen gemacht hast!"

Ich lachte und spritzte etwas mehr Wasser auf ihn.

„Blödmann!"

Um seinem Spott zu entgehen, behielt ich lieber für mich, dass Klett mich schon jetzt für ein böses Mädchen hielt. Aber es war das böse Mädchen in mir, das jubilierte, als Marc mit einem breiten Grinsen auch noch seine Hose auszog und zu mir in die Wanne stieg.

„Du bist ja schon wieder ganz schön frech, dafür dass du gerade noch hilflos und halbnackt und mit einem Betäubungspfeil im Bein an ein Bett gefesselt warst", foppte er mich und schlang seine Arme von hinten um mich.

„Ich hätte echt nicht gedacht, dass du dir so eine einmalige Gelegenheit entgehen lässt. Immerhin war da ein riesiger Spiegel über dem Bett", scherzte ich, auch wenn mich die Erinnerung an meine Hilflosigkeit durchaus erschreckte.

„Och, Annalein." Er biss mir sanft in den Hals. „Wenn ich dich jemals so haben will, dann werde ich es mir nicht nehmen lassen, dich selbst zu fesseln – aber betäuben werde ich dich nicht, denn ich mag es, wenn du das Tempo vorgibst."

Huuuu! Das Badewasser würde gleich anfangen, zu kochen!

„Aber vielleicht sollten wir uns ein Hotelzimmer mit Spiegel an der Decke buchen", überlegte Marc, während er mich einseifte.

„Hotel? Welches Hotel? Habe ich was nicht mitbekommen?"

Er ging seiner Aufgabe sehr gründlich nach, und ich schloss genießerisch die Augen. Sanft war durchaus auch mal ganz gut – so zur Abwechslung.

„Na, ich hab gedacht, ehe du dich gleich wieder in tödlicher Mission in deinen neuen Job stürzt, könnten wir doch erst mal in den Urlaub fahren. Nach all den Strapazen der letzten Tage ..."

Ich konnte Marcs Worten kaum folgen. Dort, wo er mich berührte, war von der Betäubung nichts mehr zu merken und ein köstliches Prickeln durchrieselte meinen Körper.

„Perfekt", murmelte ich, ohne so recht zu wissen, was genau ich meinte. Seine Reisepläne, seine aktuellen Pläne oder beides.

Nur eines war in diesem Moment wichtig: das Quantum Trost, das Marcs Nähe mir spendete!

Ende

Emily Bold

Im Urlaub mit Mr. Grey

Kapitel 1

Kennt Ihr das?

Sich in einer Situation wiederzufinden und sich dann zu fragen, wie um alles in der Welt man da gelandet ist?

So ging es mir gerade.

Ich trieb auf einem Türblatt im Mittelmeer, während die Lichter der *Adriatica* am Nachthimmel immer kleiner wurden und eisige Wellen an meinen Waden leckten.

Kapitel 2

Ich lag träge im Bett und blätterte durch Reiseprospekte für die Türkei oder Ägypten, während Pussy mir in halbzärtlicher Mister-Grey-Manier die Zähne in die Zehen grub. Ihr lautes Schnurren hatte meditative Wirkung, und ich fühlte, wie sich so langsam mein inneres Gleichgewicht wiederherstellte.

Der Bluterguss an meinem Oberschenkel von dem Betäubungspfeil verblasste allmählich, und ich kam mir vor wie James Bond im Ruhestand. Das Adrenalin, das mir mein letztes Abenteuer bis unter die Schädeldecke gepumpt hatte, baute sich mit jeder leidenschaftlichen Liebesnacht in Marcs Armen weiter ab. Ich wurde schrittweise wieder ich selbst. Ich war mir sicher, in einigen Wochen würden mich nur noch Edlmayers Dankesschreiben und die Ehrenauszeichnung der Polizei „für meinen mutigen, selbstlosen und lebensbedrohlichen Einsatz im Namen der Gerechtigkeit" erinnern, die ich gerahmt und im Wohnzimmer aufgehängt hatte.

Ja, ich war eine Heldin! Eine Superspionin erster Klasse! Und ich hatte mir diese freien Tage wirklich verdient. Zwar musste ich bei Gelegenheit noch kurz bei Klett in der Kanzlei vorbei und meinen Arbeitsvertrag unterzeichnen, doch bevor ich mich zu

Beginn des nächsten Monats dort ins Getümmel stürzen würde, wollten Marc und ich zusammen in den Liebesurlaub fahren.

Darum studierte ich die Prospekte aus dem Reisebüro. Meine Reisekasse war zwar im Grunde überhaupt nicht existent, weil ja die Autoreparatur noch immer anstand, aber wer konnte bei türkisblauem Wasser und kilometerlangen Sandstränden schon Nein sagen?

Ich jedenfalls nicht!

Wir würden Sex haben – im Flugzeug, im Hotel, vor dem Hotel, hinter dem Hotel und … im Meer, vielleicht heimlich im Pool und ganz sicher noch mal im Flugzeug – wir würden ja auch wieder zurückfliegen! Sex-Tourismus mal anders! Ich würde für die Reise nicht sehr viel mehr brauchen als einen Bikini und … ein paar post-coitale Schokodrops! Das alles mit All-inclusive gepimpt würde auch meine kulinarischen Leidenschaften befriedigen!

Es stand also fest! Urlaub! Ich komme!!

Ich sah mich direkt in einem halbseidenen Traum von einem Kleid am Strand den Sonnenuntergang genießen …

Hach!!

Als das Wasser unter der Dusche abgestellt wurde, verdrängte ich meine Urlaubsfantasien. Ich spitzte die Ohren – genau wie Pussy. Sie ließ von meinen Zehen ab und sprang vom Bett. Mit schief gelegtem Kopf tapste sie zur Tür und spähte in den Flur.

Klar! Diese Katze ließ sich keine Gelegenheit

entgehen, Marc nackt zu sehen. Das war mir schon mehrfach aufgefallen und bestätigte Marc in dem Glauben an seine unwiderstehliche animalische Wirkung auf das weibliche Geschlecht.

Um von ebendieser Wirkung etwas abzubekommen, drapierte ich mich lasziv auf die Kissen und öffnete den Kragen meines Bademantels, so, als wäre mir überhaupt nicht bewusst, dass meine Nippel blitzten. Was Madonna und Janet Jackson konnten, konnte ich schon lange!

Erwartungsvoll zog ich den Bauch ein und hielt die Luft an, als Marc reinkam. Doch anders als erhofft, war er schon angezogen und knöpfte gerade noch sein Hemd zu.

„Hey, Annalein", raunte er, als er seinen Blick über mich wandern ließ. „Du weißt, dass ich heute zur Abwechslung mal ins Büro muss?", fragte er und beugte sich über mich. Er lupfte meinen Bademantel und fuhr mit den Händen unter den Stoff. „Für wen bringst du dich also in so sündige Pose?"

Er küsste meinen Bauch und ließ seine Zunge verheißungsvoll höher wandern. Die Stoppeln auf seinen Wangen kratzten auf meiner Haut, und ich sog erregt die Luft ein. Manchmal fand ich es gar nicht so übel, dass er diesem Naturburschen-Trend folgte und sich seit Kurzem einen Bart wachsen ließ.

„Ich dachte, du könntest vielleicht von zu Hause arbeiten?", flüsterte ich und grub meine Hände in sein Haar.

Um zu verhindern, dass ich seinen *Out-of-Bed*-Look

zerstörte, setzte Marc sich auf und zupfte einzelne Strähnen wieder in seine Stirn.

„Wenn du hier bist … und ich auch … dann …" Mit einem bedauernden Blick schloss er meinen Bademantel und zog mir die Bettdecke bis über die Brust. „… dann hab ich wirklich keine Arbeit im Sinn, Annalein. Außerdem will mein Chef irgendwas Wichtiges besprechen."

Er bückte sich und streichelte Pussy, die an seinen Schnürsenkeln kaute. Dann setzte er mir die Wildkatze auf den Schoß und stand auf.

„Such du doch in der Zwischenzeit ein schönes Hotel aus."

Damit überließ mich Marc meiner Langeweile – und der Killerkatze. Zwar war Pussy inzwischen deutlich zugänglicher, aber sie musste mitbekommen haben, dass wir vorhatten, ohne sie zu verreisen. Sie hatte wieder diesen dämonischen Blick.

„Ist ja gut, Chucky!", versuchte ich, sie zu beschwichtigen. „Wir bringen dich schon irgendwo unter."

Ich nahm an, dass jede zeitweise Unterkunft besser wäre als der Kanalschacht, aus dem man sie gefischt hatte. Sie brauchte sich also nicht zu beschweren. Und ich war ehrlich gesagt froh, Marc mal wieder nur für mich allein zu haben. Pussy war doch sehr auf ihn fixiert und schien unser Sexleben ganz bewusst zu sabotieren.

Wenn bei Marc etwa die Hose fiel, konnte man sicher sein, dass Pussy irgendwo in der Wohnung im

Gegenzug auch etwas fallen ließ. Zum Beispiel einen Blumentopf vom Fensterbrett. Oder wenn Marc sich auf mich stürzte, dann fuhr sie ihre Krallen aus und tat das ebenfalls.

Ich hätte ja meinen Tierarzt dazu konsultiert, doch der hatte sich dummerweise ins Ausland abgesetzt, nachdem ich seinen illegalen Tierschmugglerring hatte auffliegen lassen. So ein Pech auch!

Jetzt musste ich also jemanden finden, der kein Problem damit haben würde, beim Sex von einer Psychokatze gestört zu werden. Ich dachte da sofort an meine Schwester Marie. Vielleicht konnte sie mit ihrer Berufserfahrung als Psychologin ja herausfinden, was der Grund für die Persönlichkeitsspaltung meiner Katze war. Schließlich wusste Marie ja sonst auch immer alles!

Am Nachmittag hatte ich es tatsächlich geschafft, meine müden Knochen so weit zu motivieren, mich in ein (dem Hippielook meines zukünftigen Chefs angemessenes) bunt gebatiktes Kleid zu zwängen und einen Wiederbelebungsversuch meiner Rostlaube zu starten. Schließlich rief die A9! Ich hatte einen Termin bei meinem neuen Arbeitgeber. Da ich mich mit Schrecken an die letzte Fahrt erinnerte, hatte ich vorsorglich seit Stunden nichts getrunken, um Chemietoiletten weiträumig umfahren zu können. Ich hoffte deshalb, nicht dehydriert im Treppenhaus von Kletts Kanzlei zusammenzubrechen – sollte der doofe Fahrstuhl immer noch defekt sein.

Da meine Blase diesmal also kein Risiko darstellte, hatte ich den Kopf frei für Überlegungen zum Wiedersehen mit dem Späthippie. Der Batiklook würde mir sicherlich Pluspunkte einbringen. Da Klett sich von meinem Kifferwitz nicht hatte abschrecken lassen, mich trotzdem einzustellen, nahm ich an, dass er wohl selbst gelegentlich zum Tütchen griff. Hoffentlich erwartete er nicht, dass ich mich da anschloss, denn ich war zugegebenermaßen schon im nüchternen Zustand eine Gefahr für mich selbst.

Ich probte also mit kritischem Blick in den Rückspiegel mehrfach mein „It's cool man!" und mein „Alles chillig!", während ich einem Laster an der Stoßstange klebte, um in dessen Windschatten Benzin zu sparen – schließlich musste ich eine Urlaubsreise finanzieren. Und ein passendes Strandoutfit!

Meide jegliche sexuelle Anspielung!, ermahnte ich mich, als ich mich atemlos die drei Stockwerke zur Kanzlei hinaufschleppte. Du brauchst diesen Job!

Und wenn ich den erst hatte und mich jeden Tag hier heraufquälen würde, dann bekäme ich zudem noch einen Hintern aus Granit und Oberschenkel, mit denen ich Melonen zerquetschen konnte. Immerhin etwas, womit ich im Guinnessbuch der Rekorde landen könnte, falls es mit der Karriere als Hippie-Assistentin wider Erwarten nichts werden sollte. Ich war wirklich stolz auf meine Flexibilität. Krisen sollten es da zukünftig schwer haben, mich aus der Bahn zu werfen.

Ich hatte schließlich eine enorme Weiterentwicklung durchgemacht. Inzwischen ruhte ich in mir selbst, war sexuell ausgelastet und hatte Adrenalin zu einer Zutat in meinem Morgenmüsli erklärt. Mein altes, langweiliges und spießiges Ich war gestorben und begraben! Der Gedanke ließ mich schaudern. Nein! Nicht begraben! Das erinnerte mich viel zu sehr an *Friedhof der Kuscheltiere*. Am Ende würde sich mein altes Ich wieder ausbuddeln und mich in einer finsteren Gewitternacht heimsuchen …

Als ich schließlich meine Finger in Kletts Büro um eine Tasse heißen Yogi-Tee schloss, hatte ich zum Glück meine Horrorfantasien im Griff. Stattdessen fragte ich mich, ob der leicht süßliche Geruch, den mein neuer Chef verströmte, von Opiaten oder Cannabis herrührte – oder doch nur einem etwas ungewöhnlichen Aftershave entsprang.

Wie kühn und mutig musste ein Anwalt sein, seine Marihuana-Dampfwolke in den Gerichtssaal mitzunehmen – oder zu Klienten in die nächste Polizeiwache? Vielleicht war Sebastian Klett das männliche Pendant zur Femme fatale? Ein Homme fatale! Ein tiefenentspannter Homme wohlgemerkt, denn obwohl ich nun seit guten zehn Minuten vor seinem Schreibtisch saß, hatte er seine Kopfüber-an-der-Wand-lehnende-Yogahaltung noch immer nicht aufgegeben. Die angegrauten Haare hingen auf dem Boden, und seine rot gemusterte Bandana war ihm schief über die Ohren gerutscht.

„Schmeckt der Tee?", fragte er gedehnt und passend zu den spirituellen Klängen einer Panflöte, was mich daran erinnerte, aus Höflichkeit zumindest an der Tasse zu nippen.

Ich lächelte, nippte und lauschte andächtig dem meditativen Gedudel. Ganz so, wie man es von mir erwarten würde. Schließlich mauserte ich mich zu einer professionellen Angestellten.

„Köstlich", flötete ich möglichst überzeugend, auch wenn das Gebräu mich an Spülwasser erinnerte.

Kletts Kopf nahm eine immer dunklere Rottönung an. Konnte das wirklich gesund sein? Na, zumindest wurden seine Haarwurzeln ordentlich durchblutet. Manche Frau wäre froh über so eine lange Mähne. Trotzdem verwirrte mich seine Haltung langsam, denn ich wusste nicht, ob es höflich war, ihm während unseres Gesprächs von oben in die Nase zu schauen. Hob ich aber den Blick, fiel mir unweigerlich sein bestes Stück unter der dünnen, anschmiegsamen Yogahose ins Auge. Offensichtlich war Sebastian Klett ein Linksträger.

Um zu verhindern, dass mir dazu ein unbedachter Kommentar entschlüpfte, lenkte ich meinen Blick schnell zurück in seine Nase.

„Ich muss sagen, ich habe unseren Plausch in der Toilette sehr genossen", erklärte Klett, wobei seine Nasenhaare bei jedem Wort zitterten. „Ich mag es natürlich. Die gespielte Perfektion Ihrer Mitstreiterinnen um den Job hat mich abgetörnt. Ich mag Menschen mit Schwächen."

„Dann bin ich genau die Richtige für …"

Was? Was redete ich denn da? Ich hatte doch keine Schwächen! Ich hatte … Persönlichkeit! Aber antörnen wollte ich ihn damit nicht! Und überhaupt … *antörnen*??? Was war denn das für ein Wort? Verwendete man das immer noch? War das nicht kurz nach den Dinosauriern ausgestorben?

„Ich meine … vielen Dank, dass Sie mich einstellen wollen, obwohl ich einfach gegangen bin."

„Hätte ich gekonnt, wäre ich auch gegangen", gab Klett zu und kam endlich auf die Beine. Er richtete seine Bandana und erinnerte mich, wie schon bei unserer ersten Begegnung, an einen alt gewordenen Axel Rose. „Sie haben gesagt, Sie seien ein böses Mädchen. Das gefällt mir! Treten Sie den Staatsanwälten in ihre Ärsche, den Richtern in die Eier, und beißen Sie sich an meinen Kollegen fest, bis wir jeden einzelnen Mandanten glücklich gemacht haben!"

Ich nickte, obwohl ich in meinem Kopf meine ehemalige Kindergärtnerin predigen hörte: „Gewalt ist keine Lösung!"

Als die doofe Sibille mir damals die Puppe entrissen und ich ihr daraufhin eins mit der Bratpfanne aus der Spielecke übergezogen hatte, war das durchaus eine Lösung gewesen. Sibille hatte die Puppe fallen lassen und ich meine Ader für kulinarische Schlagwerkzeuge entdeckt. Vielleicht war mein Griff zum Pfannenwender mir also schon damals vorherbestimmt gewesen!

Womöglich war es sogar der Kreislauf des Lebens, dass mich ein Telefonsexspiel mit Harald und dem Pfannenwender nun an einen Ort führte, wo es meinen neuen Hippie-Chef antörnte, wenn ich seine Kollegen vermöbelte.

Na toll! Der Kreislauf meines Lebens war im Grunde eine Spirale der Gewalt! Ich kicherte. Ich war ein Wesen der Nacht, eine zwielichtige Gestalt, geboren aus Gewalt, Sex und Marcs Spiegeleiern!

„Anna?" Klett sah mich fragend, aber geduldig an. Vermutlich hatte ihn noch nie etwas aus der Ruhe gebracht. Seine Entspanntheit war schon *schlaff* zu nennen – und sie wirkte ansteckend. Ich unterdrückte ein Gähnen.

Ob es der milde Duft nach Opium war, der meine Gedanken von diesem doch so wichtigen Gespräch ablenkte? Erschrocken riss ich die Augen auf.

Shit! War ich etwa high?

Das hatte mir gerade noch gefehlt!

„Was?", hakte ich panisch nach und versuchte, nicht mehr einzuatmen.

Zum Glück schien Klett davon nichts mitzubekommen, denn er goss gemächlich den Bonsai auf seinem Schreibtisch und murmelte dabei leise vor sich hin.

Ich könnte selbst dann nicht so breit wie er werden, wenn ich in einem brennenden Marihuana-Feld stehen würde.

„Ich sagte gerade, dass ich einmal im Jahr meine Mitarbeiter zu einem Wochenende an den Chiemsee einlade. Vielleicht haben Sie ja Lust, sich anzuschließen. Sie könnten dort alle in gelöster Atmosphäre kennenlernen, ehe Sie hier anfangen."

Gelöste Atmosphäre? War das eine Umschreibung für bekifft?

Ich schüttelte den Kopf und zuckte bedauernd mit den Schultern.

„Das klingt toll! Aber ich werde vor meinem ersten Tag hier noch einmal mit meinem Freund verreisen."

Klett wirkte nicht im Mindesten enttäuscht.

„Tatsächlich? Sie haben einen Partner? Bringen Sie ihn einfach mit. Wir sind eine große, glückliche Familie. Wir werden Sie und ihn mit offenen Armen empfangen."

Oje! Ich bekam immer mehr den Eindruck, dass Gruppensex zu Reggae-Klängen von Bob Marley im Zustand absoluter Bewusstseinserweiterung Hauptbestandteil dieses Kennenlernwochenendes sein würde.

Ich war zwar inzwischen wirklich megakühn und supermutig, aber so weit wollte ich dann doch nicht gehen.

„Ich fürchte, das ist unmöglich", log ich und suchte fieberhaft nach einer Ausrede. „Wir ... haben eine unfassbar teure Reise gebucht und können die kaum so kurzfristig absagen!"

„Wo geht es denn hin?", fragte er interessiert.

Ahhh! Woher sollte ich das wissen? Ich hatte mir ja nur die billigen Reiseziele angesehen – wegen der Rostlaube! Also wie sollte ich ein exklusives und kostspieliges Reiseziel kennen?

Verdammt! Wo machten denn all die Promis Urlaub? Auf Mallorca? In Abu Dhabi? Auf den Cayman Inseln? Oder konnte man da gar nicht Urlaub machen, weil die Insel voll mit Steuerflüchtlingen war?

„Wir fliegen in die Dominikanische Republik!", entfuhr es mir, und ich fand die Antwort sogar ganz passabel! Offenbar hatte das Rauschgift noch nicht alle Hirnregionen beeinträchtigt.

„Wie wunderbar!" Klett stand auf und reichte mir einen Federhalter, um den Arbeitsvertrag zu unterschreiben, der neben dem Bonsai bereitlag. „Dann genießen Sie die Zeit der Entspannung und Ruhe, lassen Sie Ihre Seele in Einklang mit Ihrer inneren Mitte kommen."

Seele? Einklang? Innere Mitte? Wenn das eine Umschreibung für Sex mit Marc war, dann hatte ich genau das vor!

Schnell setzte ich meine Unterschrift unter den Vertrag und legte den Stift ab. Da Klett aufgestanden war, tat ich das auch – es war Zeit, zu gehen, ehe mich der Dunst hier drinnen in eine ernstzunehmende Drogenabhängigkeit stürzte. Ich spürte direkt, wie meine Beine schwer wurden, meine Arme dagegen superleicht ... ich hatte Mühe, sie unten zu halten!

Höflich geleitete Klett mich zur Tür, vorbei an einem Regal, in dem ein Räucherstäbchen vor sich hin glomm und seinen intensiven Duft verströmte. Schlagartig wurden meine Arme wieder schwer, und das Gefühl kehrte in meine Beine zurück.

Ich war nicht high! Ich befand mich in einem von dem Räucherstäbchen hervorgerufenen eingebildeten Placebo-Delirium!

Trotzdem stand eines ganz klar fest! Meine Sorge wegen des Kifferwitzes war unbegründet gewesen! Im Gegenteil, der hatte mir vermutlich den Job erst verschafft.

„Vielen Dank für das Gespräch!", verabschiedete ich mich, erleichtert, jetzt zu Hause keiner auf den Rausch folgenden Fressattacke ausgeliefert zu sein, die meine ohnehin noch weit entfernte Bikinifigur endgültig ruiniert hätte.

Klett schüttelte mir die Hand und lächelte breit.

„Gerne! Genießen Sie den Urlaub! Und bringen Sie unbedingt Fotos mit!"

Kapitel 3

Fotos! Ich raufte mir die Haare und steckte mir einen Schokodrops in den Mund. Wie zum Teufel sollte ich an Urlaubsbilder aus der Dom Rep kommen? Dieses Reiseziel konnte ich mir keinesfalls leisten!

Auch Pussy machte ein nachdenkliches Gesicht. In Situationen wie diesen konnte ich alle Tierhalter verstehen. Die Solidarität eines Vierbeiners war wirklich tröstlich ... oder überlegte Pussy gerade, wie sie es schaffen könnte, mich trotz meiner Leibesfülle in einem Happs zu verschlingen?

Vorsichtshalber zog ich meine Füße unter die Kuscheldecke und schlug unauffällig ein Kreuz als Zeichen gegen das Böse. Ich war kein Pferdeflüsterer – und mit Katzen funktionierte das auch nicht so besonders!

Marie würde wieder behaupten, mir fehle das nötige Einfühlungsvermögen – aber was wusste die schon!

Allerdings lenkte mich die Frage, ob Marie ihre Affäre mit dem Tanzlehrer fortführte, geschickt von meinem eigentlichen Problem mit den Fotos ab. Ich malte mir in schillerndsten Farben aus, wie meine Schwester sich von diesem Robbie-Williams-Egomanen dominieren ließ, und verdrückte dabei den restlichen Inhalt meiner Dropstüte.

„Hi!", riss mich Marcs Rückkehr aus meinen schmutzigen Fremdsexfantasien. Pussy sprang auf, rannte zu ihm und warf sich vor ihm auf den Rücken.

Ich schüttelte verständnislos den Kopf über dieses mehr als würdelose Verhalten. Meine Namensvetterin Ana aus meinen Lieblingserotikromanen konnte sich bei ihr glatt noch eine Scheibe Demut und Unterwerfung abschneiden!

Ich setzte mich auf, knüllte die leere Tüte zusammen und warf sie achtlos auf den Tisch, was Pussys Jagdtrieb weckte. Marc war vergessen. Stattdessen pirschte sie sich an die Folienkugel heran. Reinste Mordlust glomm in ihren Augen. Ich beschloss, Pussy besser aus dem Weg zu gehen und den Moment der Ablenkung zu nutzen, um mich meinerseits an Marc ranzumachen.

„Hi!", schnurrte ich und folgte ihm mit wiegenden Hüften in die Küche. Er war hinter der Kühlschranktür verschwunden, und ich zupfte mir meinen Ausschnitt zurecht, um ihm tiefe Einblicke zu gewähren.

„Ich hab ein Problem!", gestand Marc, als er den Kühlschrank schloss und schmatzend, eine halbe Frikadelle vom Vortag zwischen den Fingern, zu mir kam. Er machte ein unglückliches Gesicht, und ich verabschiedete mich von der schnellen Nummer, die wir in meiner Vorstellung auf dem Küchentisch hätten schieben können.

Mein Liebster hatte ein Problem – und ich war sehr stolz, dass er damit zu mir kam. Das zeigte doch, wie gefestigt unsere Beziehung inzwischen war. Ich war nicht länger Anna, die sich auf halbherzige sexuelle Abenteuer einließ, um überhaupt mal einen Mann abzubekommen. Nein, ich war zu einer Frau geworden, die in einer ernsthaften, beständigen und tiefgründigen Beziehung lebte. Über die Rosa-Sonnenbrillen-Zeit, die geprägt war, von zahllosen welterschütternden Orgasmen, romantischen Träumereien und lebensverändernden Küssen waren wir hinausgewachsen und trotzdem noch zusammen!

YEAH, Marc hatte ein Problem – und gemeinsam würden wir das lösen!

„Was ist los?", fragte ich demnach sehr interessiert, während ich mir ebenfalls eine Frikadelle holte.

„Nichts. Vergiss es." Er kam zu mir und leckte mir das kalte Bratfett von den Fingern. „Ich finde schon eine Lösung." Seine Hände wanderten auf meinen Po, und er zog mich mit einem vielversprechenden Funkeln in seinen dunklen Augen an sich.

Na toll!

Frustriert versteifte ich mich und stemmte abwehrend die Hände gegen seine Brust.

„Ich dachte, wir führen eine ernsthafte Beziehung!", fuhr ich ihn an und entwand mich seiner Berührung.

Sein unschuldiger, überraschter Gesichtsausdruck machte mich noch wütender.

„Was? Was ist denn mit dir los?"

„Aha!", rief ich und hob meinen Zeigefinger. „Ich soll dir also sagen, was mein Problem ist – aber du sagst mir nichts!"

Marcs Spottbraue hob sich, und er legte den Kopf schief – das hatte er sich doch bestimmt bei Pussy abgeschaut.

„Ich weiß überhaupt nicht, wovon du sprichst!", verteidigte er sich. „Sind dir die Drops ausgegangen, ehe du satt warst?"

Boah! Dieser Arsch! Hatte er das echt gesagt?

Ich schnappte schockiert nach Luft und suchte nach einer schlagfertigen Erwiderung. Aber in so was war ich nie gut gewesen.

Spontan kam mir der Pausenhofspruch „Was man sagt, ist man selbst ..." in den Sinn, bei dem man die Hand hob und im besten Fall noch „Spiegelbild!" oder „Selber!" rief.

Beides schien mir der Schwere der Situation nicht annähernd angemessen, und ich entschied mich für einen weit dramatischeren Auftritt. Na ja, im Grunde war es eher ein dramatischer Abgang, denn ich drehte mich wortlos um und stapfte in mein Zimmer, wo ich bewusst heftig die Tür zuknallte und absperrte.

Seit ich mich in Unterwäsche auf dem Küchentisch auf Marc eingelassen hatte, hatte ich nicht mehr abgeschlossen. Er würde also wissen, wie verletzt ich war.

Oder?

Immerhin war Marc ein Mann ...

Ich überlegte, die Tür noch mal kurz aufzumachen und ihn darauf hinzuweisen, entschied mich aber dagegen. Das würde ja jegliche Dramaturgie, die durch den Knall entstanden war, zunichtemachen. Nein, wenn ich nur lange genug hier drinbleiben würde, dann sollte er die Botschaft schon begreifen!

Dumm war nur, dass mir der Ärger mal wieder auf die Blase drückte.

Typisch! Aber ich war ja eine Frau – und damit zwangsweise Profi im Beine zusammenkneifen. Wenn ich nur daran dachte, wie ich beim letzten Rockkonzert im Olympiastadion geschlagene achtunddreißig Minuten vor dem Damenklo gewartet, den Anfang des Konzerts verpasste hatte und dann am Ende im Gedränge nicht mehr zu meinem Platz im vorderen Innenbereich gekommen war, für den ich den ganzen Tag angestanden hatte!

Ja, meine Blase war einiges gewöhnt – und zur Not hatte ich eine Vase auf der Fensterbank stehen. Ich konnte mich also ewig hier verschanzen! Und Marc in seinem eigenen Saft schmoren!

Die Zeit verging, und ich hörte nur gelegentlich Schritte im Wohnzimmer und undefinierbare Geräusche, die zu meinem ohnehin schon lästigen Harndrang auch noch meine Neugier weckten. Das war wirklich störend, und ich blätterte, um Ablenkung bemüht, durch die Reiseprospekte, wobei ich bewusst den Blick auf die plätschernden Poolanlagen mied, um meiner Blase nicht noch mehr Druck zu machen, als es an der Tür klopfte.

Ich stellte mich taub!

„Anna?!" Marc klang reuig.

Natürlich stellte ich mich weiterhin taub.

„Annalein …"

Auch auf diesem Ohr war ich taub.

„Na komm", bettelte er. „Ich hab das nicht so gemeint."

„Das war echt fies!", entfuhr es mir, und ich schlug mir verärgert die Hand vor den Mund!

Mist! Jetzt wusste er, dass ich nicht taub war.

„Komm schon, Annalein. Lass mich dir zeigen, wie leid es mir tut. Ich hab eine Überraschung vorbereitet – als Entschuldigung. Und als Einstimmung auf unseren Urlaub."

Alles in mir schrie danach, mir anzusehen, wovon er sprach. Aber ich war noch viel zu sauer, um jetzt klein beizugeben! Schließlich hatte ich meine Würde!

„Ich will keinen Streit, Anna", murmelte er durch die Tür, und ich wusste genau, welchen Blick er dabei aufgesetzt hatte. Ein Blick, dem ich normalerweise nicht widerstehen konnte. Heute würde er damit nicht punkten – schließlich hatte ich Würde!

„Ich hab mir heute drei Badehosen gekauft – und du musst entscheiden, welche ich mitnehmen soll. Gerade trage ich einen getigerten Männerstringtanga. Du solltest dir das anseh…"

Scheiß auf die Würde! Ich riss meine Zimmertür auf und brach bei Marcs Anblick in prustendes Gelächter aus.

Auch Marc grinste und kam mit ausgebreiteten Armen auf mich zu.

„Sorry, Annalein", flüsterte er und küsste mich zärtlich. „Ich hab das nicht so gemeint. Ich war nur sauer auf die Arbeit – aber das hat sich schon erledigt. Ich wollte das nicht an dir auslassen."

Ich wollte mich großmütig geben und ihm verzeihen, aber als mein Blick durchs Wohnzimmer wanderte, blieben mir die Worte im Hals stecken. Entgeistert starrte ich auf das Zelt, die Schlafsäcke, einen Klapptisch und einen orange-braun gestreiften Sonnenschirm, der aussah, als hätte er eine Zeitreise aus den Siebzigern überlebt. Oder vielmehr – *gerade so überlebt*, denn eine der Ösen war eingerissen und die Spannstange ragte wie ein mahnender Finger unter dem losen Stoff hervor.

„Tadaaa!", rief Marc und breitete zufrieden die Arme aus. Er strahlte übers ganze Gesicht, während ich mich fragte, ob heute der erste April war und mein Liebster sich einen Scherz mit mir erlaubte?

Aber leider wusste ich nur zu genau, dass nicht der erste April war! Schließlich hatte ich mich da morgens kichernd in Marcs Kleiderschrank gequetscht, um ihn zu erschrecken, sobald er seine Kleider für die Arbeit herausnehmen würde. Ich kauerte unter seinen hängenden Hosen und rang um Luft, während ich darauf wartete, dass er aufwachte. Später belauschte ich ihn, wie er sein Bett aufschüttelte, nach mir rief und dann endlos lange im Bad verschwand. Beinahe wäre ich wegen des Sauerstoffmangels in Ohnmacht gefallen, aber die Geräusche, die Marc in der Küche machte, hielten mich wach.

Vor lauter aufgeregtem Gekicher überhörte ich, dass er zur Arbeit ging – ohne sich etwas aus dem Schrank zu nehmen! Als ich Stunden später meine eingeschlafenen Beine und meinen krummen Rücken aus dem Schrank geschleppt hatte, hatte ich mich schwach erinnert, dass Marc sich schon am Vorabend ein frisches Shirt zu seiner Hose über die Stuhllehne gehängt hatte.

Da ich dieses peinliche Erlebnis also noch genau in Erinnerung hatte, wusste ich, dass heute nicht der Tag für Scherze war. Also was zum Teufel wollte er mit diesem Kram?

„Tadaaa?", fragte ich entgeistert und versuchte, den Geruch der muffigen Zeltplane zu ignorieren.

„Ist das nicht klasse? Meine Eltern haben ihr ganzes Zeug aufgehoben. Wir können uns das alles ausleihen!"

Marcs Begeisterung machte mir Angst. Hatte Pussys Wahnsinn auf ihn abgefärbt? Musste ich zu meiner eigenen Sicherheit beide unter einen Topf stecken? Oder schnitt ihm der hautenge Stringtanga die Blutzufuhr ins Hirn ab?

Ich bedauerte, keine Spottbraue zu haben, denn dies wäre die Gelegenheit gewesen, sie zu heben.

„Wovon zum Henker sprichst du, Marc?"

„Na, von unserem Urlaub!" Er umfasste meine Taille und dirigierte mich in die Mitte seines Arrangements. Zu meinem Entsetzen standen da eine mit deutlichen Warnhinweisen ausgestattete Gasflasche und ein in die Jahre gekommener Gasgrill.

Das konnte doch nicht sicher sein! Oder zulässig! Ich sollte sofort Mister Januar anrufen, damit er Marc einen Vortrag über Brandschutz hielt. Das hier war ganz bestimmt gefährlicher als meine brennenden Penis-Kekse!

„Willst du uns in die Luft jagen?", fragte ich besorgt und trat ein paar Schritte zurück.

„Quatsch! Da passiert nichts. Die Flasche stand doch zwanzig Jahre bei meinen Eltern in der Garage – und es ist nie was passiert."

Wie bitte? Hörte er sich überhaupt selbst zu? Was sollte daran denn beruhigend sein? Ich konnte nur hoffen, dass inzwischen die Dichtungen porös geworden waren und das Gas sich längst verflüchtigt hatte ...

„Freust du dich gar nicht?" Ihm schien endlich aufzugehen, dass ich nur verhalten reagierte.

„Freuen? Worauf? Was soll denn das alles?", fragte ich und zuckte hilflos mit den Schultern.

„Zelten, Annalein! Wir fahren zelten! Was denn sonst?"

„Zelten???"

Hallo, ging's noch? Was meinte er damit? Offenbar sprachen wir nicht länger dieselbe Sprache.

„Na, komm schon, Anna. Du weißt doch, dass ich als Kind immer mit meinen Eltern campen war! Das war ein Riesenspaß!"

Ich schüttelte energisch den Kopf.

Das konnte er voll vergessen! Niemals! Nur über meine Leiche würde ich eine Nacht in so einem aufgeplusterten Schlafkondom mit Kordelzug ums Gesicht verbringen, während Ameisen eine Straße durch dieses windschiefe Zelt bauen!

„Als Kind hab ich immer Sand aus dem Sandkasten gegessen!", versuchte ich, seine Argumentation zunichtezumachen. „Das war auch ein Riesenspaß – aber ich würde doch nie von dir verlangen, das heute ebenfalls zu tun!"

Marc lachte und zog mich neben sich auf die Isomatte.

„Vertrau mir, Annalein!", flüsterte er und beugte sich über mich. „Camping ist urromantisch." Er knabberte an meinem Ohrläppchen. „In den Nächten kuscheln wir uns zusammen, lauschen den Grillen in den Büschen und machen es uns um die flackernde Gaslampe so richtig gemütlich. Wir machen Liebe … beinahe unter freiem Himmel!"

Hmmm …???

Wie er das so sagte, klang das ja nun nicht sooo übel, und ich schob gedankenverloren meine Hände unter den dünnen Bund seiner Tiger-Badehose.

„Wenn ich dich liebe, dann wird das Zelt wackeln", prophezeite er, und sein heißer Atem streifte meine Wange, während er mir die Träger meines Kleides von den Schultern schob.

„Dann wird jeder wissen, was wir tun!", gab ich zu bedenken, aber Marc grinste nur frech.

„Genau! Sie werden wissen, was wir tun. Macht dich das nicht heiß?"

Machte mich diese Vorstellung heiß? Na, vielleicht ein kleines bisschen …

„Keine Ahnung", log ich und schloss genießerisch

die Augen, als Marc mich rückwärts auf den Schlafsack drängte.

„Du wirst dir auf die Lippen beißen, um diese kleinen Laute der Lust zu unterdrücken, die du sonst immer machst", reizte Marc mich weiter. So allmählich gefiel mir der Gedanke.

„Sie werden aber auch dich hören", gab ich zurück und grub ihm die Fingernägel in den Hintern. So ein String hatte durchaus Vorteile ...

Er sog die Luft ein und lachte rau.

„Das werden sie, Annalein. Das werden sie. Sie werden hören, wie ich dir sage, dass ich dich liebe." Er küsste meinen Bauch und streifte mir das Kleid ab. Sein Blick versengte meine Haut, und ich drängte mich an ihn. „Sie werden hören, wie ich sage, dass du mich verrückt machst, mich verzauberst und ich dich verdammt noch mal endlich haben muss!", raunte er.

Kapitel 4

Am nächsten Morgen fühlte ich mich wie gerädert. Was für eine Nacht! Jeder Knochen tat mir weh – aber es war ein angenehm befriedigender Schmerz – aus Leidenschaft geboren. Und das ganz ohne Pfannenwender. Dafür mit Zeltschnüren – eine vollkommen neue Erfahrung!

Ich schlürfte an meinem Kaffee und sah gedankenverloren aus dem Fenster. In der Nacht hatte Marc mir also die Vorzüge des Campings nahegebracht, aber jetzt, so bei Tageslicht, fragte ich mich doch, wie mir in all der gemeinsamen Zeit hatte entgehen können, dass er ein verkappter Camper war? Ein Luftmatratzensurfer! Ein Naturbursche!

Ließ er sich etwa deshalb gerade einen Bart stehen? Sprang er womöglich auf diesen Trend auf, bei dem Männer sich in Holzfällerhemden warfen, Haare und Bart wachsen ließen, aber bei einem Splitter im Finger in Ohnmacht fielen? Hatte er vielleicht zu oft diese Survival-Sendungen im Fernsehen gesehen, in denen ehemalige Elitesoldaten Kamelkadaver ausweideten, um darin Zuflucht vor einem Sandsturm zu suchen? In denen der Überlebensexperte sich zum Frühstück einen Knödel aus eiweißhaltigen und leicht nussig schmeckenden Grashüpfern presste und diesen dann mit einem herzhaften Schluck Eigenurin hinunterspülte?

Mich schauderte bei der Vorstellung, Marc so eine Entwicklung nehmen zu sehen. Aber eigentlich war er doch viel zu bodenständig, um einem Modetrend hinterherzurennen. Und ob ihm wirklich Grashüpfer schmeckten???

Hoffentlich hatte meine Selbstfindung nicht auch noch auf ihn abgefärbt, denn ich mochte ihn so, wie er war – abgesehen von seinen Machosprüchen. Und seinen Socken, die er immer auf der Couch liegen ließ. Auf seine Spottbraue hätte ich auch verzichten können, aber der Rest … ja, der Rest von ihm war echt passabel.

Pussy sprang aufs Fensterbrett und verstellte mir die Aussicht. Sie rollte sich zusammen und schloss die Augen. Sie ignorierte mich beleidigt. Vermutlich hatte ihr unsere ausschweifende Liebesnacht nicht so gut gefallen.

Doch ich sollte mich von der Katze nicht von meinem eigentlichen Problem ablenken lassen. Und das war Marc!

Musste ich mir also Sorgen um ihn machen? Durchlebte er etwa eine Identitätskrise? Ich würde ihn auf jeden Fall im Auge behalten. Solange er keine Videos postete, in denen er sich in lasziver Pose die Haare zu einem Dutt knotete, sah ich die Sache noch relativ entspannt. Ich musste mich nur wohl oder übel mit dem Gedanken anfreunden, auf Sex im Flugzeug zu verzichten, denn Marc wollte mit dem Auto nach

Jesolo fahren. Klar! So viel Campingzubehör, wie er im Wohnzimmer verteilt hatte, würde ja auch kaum als Handgepäck durchgehen. Noch dazu bezweifelte ich, dass er mit der Gasflasche durch den Check-in kommen würde.

Allerdings fand ich die Vorstellung, diese Flasche sechshundert Kilometer auf dem Autorücksitz durch halb Europa zu kutschieren, auch nicht gerade prickelnd.

Und überhaupt: wenn schon Camping, warum dann in einem Zelt? Ich hatte vor Längerem im Fernseher einen Beitrag über Superluxuswohnmobile gesehen. Das wäre bestimmt eher mein Fall. Mit ausziehbaren Seitenteilen, in denen sich ein Jacuzzi versteckte, und einem Sportwagen in der Heckklappe. Oder Glamping! Diese ungewöhnliche, aber durchaus reizvolle Mischung aus Camping und Glamour. Das passte doch viel eher zu mir. Schließlich war ich eine Frau mit Stil!

Doch was tat ich nicht alles für die Liebe? Offenbar machte Marc in seinem Job gerade eine schwere Phase durch, denn auch heute war er wieder ins Büro gefahren, obwohl er sonst, wann immer er konnte, zu Hause arbeitete. Ich wusste dank meiner Fotzen-Harald-Krise ganz genau, wie er sich fühlen musste. Marie lag so was von falsch! Ich verfügte über eine Riesenportion Einfühlungsvermögen. Und Verständnis. Darum würde ich ihn auch bei seinem nostalgischen Campingtrip unterstützen. Ich würde meine eigenen Wünsche und Bedürfnisse hinten anstellen und aus reiner Nächstenliebe Sex in der Wildnis haben. So wild, wie so ein Campingplatz war …

Abu Dhabi konnte warten. Und die Bilder von der Dominikanischen Republik für meinen neuen Chef würde ich mir wohl oder übel aus dem Internet herunterladen müssen.

Ich kicherte und leerte meine Kaffeetasse. Vielleicht fanden sich ja auch auf Kim Kardashians Instagram-Seite Bilder eines Luxusurlaubs. Ich müsste dann nur ihren Hintern mit Marcs Bildbearbeitungsprogramm aufhellen und fertig wären die Urlaubsschnappschüsse.

Ich gratulierte mir zu meiner Genialität und beschloss, mich zu belohnen. Schließlich wollte ich in den Urlaub – und dabei noch gut aussehen.

Ich wusste genau, wo in München mir da geholfen werden könnte: im *Golden Sun-Bräunungsstudio*. Leider war der Schuppen wahnsinnig teuer und ich ziemlich pleite – deshalb hatte ich mir schon vor einer Woche vorsorglich eine deutlich günstigere Bräunungscreme für den Heimgebrauch gekauft. So schwer konnte das ja nicht sein! Und Marc würde es bestimmt obersexy finden, wenn ich in meinem Bikini nicht so weiß wie ein Milchbrötchen daherkäme. Entschlossen, zu einer sexy Badenixe zu werden, räumte ich meine Tasse in die Spülmaschine und ging ins Bad. Ich würde meinen käsigen Teint in rassiges Goldbraun verwandeln. Der Look würde phänomenal sein – so, wie bei den Bikini-Models auf der *Sports Illustrated*.

Mit dieser fantastischen Bräune aus der Tube und

meinen langen blonden Haaren würde ich am Strand aussehen wie Pamela Anderson in *Baywatch* – nur brauchte ich keine Boje, denn ich hatte meinen Rettungsring um die Hüfte ja immer dabei.

Ich streckte meinem leicht übergewichtigen Spiegelbild die Zunge heraus und zog mich aus. Ich hob die Arme und wackelte am Oberarmspeck. Das Ergebnis war unbefriedigend und leider nicht *Sports-Illustrated*-tauglich. Eine Fettabsaugung hätte Abhilfe schaffen können. Oder Sport. Doch beides würde so spontan keine Besserung herbeiführen, also musste ich das Beste ohne diese Maßnahmen daraus machen. Wenn der labbrige Oberarm wenigstens nicht an Allgäuer Weichkäse erinnerte, sondern eher an einen golden glasierten Pfannkuchen, dann sähe die Sache gleich viel freundlicher aus. Ich schnappte mir also die Schachtel mit der Creme und fummelte den Beipackzettel heraus.

Rasieren, Haut peelen, trockene Hautstellen mit Fettcreme vorbehandeln, Bräunungscreme gleichmäßig auftragen und mindestens dreißig Minuten trocknen lassen, nicht im Gesicht anwenden …

Mist! Das klang ja regelrecht nach Arbeit. Und dabei wollte ich doch noch los und mir einen Bikini kaufen.

Ich warf einen Blick durch die halb geöffnete Tür ins Wohnzimmer, wo die Uhr am Radio blinkte. Mir blieb noch Zeit – nur nicht genug. Aber sicher ging es auch, wenn ich einzelne Schritte auslassen würde. Schließlich hatte ich ebenmäßige Haut. Was konnte da schon schiefgehen? Diese Hinweise mussten natürlich so ausführlich sein. Es gab ja Leute mit ganz anderen Ausgangsbedingungen. Mit Falten – oder was weiß ich für Zeug. Nicht, dass nachher noch jemand den Hersteller verklagen wollte. Die gingen vom Worst Case aus. Vom hautmäßigen Super-GAU. Und ich hatte auch überhaupt nicht vor, den Hersteller zu verklagen.

Ich öffnete die Tube und fing an, meine Waden einzucremen. Der Duft war angenehm und erinnerte mich sogar an Urlaub. Sehr zufrieden mit der einfachen Handhabung cremte ich eifrig weiter. Die Tube leerte sich schnell, und nachdem ich meine erste Pobacke bis hin zur Tanga-Toleranz-Zone eingerieben hatte, fragte ich mich, wie das bisschen Creme für den Rest meines Körpers reichen sollte.

Ich musste unbedingt etwas sparsamer damit umgehen! Deshalb setzte ich mich auf den Rand der Badewanne und presste die Beine aneinander, um dem linken Bein etwas von der Bräune des rechten abzugeben. Hektisch wischte ich die noch nicht eingezogenen Cremereste vom rechten Bein zusammen und schmierte sie aufs linke. Das funktionierte ganz gut – abgesehen von den leichten Streifen, die sich nun auf dem ersten Bein andeuteten. Aber das war halb so wild – ich würde am Ende einfach überall noch mal sanft drübercremen. Jetzt galt es erst mal, eine Ganzkörpergrundbräune herzustellen. Erleichtert, mir einen guten Plan zurechtgelegt zu haben, strich ich mir die Haare aus dem Gesicht.

Shit! Ich sprang auf und sah in den Spiegel. Ahhh!

Ein brauner Streifen zog sich quer über meine Wange. Ich hastete zum Waschbecken, riss das Handtuch von der Stange und rieb darüber. Na toll! Nun hatte ich den Selbstbräuner auch am Kinn und an der Augenbraue.

„Scheiße, Scheiße, Scheiße!", rief ich und versuchte, mit Wasser und Seife zu retten, was zu retten war. „Das ist halb so schlimm!", wollte ich mich selbst beruhigen. Die Haut erneuerte sich doch alle paar Wochen …

Als sich die Badezimmertür öffnete, zuckte ich zusammen. Erleichtert stellte ich fest, dass nicht Marc seinen Kopf hereinstreckte, sondern Pussy. Vermutlich hatte mein Geschrei ihren Schlaf gestört. Aber das konnte ich jetzt auch nicht ändern, egal, wie mitleidig sie mich gerade anblinzelte.

„Ich hab echt ganz andere Sorgen!", erklärte ich ihr ernst und rubbelte noch immer fest über meine Wange. Die oberste Hautschicht wurde wahrscheinlich deutlich überbewertet.

Offenbar weckte das ihr Mitleid, denn sie folgte jeder meiner Bewegungen mit einem für sie ungewohnt sanften Blick.

„Liebes Kätzchen!", lobte ich die Killerkatze zur Abwechslung einmal und genoss den Moment der Verbundenheit – schließlich kam das nicht oft vor. Ich legte das Handtuch beiseite und musterte frustriert im Spiegel meine rot gescheuerte Wange. Der bescheuerte Bräunungsstreifen hatte sich regelrecht eingebrannt.

Mir blieb also nur eine Wahl: das ganze Gesicht zu

tönen.

Zwar hämmerte mir der Warnhinweis von der Packungsbeilage „nicht im Gesicht anwenden" im Hinterkopf, aber wer immer das geschrieben hatte, war bestimmt nicht in meiner Lage gewesen.

Dennoch begann ich nur zögernd, die Bräunungscreme mit der Fingerspitze im Gesicht zu verteilen. Sollte ich die Augen aussparen? Doch wie sähe das dann aus? Ließe sich das mit einer Sonnenbrille kaschieren? Wohl eher nicht. Und ich wollte ja auch nicht aussehen wie ein Waschbär! Darum bis ich die Zähne zusammen und cremte entschlossen weiter.

Mit nur halb geöffneten Augen tastete ich nach der Tube, die meinen glitschigen Fingern entglitt und auf den Boden fiel. Ich bückte mich, was Pussy wohl annehmen ließ, ich wollte sie streicheln. Sie sprang auf und schmiegte sich an meine Beine.

„Nicht!", rief ich und machte einen Satz zurück. Dabei trat ich auf die Tube und stürzte rückwärts in die Badewanne, während Pussy vor Schreck maunzend das Weite suchte. Natürlich erst, nachdem sie einmal quer durch die am Boden verspritzte Bräunungscreme getappt war.

AUTSCH!

„Pussy!", schrie ich, um sie aufzuhalten, und kämpfte mich stöhnend auf. Ich hatte Mühe, mich aus der Wanne zu befreien, denn ihr Rand war total braun und rutschig. Nun wies auch meine zweite Pobacke beige Flecken auf, und meine Hände sahen aus, als hätte ich orangefarbene Handschuhe an. Ich hätte heulen können, als ich Pussy derart verunstaltet und mit geprelltem Hintern ins Wohnzimmer folgte. Braune Pfotenabdrücke zogen sich über die Couch und den Teppich, und es war unschwer zu erkennen, dass Pussy auf ihrer Flucht über den Tisch gerannt und am Schrank hinaufgesprungen war.

Was für ein Chaos!

Frustriert humpelte ich ins Bad zurück, schloss die Tür diesmal richtig und machte mich daran, die Creme von den Fliesen zu wischen, um damit den Rest meines zweiten Beines zumindest anzubräunen.

Ich sah aus wie orangebraunes Fleckvieh! Wie Pocahontas mit Kriegsbemalung. Es war eine Katastrophe! Und eines stand fest! Ich würde auf jeden Fall den Hersteller verklagen!! Da mir das aber nur indirekt helfen würde, schlüpfte ich in meine Klamotten, kratzte mein letztes Bargeld zusammen und fuhr in die Stadt. Ins *Golden Sun-Bräunungsstudio*. Irgendjemand mit Fachkenntnis musste dieses Debakel ausbügeln!

Kapitel 5

Der Fahrtwind blies durch das halb heruntergekurbelte Seitenfester und wirbelte mir die Haare ins Gesicht. Ich drehte den Kopf und musterte Marc, der den Kombi seines Vaters konzentriert in Richtung Süden lenkte. Bei jedem Spurwechsel verrenkte er sich fast den Hals, denn das Auto war so voll beladen, dass durch die Heckscheibe nichts mehr zu erkennen war.

Er bemerkte, dass ich ihn beobachtete, und lächelte mich an.

„Freust du dich?", fragte er – und wie immer, wenn er mich in den letzten Tagen angesehen hatte, verkniff er sich ein Grinsen. Ich musste nicht schon wieder den kleinen Schminkspiegel in der Sonnenblende herunterklappen, um zu wissen, warum er das tat. Tatsächlich erschrak ich selbst jedes Mal, wenn ich mich irgendwo erblickte. Ich sah aus wie Roberto Blancos Zwillingsschwester! Das Weiß meiner Zähne leuchtete aus meinem dunklen Antlitz wie die der Grinsekatze bei *Alice im Wunderland*. Man bekam beinahe Angst!

Selbst die hilfsbereite Sandy im *Golden Sun*-Bräunungsstudio hatte nur eine Möglichkeit gesehen, mich wieder einheitlich einzufärben: die Bräunungsstufe *dunkle Bronze 2*.

Aber zumindest ein Gutes hatte die Sache: Ich brauchte nun Kim Kardashians Hintern auf den Bildern nicht mehr aufzuhellen!

„Du bist doch nicht immer noch skeptisch, was das Campen angeht, oder?", fragte Marc, dem ich bisher die Antwort schuldig geblieben war.

„Was? Nein, ich … freue mich."

Oder sagen wir so: Ich hätte mich gefreut, wenn wir endlich da gewesen wären. Die Fahrt zog sich endlos, und mein empfindlicher Tag-Nacht-Rhythmus kam bei den unzähligen Tunnels, durch die wir fuhren, durcheinander. Ich war müde und zugleich aufgedreht. Was vermutlich der Grund dafür war, dass zwar meine Füße eingeschlafen waren, meine Blase aber auf Hochtouren arbeitete. Wir hatten deswegen schon dreimal angehalten. Eigentlich sollte ich langsam Mengenrabatt bei Sanifair bekommen.

„Was ist denn dann? Du bist so still", hakte Marc besorgt nach.

„Was denkst du denn? Ich seh absolut lächerlich aus! Ich hab die gleiche Farbe wie die verkohlten Peniskekse an Weihnachten!"

Marc lachte, fasste aber beruhigend nach meiner Hand.

„Quatsch! Du siehst super aus. Das kommt dir nur so vor, weil ich noch überhaupt keine Sonne abbekommen habe. Du wirst schon sehen – zwischen all den Italienern wirst du gar nicht auffallen."

Er log. Er wusste, dass ich wusste, dass er log. Aber es war trotzdem süß, dass er es tat.

„Denkst du, wenn ich nur lange genug im Chlorwasser des Pools liege, bleiche ich wieder etwas aus?"

Marcs Spottbraue hob sich, aber er war klug genug, sich jeden Kommentar zu verkneifen.

Ich hob den Blick zu den Berggipfeln, die die Autobahn säumten. Die Landschaft veränderte sich endlich. Das österreichische Bergmassiv der Alpen wich so langsam den italienischen Ausläufern, und die Luft, die ins Wageninnere strömte, wurde allmählich wärmer. Ich hatte schon befürchtet, nicht genug warme Kleidung eingepackt zu haben. Überhaupt hatte ich nur wenig Kleidung eingepackt. Schließlich fuhren wir in den Süden.

Um das Kribbeln in meinen eingeschlafenen Beinen zu bekämpfen, legte ich die Füße aufs Armaturenbrett und kurbelte den Sitz nach hinten. Mein sommerlicher Rock rutschte mir hoch und gab viel von meinen Rihanna-gebräunten Beinen frei. Marc grinste. Klar, denn er stand total auf die Sängerin.

„Du solltest besser die Füße runternehmen", warnte er.

„Warum? Lenke ich dich ab?"

Auch wenn ich die Frage betont lasziv stellte, drängte sich mir der furchtbare Gedanke auf, dass Marc, geblendet von meiner sexuellen Ausstrahlung, den Wagen unter einen Vierzigtonner lenken könnte, der gefüllt war mit radioaktiven Chemieabfällen, die sich dann hässlich über meinen im Karosserieblech verkeilten Leichnam ergießen würden.

Schreckliche Vorstellung! Denn wenn ich gewollt hätte, radioaktiv verseucht zu werden, dann hätte ich es mir genauso gut mit dem lilafarbenen Vibrator aus Taiwan besorgen können ...

„Du lenkst mich nicht ab, Annalein", beruhigte mich Marc. „Aber mein Vater würde ausflippen, wenn er wüsste, dass du deine Füße da hochlegst."

Ich kicherte. Und auch auf das Risiko hin, mein Leben im Wrack dieses Wagens zu beenden, klimperte ich verführerisch mit den Wimpern.

„Was bin ich doch für ein böööses Mädchen", flüsterte ich und war froh, mich beim Packen des Koffers *für* die Gerte mit Federpuschel und *gegen* den Dosenöffner entschieden zu haben. Schließlich musste ich Prioritäten setzen! Einen Dosenöffner konnte man sich ja bei den Campingnachbarn ausborgen – Sexspielzeug eher nicht. Oder ... vielleicht kam das ja auch auf den Nachbarn an.

Der verheißungsvolle Blick, den Marc mir zuwarf, heizte mir so ein, dass die Klimaanlage nicht länger für Ausgleich sorgen konnte. Und mir stellte sich nur eine Frage:

Wann sind wir endlich da?????

„Steck ihn rein, Anna!", befahl Marc ungeduldig, und ich stöhnte.

Wir waren endlich am Ziel angekommen. Aber

irgendwie hatte ich mir die Ankunft etwas erotischer vorgestellt. Ich hatte gedacht, wir würden aus dem Auto steigen, Händchen haltend an den Strand schlendern und uns im goldenen Licht der untergehenden Sonne bis zur Besinnungslosigkeit lieben, während die Wellen über unsere erhitzten Leiber spülten. Stattdessen kniete ich im Dreck und sollte ihn reinstecken!

„Mach schon, Anna! Fass mal mit an! Denkst du, das Ding steht von selbst?"

Mit einem Blick auf Marcs drängendes Problem verabschiedete ich mich von meinen romantischen Vorstellungen und widmete mich dem verbogenen Hering und der zitternden Stange, die Marc mir so genervt entgegenreckte.

„Soll ich mit dem Hammer draufschlagen?"

Marc riss die Augen auf.

„Ja, nimm den Hammer? Und mach etwas Spucke ran, dann glitscht es leichter rein."

Insgeheim fragte ich mich, was der dickbäuchige Camper auf der anderen Seite der dünnen Hecke denken mochte, wenn er uns so zuhörte. Es war sicher kein Zufall, dass immer mehr Leute hier so *rein zufällig* vorbeischlenderten und uns beobachteten.

Um diesen Blicken nicht noch länger ausgeliefert zu sein, packte ich also mit an. Schließlich hing jede Form der Intimität von diesen windigen Zeltstangen ab. Das Gestänge schien sich in den letzten zwanzig Jahren auch leicht verbogen zu haben, denn die Stangen, die zusammengesteckt werden mussten, passten nicht so wirklich gut in ihre Gegenstücke.

„Warum sind wir nicht in ein Hotel?", fragte ich schwitzend, als Marc mir geschlagene vier Stunden später die muffige Plane über den Kopf stülpte, damit ich sie mit ausgefransten Bändern am Zeltgestänge verknotete. Und warum zum Teufel kämpfte ich mit einem Urzeitzelt aus den Siebzigern? Es gab schließlich in jedem Discounter Pop-up-Zelte!

„Hotels sind einfach nicht mein Ding. Ich genieße lieber die Freiheit eines Zeltes. Wenn abends die warme Meeresbrise das Zelt bläht und der Mond seine Schatten bis über den Schlafsack tanzen lässt … ich finde das romantisch, Anna."

Hm. Wie er das so beschrieb, klang das schon wieder ganz nett. Vielleicht sollte ich ihm einfach vertrauen. Er schien ja echt zu wissen, was er da tat. Er pumpte schwitzend die Luftmatratzen auf und wuchtete sie durch den schmalen Eingang. Dann schlüpfte er aus seinem verschwitzten Shirt und grinste mich verführerisch an.

„Komm! Wir machen einen Liegetest."

Er verneigte sich vor mir, als ich mich an ihm vorbei in die dämmrige Enge unseres vorübergehenden Heims quetschte.

Der orange leuchtende Zeltstoff ließ meinen Teint wie Lava glühen, und so brauchte ich mir keine Gedanken um irgendeine Form von Beleuchtung machen. Denn Strom hatten wir hier eh nicht.

Trotzdem schaffte es Marc, dass der Funke übersprang, als er mich zu sich auf die Luftmatratze zog.

„Ich verspreche dir, Annalein …", murmelte er und strich mir zärtlich die Haare aus dem Gesicht, „… dass du diesen Urlaub nie vergessen wirst."

Tja, irgendwie glaubte ich ihm das sogar!

Kapitel 6

„Ciao", grüßte ich weltmännisch jeden, der uns am Strand entgegenkam, und Marc verdrehte die Augen. „Was?", fragte ich.

„Nichts. Du bist so süß!" Er küsste meinen Scheitel und zog mich etwas tiefer ins Wasser, sodass uns die Wellen bis in die Kniekehlen schwappten.

Es war herrlich! Nach der Tortur mit dem Lagerbau und dem nicht sehr kreislauffreundlichen Liebesspiel im Muffzelt, bei dem ich beinahe *verglühstickt* wäre, war der Strandspaziergang eine Wohltat. Und noch dazu eine romantische Supernova! Marcs Haut schimmerte golden im Licht der untergehenden Sonne, und die Gischt auf den Wellen funkelte wie Diamanten. Der Himmel war ein roséfarbenes Aquarell, und der sinkende Glutball spiegelte sich auf der seidigen Wasseroberfläche.

Hach – wie poetisch! Wie romantisch! Wie …

„Autsch!" Ein stechender Schmerz fraß sich in meinen Fuß. „Autsch! Au! Scheiße!"

Ich klammerte mich an Marcs Schulter und riss meinen Fuß aus dem Wasser. Ein Krebs baumelte an meiner Zehe, und mein Schmerz wurde von absolutem Grauen überdeckt.

„Ahhhhh!" Ich schlug um mich. Wedelte mit dem

Bein. „Mach ihn ab!", kreischte ich. „Marc! Mach ihn ab!"

Kreischend hopste ich weiter und schüttelte den Fuß ins Wasser.

„Hat doch still!", rief er beim Versuch, meinen Fuß zu fassen, aber, noch ehe er mich retten konnte, ließ die fiese Krabbe von mir ab und verschwand im aufgewirbelten Meeresgrund.

„Au!", heulte ich und humpelte bis in die erste Liegestuhlreihe eines der vielen Hotels. Die Reihen waren verlassen – klar! Wer würde nicht die schöne, gepflegte Poolanlage dieser krebsverseuchten Salzwasserbrühe vorziehen?

Marc kniete vor mir und inspizierte meine Verletzung.

„Ist nicht schlimm", diagnostizierte er. „Nur ein bisschen rot. Das arme Tierchen hat sich sicher zu Tode erschreckt, als du draufgestiegen bist."

Was? Armes Tierchen? Tickte der noch ganz richtig?

Diese Killermaschine hatte versucht, mich zu zerfleischen! Hatte versucht, mich in die Tiefe zu ziehen! Ich war nur knapp dem Tod entronnen!

Tatsächlich wunderte es mich, dass hier nicht haufenweise Warnschilder am Strand aufgestellt waren.

„Das war doch nicht meine Schuld!", verteidigte ich mich. Schließlich musste Marc verstehen, dass ich hier das Opfer war!

Marcs Spottbraue hob sich, und seine Lippen zuckten, als würde er sich ein Grinsen verkneifen.

„Na komm, Anna. Was würdest du tun, wenn dich ein gigantischer Fuß in den Sand drücken würde … drohen würde, dich zu zermalmen?"

Herzlichen Dank! Da war sie wieder. Die Anspielung auf mein Gewicht! Mein tonnenschwerer Klumpfuß! Ganze Welten zermalmt unter meiner kleinen Zehe! Hunderte Leben ausgelöscht durch Tyrannosaurus-Anna!

„Du bist doof!"

Ich wollte nach Marc schlagen, aber er lachte nur und zog mich aus dem Stuhl hoch.

„Und du bist so süß, dass dich sogar die Krabben anknabbern wollen." Er schob seine Hände unter mein Sommerkleid und umfasste meine Pobacken. „Wer könnte das den Tierchen schon übel nehmen?", murmelte er und biss mich sanft in den Hals.

„Du lenkst ab!"

Er nickte, und sein Bart kratzte zart über meine Haut.

„Jep. Das tue ich." Er zwinkerte verschmitzt. „Denn der Krebs interessiert mich nicht die Bohne. Seit ich gesehen habe, wie die Wellen unter deinen Rock spritzen, will ich nur eines." Er griff nach meiner Hand und zog mich mit sich zurück in Richtung Campingplatz. „Dir das Salz von der Haut lecken!"

YAYYY! Das klang ja vielversprechend! Sofort war auch mir der Krebs egal, und ich eilte humpelnd hinter Marc her, getrieben von der Vorfreude auf südländische Orgasmen.

Wir erreichten den Campingplatz, und zu meiner

Überraschung bog Marc nicht in Richtung Zeltwiese ab, sondern steuerte die näher gelegenen Waschhäuser an.

„Was machst du?", fragte ich atemlos und drängte mich zu einem hastigen Kuss an ihn.

„Die Duschen sind näher", gab er knapp zurück und presste mich an sich, damit ich spüren konnte, warum er es so eilig hatte.

Ich kicherte und ließ meine Hand kühn über seine Hose gleiten. Ich nahm an, dass es keine weitere Zeltstange war, die ich dort so stahlhart vorfand.

„Aber es gibt getrennte Duschen für Männer und Frauen", warf ich besorgt ein. Auch ich wollte keine Zeit mehr vergeuden.

Marcs teuflisches Grinsen jagte mir einen hitzigen Schauer durch den Körper.

„Spürst du ihn?", fragte er heiser. „Den Kick des Verbotenen?"

Er spähte über seine Schulter, umfasste meine Hüften und schob mich in die erste freie Damendusche.

Mein Herz hämmerte vor Aufregung, als er die Tür verriegelte und mit einer schnellen Bewegung das Wasser anstellte.

Ich quietschte, als das kühle Nass über mein Kleid rann.

„Schhht, Annalein. Sonst merkt noch jemand, was wir hier treiben." Er strich mir die Träger von den Schultern und ließ den Stoff mit dem Wasser zu Boden spülen. Dann drängte er mich gegen die Wand und kniete sich hin.

„Bis wohin sind die Wellen gespritzt", fragte er, und sein heißer Atem strich über meine Schenkel.

Ich zitterte. Ein Keuchen entwich meinen Lippen, und ich ging fest davon aus, dass jeder hier in den Duschen merken würde, was wir hier trieben – besonders, wenn Marc so weitermachte ...

Während der ersten Tage unseres Urlaubs schwelgte ich in seliger sexueller Befriedigung. Die Hitze des Tages übertrug sich auf unsere Nächte, und die Wellen der Leidenschaft spülten über uns hinweg wie das Wasser über den Strand. Ich schwebte auf Wolken, die es am Himmel über uns überhaupt nicht gab.

Ich war so relaxed, dass ich nicht einmal etwas essen musste. Besser konnte es nicht laufen, und ich sah gelassen über die Stehklos, die Spinnen in unserem Zelt und die muffige Zeltplane hinweg. Selbst das lautstarke Schnarchen des Mannes aus dem Nebenzelt verblasste in Anbetracht der Tatsache, dass mein lustvolles Stöhnen wohl auch ihn gelegentlich stören mochte.

Ich rollte mich auf meiner zusammenklappbaren Liege auf die andere Seite, damit meine mühsam aufgetragene Bräune nicht doch noch in Röte umschlug. Dabei beobachtete ich Marc, der sich schon seit dem Morgen irgendwie merkwürdig verhielt. Er wirkte ruhelos und tippte ständig auf seinem Smartphone herum.

Was tat er nur?

Schrieb er E-Mails? Aber wem? Er hatte doch Urlaub ...

Oje! Mir dämmerte das Schlimmste. Vermutlich war er bei einer dieser Partnersuchanzeigen schwach geworden, die ständig per Mail kamen. Womöglich chattete er mit irgendeinem Fernfahrer, der sich auf seinem Profil als „vollbusige Chantal" ausgab.

Mein Mitleid mit Marc diesbezüglich hielt sich in Grenzen, da ich mir so langsam etwas vernachlässigt vorkam.

Ich schaute ihm unter gesenkten Lidern zu, wie er seine Badeshorts gegen Jeans und Shirt tauschte und sich gewissenhaft den Bart glatt strich. Es sah nicht so aus, als würden wir in den nächsten Minuten unsere erhitzten Leiber im Pool abkühlen.

„Was machst du?"

Marc sah auf, als hätte er eben erst bemerkt, dass ich auch noch da war.

„Was? Ich?"

Wer sonst? Den Schnarchzapfen vom Nachbarzelt meinte ich ja wohl kaum.

„Warum ziehst du dich an?" Ich hatte mich ja recht schnell an den Campingkleidungskodex gewöhnt, der offensichtlich vorgab, dass man sich schon morgens im Bikini aus dem Zelt rappelte und bis zum Abend daran auch nichts änderte. Hätte ich das früher gewusst, hätte ich mehr Sexspielzeug einpacken können.

„Ich?"

Marc sah sich um, als erwartete er, dass abgesehen von ihm noch jemand in unserem Zelt stand.

„Hast du einen Hitzschlag, oder warum fragst du ständig, ob du gemeint bist? Wer sonst?"

Ich sah ihm an, dass er erneut fragen wollte, ob ich ihn meinte. Zum Glück ließ er es und kam stattdessen näher.

„Ich muss kurz weg", erklärte er beiläufig und drückte mir einen knappen Kuss auf die Stirn.

Was war denn hier bitte los? So einen Kuss gaben Muttis dem Kindergartenkind zum Abschied, weil um den Mund noch Schokocreme vom Frühstück klebte. Ich hatte aber keine Schokocreme gegessen – leider!

„Was heißt, du musst weg? Wo musst du hin?"

War ja nicht so, als hätten wir hier sonderlich viel zu tun – abgesehen vom Liebesspiel und Eisschlecken – oder beides gleichzeitig. „Wo gehen wir denn hin? Soll ich mich auch anziehen?"

Er schüttelte den Kopf und sah auf die Armbanduhr.

„Nein, nein. Mach dir einen schönen Nachmittag. Ich ... erklär's dir, wenn ich zurück bin."

Oh Gott! Ich sah es direkt vor mir. Marc setzte mich hier aus. Er hatte in diesem Datingportal eine heiße Italienerin kennengelernt und ließ mich nun in der Wildnis zurück. Na schön ... der Campingplatz war nicht soooo wild, aber ich hatte nur ein Zelt und ... und einen Koffer voll Sextoys! Ich beherrschte nicht mal die Landessprache! Ich würde nicht einmal einen Notruf absetzen können! Na gut ... beinahe jeder Camper hier sprach Deutsch – aber manche kamen ja auch aus dem Osten ... also Sachsen und so ... Da konnte es schon mal zu Verständigungsschwierigkeiten kommen! Der Ernst der Lage war auf jeden Fall nicht zu unterschätzen.

Ich fühlte mich so hilflos wie diese nackten Paare, die im Fernsehen kleiderlos in irgendeinem Dschungel oder in undurchdringlichen Mangrovenwäldern voll mit Spinnen, Schlangen und riesigen Alligatoren ums Überleben kämpften. Ich betrieb Survival am Teutonengrill.

Obwohl ich gerade erst erfolgreich einen Tierhändlerring hochgenommen hatte, machte es mir Angst, dass Marc mich hier einfach zurücklassen wollte. Also warum tat er das?

Ich sprang auf und folgte ihm barfuß über den Schotterweg zum Auto.

„Warte doch mal!", rief ich und trippelte hinter ihm her. „Wo gehst du hin? Wann kommst du wieder? Und ... kommst du überhaupt wieder?"

Er lachte herzlich, und ein kleiner Teil meiner Ängste wich von mir.

„Klar komm ich wieder. Was denkst du denn, Annalein? Meinst du, ich überlass dich dem Pizzabäcker, der dich immer so anhimmelt, wenn wir dort zu Abend essen?"

Echt? Der Pizzabäcker himmelte mich an? Das war mir neu. Neu, aber natürlich absolut nicht überraschend, denn schließlich hatte ich dank geschmolzener Schokodrops und im Koffer zerkrümelter Kartoffelchips die ganze Woche noch keinen Süßkram in mich hineingestopft. Dazu der viele Sex und das übermäßige Schwitzen … das hatte sicherlich zusätzliche Kalorien verbrannt. Tatsächlich schlabberte meine Bikinihose schon etwas locker am Hintern, und ich musste im Pool aufpassen, sie nicht zu verlieren. Das wäre zu peinlich! Während ich mir dieses Horrorszenario ausmalte, setzte Marc sich hinters Steuer und lächelte mich entschuldigend an.

„Ich verspreche, dass ich mich beeile, ja?" Er drückte meine Hand. „Und bitte versprich du mir, dass du nicht den Campingplatz abfackelst, während ich weg bin."

WAS? Also das wurde ja immer schöner! Er verließ mich und stellte dabei auch noch Forderungen? Unerhörte Forderungen noch dazu! Als würde ich …

„Hier stehen wirklich viele Gasflaschen rum, also versuch zur Abwechslung, mal keine Anna-Nummer abzuziehen." Er grinste breit und startete den Motor.

„Idiot!" Ich entriss ihm meine Hand. „Wenn du mir nicht sagst, was hier überhaupt los ist, dann … dann mach ich mit dem Campingplatz, was ich will! Du wirst schon sehen, was du davon hast, mich hier einfach hocken zu lassen!" Ich kam mir vor wie ein kleines Kind, als ich wütend mit dem Fuß aufstampfte, aber ich musste ja meinen Unmut irgendwie zum Ausdruck bringen. Der mörderische Blick, den ich Marc zuwarf, schien nicht so recht zu fruchten, denn er lachte nur.

Frustriert drehte ich mich um und stapfte (so gut es die fiesen Kiesel unter meinen blanken Füßen zuließen) zurück zum Zelt. Ich hörte, wie Marc abfuhr, und drängte entschlossen eine aufkeimende Panikattacke nieder. Schließlich wollte ich vermeiden, noch mehr zu schwitzen, als ich es ohnehin schon tat.

Und was war schon dabei? Ich konnte mich gut mal eine Weile mit mir allein beschäftigen!

Verdammt, wem machte ich hier eigentlich etwas vor? Ich konnte mich absolut *nicht* mit mir allein beschäftigen! Zuletzt, als ich das versucht hatte, hatte ich überlegt, es mit einem Riesenvibrator zu treiben oder beinahe die Wohnung mit Peniskeksen abgefackelt. Es war Zeit, der Realität ins Auge zu blicken: Allein war ich eine Katastrophe. Eine Bedrohung für die gesamte Menschheit. Ich brauchte diesen Verräter Marc, der mich hier einfach sitzen ließ! Ich brauchte ihn!

Mein Blick glitt durchs Zelt, auf der Suche nach etwas, womit ich mich während seiner Abwesenheit beschäftigen konnte. Ich könnte lesen … Meine Lieblingsromanreihe hatte ich ja im Koffer. Ich könnte … mein Blick fiel auf die Handschellen, die ich rein vorsorglich mal eingepackt hatte, und ich schüttelte den Kopf. Nein, ohne Marc waren die nicht zu gebrauchen …

Verdammter Marc!

Obwohl … was hatte mein lieber Freund gesagt? Der Pizzabäcker himmelte mich an? Im Grunde würde es ihm recht geschehen, wenn ich mich, so verlassen, wie ich war, in eine leidenschaftliche Urlaubsaffäre mit dem Italiener stürzen würde – vorausgesetzt, der sähe gut aus!?!

Ich sollte ihn mir vielleicht einmal näher ansehen.

Oh, ja! Das sollte ich unbedingt tun! Schließlich war ein sexy Pizzabäcker rein theoretisch in der Lage, gleich zwei meiner Lieblingsbeschäftigungen zu befriedigen: eine Pizza Frutti di Mare nach dem Koitus d'italiano.

Vermutlich wäre unsere Affäre so heiß, dass Marc gar nicht so unrecht hatte, wenn er sich um die Gasflaschen sorgte.

Ich kicherte, während ich in meinem Koffer nach einem passenden Outfit suchte, um mir meine zukünftigen Toyboy einmal genauer anzusehen.

„Ciao! Ich bin Anna!", übte ich meine verführerischste Stimme und verfluchte dabei, dass sich mein italienischer Wortschatz damit auch schon erschöpfte. Ciao und Amore. Mehr brachte ich nicht zusammen. Der typisch italienische Grundwortschatz also. Aber bestimmt war das kein Drama, denn Jesolo war schließlich Teil der zivilisierten Welt. Hier sprach man Deutsch.

Doch ein ganz anderes Problem stellte sich mir, als ich meine Klamotten durchwühlte.

Ein altbekanntes Problem: meine Figur. Sollte ich zeigen, was ich zu bieten hatte, oder versuchen, meine Rundungen etwas zu kaschieren?

An mein Bodyformingunterkleid war bei diesen

Temperaturen nicht zu denken, aber der Stringtanga stand nach kurzer Überlegung auch nicht wirklich zur Debatte. In dem wackelte mein Hintern so, dass ich fürchtete, den Pizzabäcker damit seekrank zu machen. Also Jeansshorts für den Halt meiner erotischen Nutzfläche – und dafür ein tief ausgeschnittenes Top, das meine beiden frontalen Vorzüge gut zur Geltung brachte.

Zufrieden mit meiner Wahl wunderte es mich nicht, dass der Kerl, bei den vielen Frauen, die tagtäglich an ihm vorbeischlenderten, gerade auf mich ein Auge geworfen hatte. Ich war schließlich die einzige blonde Rihanna hier am Platz!

Nur das irische Traveller-Mädchen aus Reihe zweiundzwanzig konnte mit meinem Teint mithalten, doch den sah man kaum, so sehr blendete ihr pinkfarbener Glitzerfummel.

Während ich noch über die Vorzüge und Nachteile von pinkem Glitter nachdachte, machte ich mich auf den Weg zum Strandrestaurant. Auf den Weg in die Arme meines zukünftigen Lovers. Und das alles nur, weil Marc so geheimnisvoll getan hatte!

Kapitel 7

Ich schob mir die Sonnenbrille in die Haare, als ich mich an einen der Tische mit Blick auf den Pizzaofen setzte. Eine Kellnerin verstellte mir die Sicht, aber ich hatte ja Zeit. Als Profi-Spionin wusste ich, dass eine Beschattung reine Geduldssache war.

Ich überkreuzte meine Beine so, dass sie länger wirkten, und zog den Bauch ein.

Die Kellnerin trat beiseite, und ich atmete erleichtert aus. Meine mögliche Urlaubsaffäre war ganz passabel. Wäre ja noch schöner gewesen, wenn mich Marcs Verhalten in die Arme eines italienischen Harald Hittingers getrieben hätte.

Ich folgte seinen Bewegungen mit den Augen. Nein, dieser Typ war kein Harald. Er war groß – was gut war, weil ja allgemein bekannt war, dass das beste Stück bei Italienern eher nicht soooo beeindruckend war. Da der Pizzabäcker aber zumindest auf den ersten Blick recht gut proportioniert war, würde es hoffentlich keine bösen Überraschungen geben.

Ich verdrängte den Gedanken, dass allein diese Überlegungen schon eine tiefe Kerbe in meine Beziehung zu Marc schlugen. Schließlich war er selbst schuld! Und ich tat ja nichts Verbotenes – ich saß nur hier, ohne den Campingplatz abzufackeln. Genau das hatte er von mir verlangt.

Der Koch rief der Kellnerin etwas hinterher, was in meinen Ohren wie der Text eines Eros-Ramazotti-Songs klang. Seine Stimme war durchaus angenehm, und ich bekam eine Gänsehaut, als ich mir vorstellte, wie er mir nach dem Liebesspiel samtweich „Ciao" oder „Amore" ins Ohr flüstern würde. Vorzugsweise natürlich „Amore". „Ciao" direkt nach dem Sex wäre ja auch ziemlich unhöflich.

„Ciao!", hörte ich meine Fantasie Wirklichkeit werden und hob den Blick in die funkelnden Augen des Mannes. Sein Shirt hatte Mehlflecken, und auch in seinem nachtschwarzen Haar hing etwas von dem hellen Staub. Er lächelte mich offen an – was irritierend war. Er konnte wohl kaum meine Gedanken lesen, oder?

„Hi!", presste ich verlegen heraus und schubste mit einem Wisch den Engel beiseite, der auf meiner Schulter saß und mir ins Ohr flüsterte, dass ich Marc liebte.

Als brauchte ich einen Engel, um mir das in Erinnerung zu ...

Holla, der Pizzabäcker hatte aber tolle Oberarme! Er stützte sich lässig auf den Stiel dieses *Pizza-in-den-Ofen-Schiebers* und zeigte dabei seine Muskeln.

„Ciao, bella. Come stai?"

Die Worte aus seinem Mund klangen poetisch. Ciao, bella – das kannte ich. Mein italienischer Wortschatz war demnach größer, als ich gedacht hatte. Da war es fast schon egal, dass ich den ganzen Rest nicht verstand.

Ich lächelte, erhob mich möglichst elegant und trat an den Tresen.

„Ciao", flötete ich zurück und drückte die Brust raus.

So ein kleiner Flirt tat meiner verwundeten Seele wirklich gut. Und das Risiko, eine Bedrohung für die Menschheit zu sein, minimierte sich, wenn ich in Gesellschaft war.

„Piacere! Sono Andrea. E tu?"

Hä? Das war zu schnell. Was hatte er gesagt? Der Anblick seines Bizeps lenkte mich ordentlich ab.

Er lachte. Offenbar entging ihm meine Verunsicherung nicht.

„Scusi! Sei tedesca?"

Was???

Er zeigte auf mich.

„Deutschland?", fragte er und zwinkerte mir dabei verschmitzt zu.

Gott sei Dank! Ich hatte bereits befürchtet, mein Plan, Marc mit dem Italiener eifersüchtig zu machen, würde an der unüberwindbaren Sprachbarriere scheitern.

„Ja, ich bin Deutsche."

Natürlich konnte er das nicht wissen – ich sah ja aus wie eine Latina. Vermutlich war das auch der Grund für sein Interesse an mir. Mein Teint ließ auf lateinamerikanischen Hüftschwung und Salsa im Blut schließen …

„Sono Andrea", wiederholte er.

Ganz offenbar hielt er mich für eine Andrea. Wer immer die auch sein mochte.

„No, no!" Ich schüttelte den Kopf. „Anna!", erklärte ich und deutete auf mich.

„Piacere!" Er reichte mir die Hand. „Sono Andrea."

Och nö! Er hielt mich immer noch für Andrea. Er sah zwar gut aus, war aber eindeutig nicht gerade der Hellste.

„Ich bin Anna!", erklärte ich und unterstrich das, indem ich mir auf die Brust klopfte.

Er lachte.

„Si, Anna. Piacere."

Na also! Er hatte es kapiert. Und sein Name schien ja dann Piacere zu sein.

Ich war stolz auf mich. Selbst in den fremdesten Ländern war ich in der Lage, mich zurechtzufinden.

Piacere sah mich erwartungsvoll an. Aber was sollte ich sagen? Ich beherrschte ja nur noch ein weiteres Wort. Und Amore wollte ich so spontan nicht zur Sprache bringen. Wir kannten uns doch kaum.

„Tu prendi una vino rosso?", fragte er und nahm zur Verdeutlichung eine Rotweinflasche aus dem Regal hinter sich.

Wie lieb! Er musste wirklich verknallt in mich sein, wenn er sich Alkohol als Wingman zur Unterstützung holte. Er wollte mich ganz offensichtlich abfüllen, um mich ins Bett zu bekommen! Yes!!!

„Vino rosso", bestätigte ich selbstbewusst nickend und machte mir im Geiste eine Notiz, Italienisch zukünftig als Fremdsprache in meinem Lebenslauf aufzuführen. Ich war ein Naturtalent.

Er reichte mir das Glas und lächelte mich charmant an.

„Grazie!", säuselte ich, denn die Dame am Nebentisch hatte das gerade zur Kellnerin gesagt. Noch ein Wort, das mir geläufig war!

„Questo Vino costa otto euro", flirtete mich Piacere an und hielt die Hand auf.

Das ging zwar etwas schnell, aber weil ich sauer auf Marc war, folgte ich Piaceres zärtlicher Aufforderung und legte meine Hand in seine. Ein harmloser Flirt – das war schon in Ordnung!

Ich lächelte, und Piaceres Augen funkelten amüsiert.

Oh ja – wir verstanden uns.

Er tätschelte meine Finger und hauchte mir einen Kuss auf den Handrücken, der mir die Röte in die Wangen trieb. Seine Zunge strich dabei über meine Haut, und sein Blick brannte sich in meinen.

Dann ließ er meine Hand los und winkte die Kellnerin zu sich. Er redete schnell mit ihr, und beide lachten.

Verwundert versuchte ich, dem Gespräch zu folgen. Was hatte Piacere vor? Bat er darum, Feierabend machen zu können, um einen leidenschaftlichen Nachmittag mit mir zu verbringen? Oder arrangierte er gerade eine italienische Ménage-à-trois? Es sah ganz danach aus, denn die Kellnerin musterte mich interessiert von oben bis unten.

Da hätte er mich vorher ruhig fragen können! Überhaupt ging das jetzt alles doch ganz schön schnell.

Sie lächelte mich an.

Ich hatte offenbar auch eine sexuelle Wirkung auf Frauen, denn sie kam näher.

„Ich will helfen", erklärte sie und deutete auf Piacere und dann auf mich.

Als bräuchte ich da Hilfe! Ich war schließlich eine Femme fatale. Mit so einem Pizzabäcker wurde ich locker fertig.

„Danke, aber das ... das ist etwas ... zwischen Piacere und mir!", wehrte ich sie ab. Ich konnte den Flirt mit ihm ja schon kaum mit meinem Gewissen vereinbaren. Wenn ich jetzt auch noch einer Frau das Herz brechen würde, dann ...

„Si, ich will nicht Ihr Gespräch stören." Sie straffte die Schultern. „Aber der Wein, den Andrea Ihnen eingegossen hat ..." Sie deutete auf mein Glas. „... kostet acht Euro ... bitte."

Ich verstand überhaupt nichts. Jetzt fing die auch noch mit dieser Andrea an. Und warum sollte es mich interessieren, wie viel Piacere ausgab, um mich rumzukriegen? Komisches Volk, diese Italiener!

„Ich bin Anna", hörte ich mich selbst zum gefühlt hundertsten Mal erklären.

Die Kellnerin nickte.

„Si, Anna. Sie mir geben die acht Euro, denn Andrea jetzt machen Siesta."

Andrea? Verwirrt blickte ich hinüber zum Pizzabäcker. Er winkte mir zu, übergab dieses *Pizza-in-den-Ofen-schieb-Ding* an einen pickeligen Kollegen und ging dann davon.

Hallo??? Und was wurde nun aus unserem leidenschaftlichen Nachmittag? Aus Marcs Eifersucht? Aus Amore?

„Das ist Andrea?"

War *Andrea* nicht ein Frauenname? Na, vielleicht war sein bestes Stück doch nicht so beeindruckend, wenn seine Eltern ihn nach der Geburt für ein Mädchen gehalten hatten.

Ich sah ihm nach, wie er auf ein Mitarbeiterfahrrad des Campingplatzes stieg und davonradelte – und kam mir ziemlich bescheuert vor.

Vermutlich war jede Frau, die hier ins Lokal kam, eine „Ciao, bella". Bestimmt sicherte es seinen Job, wenn er dummen Weibern wie mir ein Glas vom teuersten Wein aufschwatzte! Ich spürte noch das Kribbeln seiner Zunge auf meinem Handrücken und fühlte mich plötzlich besudelt. Dieser Mistkerl hatte sich einen Heidenspaß daraus gemacht, mich anzubaggern! Und so, wie diese Tussi hier grinste, war ich nicht die Erste, die auf seine miese Masche reingefallen war.

Sie hielt mir noch immer die offene Hand entgegen.

Ich wünschte, ich wäre tot, denn ich hatte nicht einen Cent bei mir. Nun musste ich zurück zum Zelt rennen und Geld holen, was meine peinliche Niederlage im Spiel der Geschlechter nur noch deutlicher machte!

„Acht Euro, bitte", wiederholte die Kellnerin, und ich brauchte meine ganze Selbstbeherrschung, um ihr nicht an die Kehle zu springen.

Kapitel 8

Meine Laune war auf dem Tiefpunkt, als Marc lange nach Einbruch der Dunkelheit endlich zurückkam.

Zuerst hatte ich vor, ihn nicht zu beachten und mich in meinem Schlafsack schlafend zu stellen, aber meine Neugier war stärker. Ich setzte mich auf und warf ihm einen Blick zu, der selbst Pussys Killerblick hätte alt aussehen lassen.

„Wo warst du?", fragte ich schroff.

„Hey, Süße!", überging er meine Frage und kam näher. Er schlüpfte aus seinem Shirt und knöpfte sich die Jeans auf. „Tut mir leid, dass es so lange gedauert hat. Ich hoffe, morgen geht es schneller."

Wie bitte?

„Morgen? Was meinst du damit?" Ich sprang auf, was, mit den Beinen im Schlafsack, nicht einfach war. „Du sagst mir jetzt sofort, was das Ganze hier soll, oder ... oder ... oder du kannst dir ein anderes Zelt zum Schlafen suchen, Marc!"

„Es ist mein Zelt, also beruhige dich, Annalein."

„Nein! Ich beruhige mich nicht! Der einzige Grund, der mir einfällt, warum du mich in unserem Liebesurlaub so lange allein lässt, ist entweder eine andere Frau oder du machst schmutzige Geschäfte mit der Mafia!"

Marc grinste.

„Das sind, wenn man es genau nimmt, aber schon zwei Gründe", foppte er mich und hob dabei Schutz suchend die Hände, da er ahnte, dass ich ihn am liebsten schlagen würde.

„Idiot!"

Ich war den Tränen nahe.

„Na komm, Annalein." Er kam zu mir und legte seine Arme um mich. „Ich weiß, dass ich dir eine Erklärung schulde. Aber ich hab den ganzen Tag noch nichts gegessen." Er lächelte mich an und küsste meine Nasenspitze. „Wollen wir noch ins Strandlokal gehen und ne Pizza essen? Dann erzähl ich dir alles bei einem guten Glas Wein."

Na super! Pizza und Wein in der Strandbar! Das waren genau die zwei Dinge, die ich in diesem Urlaub in Zukunft meiden würde – aus gewissen Gründen …

„Vergiss es, Marc! Du lullst mich jetzt nicht mit Wein ein und am Ende weiß ich wieder nicht, was eigentlich los ist. Ich will es sofort wissen!"

Marc verdrehte die Augen, setzte sich aber ergeben auf die Luftmatratze.

„Na schön. Wie du willst." Sein Fuß streifte die leere Chipstüte, und er hob seine Spottbraue. „Waren die nicht total zerkrümelt?"

„Lenk nicht ab!"

„Okay, okay." Er fuhr sich verlegen durchs Haar und mied meinen Blick. „Es ist so … also …"

„Komm zur Sache!"

„Herrje, bist du heute wieder dominant! Ich dachte,

dir liegt eher der devote Part ..."

„Marc! Ich warne dich! Reiz mich nicht! Meine Laune ist eh schon im Keller!"

Oder genauer gesagt gute zehn Etagen unter dem Keller. Dass er hier so wenig reuig ankam, nachdem ich den schrecklichsten Tag meines Lebens durchlebt hatte, ärgerte mich. Und die Tatsache, dass ich auch schon andere wirklich furchtbare Tage erlebt hatte, milderte das auch nicht ab.

Genau genommen konnte ich inzwischen eine Liste von schrecklichsten Tagen meines Lebens anlegen. Ganz weit oben stand da der Tag mit dem Pfannenwender und Harald, dicht gefolgt von Maries Hochzeit mit dem Wassermelonen-Massaker und dem Tag, an dem mir ein russischer Krimineller einen Betäubungspfeil in den Hintern geschossen hatte. Mein Tagebuch könnte mehr Schrecken verbreiten als alle Thriller von Stephen King zusammen! Und das ganz ohne Clowns!

ES würde vermutlich schreiend vor meiner Pussy davonrennen ...

„Anna?"

Hm? Ich hatte nicht gehört, was er gesagt hatte.

„Ich hab gefragt, was los ist. Warum die schlechte Laune? Nur weil ich nicht da war?"

Sein besorgter Blick sollte mich wohl besänftigen, aber das klappte nicht.

„Was heißt denn da *nur*? Ich war den ganzen Tag allein. Das war echt scheiße!"

Marc zog mich zärtlich neben sich auf die

Luftmatratze und küsste mich. Langsam entspannte ich mich etwas.

„Sorry! Wenn ich gewusst hätte, dass das so lange dauert, hätte ich dich mitgenommen."

„Wohin denn?"

Ich würde echt gleich ausflippen, wenn er noch länger herumdruckste.

„Ich war arbeiten." Er zuckte mit den Schultern. „Ich hab gedacht, du kriegst das gar nicht mit, wenn ich mal kurz einen Abstecher in den neuen Hotelkomplex mache, der direkt nebenan fertiggestellt wird. Ich soll den Webauftritt für die Anlage machen und ein Konzept zur Eröffnung mit ausarbeiten. Mein Chef hat mir deshalb letzte Woche den Urlaub gestrichen. Das hier ist der Kompromiss, auf den er sich eingelassen hat. Dafür muss ich einiges vor Ort erledigen."

„Unser Urlaub … ist also gar keiner?"

Ich war verwirrt. Ein Scheinurlaub? Pseudoerholung sozusagen?

„Nicht so richtig, nein." Er sah schuldbewusst zu Boden. „Es tut mir leid, Anna. Ich wollte dich nicht anlügen. Ich hab's nur nicht übers Herz gebracht, dir den Urlaub zu vermiesen. Gerade, wo es doch in letzter Zeit so turbulent bei dir zuging."

Sein Blick zog, und ich warf meinen Ärger über Bord. Schließlich wollte ich unseren Liebesurlaub nicht so einfach aufgeben – auch nicht für seine Arbeit. Schon gar nicht für seine Arbeit! Armer Marc!

„Macht nichts", tröstete ich ihn und schlang ihm die

Arme um den Hals. „Aber dein Chef sollte beten, dass ich ihn nicht zwischen die Finger bekomme! Der hat ja wohl Nerven! Uns einfach den Urlaub zu verderben!"

Marc grinste.

„Vermutlich wärst du auch lieber mit mir in der Karibik. Es ist also allein die Schuld deines Chefs, dass du mich nicht auf weißem Sand unter Palmen lieben kannst, die Füße im türkisblauen Wasser, und auch hinterher nicht an der karibischen Strandbar einen Mai Thai trinken kannst.

Es war wirklich unfassbar, um was wir da betrogen wurden! Armer, armer Marc!

Ich war überrascht, als er loslachte und mich küsste. „Nette Vorstellung, Annalein. Aber in Wahrheit gefällt mir Camping! Du weißt schon, das ist so ein nostalgisches Herzensding von mir."

„Echt?"

Lachend zog er den Schlafsack über uns und rollte sich auf mich.

„Ja, echt! Und du musst zugeben, dass das hier ..." Sein Kuss wurde stürmisch, während er seine Hände unter mein Shirt wandern ließ. „... ja auch ganz nett ist, oder?"

Nett? So konnte man das Kribbeln schon nennen, das seine Worte und seine Berührungen in mir weckten. Darum verzichtete ich auch darauf, ihm zu erklären, dass ich Hotelbetten einer Luftmatratze vorzog und seit heute einen Groll gegen Italiener hegte. Besonders gegen die, die für Drinks Geld von mir wollten.

Ich würde sogar so weit gehen und behaupten, dass die Welt eine bessere wäre, wenn dieses kleine, unbeugsame Dorf von Galliern nahe Kleinbonum mit seinem Zaubertrank nicht so geizig gewesen wäre.

Wer brauchte schon Römer – oder Italiener im Allgemeinen ... oder zumindest Italiener mit kleinem Penis!

Da sich aber gerade Marcs überhaupt nicht kleiner Penis gegen meinen Schenkel presste, verdrängte ich die unerfreulichen Gedanken an den bescheuerten Pizzabäcker und die Schattenseiten des Campings und überließ mich meinen Gefühlen.

Tatsächlich war ein Campingurlaub gar nicht so übel.

Der Schnarchzapfen aus dem Nachbarzelt hielt mich wach, und so kuschelte ich mich an Marcs Schulter und versuchte, eine bequeme Position zu finden.

„Was ist denn los, Anna? Bist du nicht müde?" Sein Wispern klang verschlafen. Trotzdem legte er den Arm um mich und küsste meine Schläfe.

„Doch. Ich bin hundemüde, aber der Kerl sägt mal wieder einen ganzen Wald um!"

„Soll ich gehen und ihn k.o. schlagen?", bot Marc hilfsbereit an und ballte die Hände zu Fäusten. Ich kicherte. Marc war wirklich mein Held.

„Nein, nein. Bleib lieber hier. Du bist so schön

warm."

Der Nachteil eines Zeltes lag eindeutig in der Isolation. Tagsüber konnte ich hier drin Eier braten, nachts fror ich mir dafür die Eier ab (wenn ich denn welche hätte)!

„Erzähl mir noch etwas mehr von deinem Auftrag", bat ich und streichelte Marcs wohl definierten Bauch.

Er seufzte und schob sich einen Arm unter den Kopf. Er lächelte mich im schwachen Lichtschein an, der durch den Zeltstoff drang.

„Schlaf kann ich wohl vergessen", murmelte er und knuffte mich leicht in die Seite. „Du Quälgeist! Was willst du wissen?"

„Was sollst du denn genau machen?"

Er zuckte mit den Schultern.

„Wenn ich das wüsste. In erster Linie soll ich der Auftraggeberin, Signora Marci, ihre Wünsche von den Augen ablesen."

Was? Eine Signora? Klang nicht allein das Wort Signora schon sexy? Das Universum war wirklich nicht mein Freund, wenn es Marc schon wieder eine Sexbombe an die Seite stellte! Blieb nur zu hoffen, dass Signora Marci ihre besten Jahre bereits hinter sich hatte.

„Wie alt ist diese Tussi denn?", fragte ich, um Beiläufigkeit bemüht.

„Keine Ahnung." Marc zögerte. „Vielleicht so dreißig? Ihr Vater ist wohl irgendein erfolgreicher Geschäftsmann, ihre Mutter ist Deutsche. Sie kennt meinen Chef noch aus ihrer Schulzeit. Darum auch der

Auftrag."

Uff! Das war ja schlimmer als gedacht! Eine Frau, genau in unserem Alter, mit reichem Daddy … der vermutlich ein echter Mafioso war – oder gab es in Italien außer den Mafiabossen noch andere erfolgreiche Unternehmer? Kaum vorstellbar!

Ich hatte also nicht so falsch gelegen, als ich mir heute Morgen Gedanken darum gemacht hatte, warum Marc weggefahren war. Es war tatsächlich eine Frau im Spiel. Und noch dazu krumme Geschäfte mit der Mafia!

Ich musste echt mal irgendeine gute Tat vollbringen, um meine Karma-Punkte aufzufüllen.

„Sie sieht verdammt scharf aus!", schwärmte Marc und tätschelte mir den Hintern.

Was? Gings noch?

Eine gute Tat würde also bei Weitem nicht ausreichen!

„Warum erzählst du mir das, Marc?", fragte ich gekränkt und rückte von ihm ab.

Wenn er glaubte, meinen Hintern antatschen zu können, während er von einer anderen träumte, dann hatte er sich aber geschnitten!

Er lachte leise.

„Ich dachte, wir führen eine ernsthafte Beziehung und können uns alles sagen."

Ich schnaubte.

„Na komm." Er stützte sich auf den Ellbogen und sah mich an. „Du hast deinen Tanzlehrer mit Zunge geküsst und dich bei diesem Gideon Koch ins Bett gelegt. Hab ich dir daraus jemals nen Strick gedreht? Und ich sag ja nur, dass sie heiß aussieht. Mögen tu ich sie deswegen noch lange nicht."

Oh, wie ich es hasste, den Spiegel vorgehalten zu bekommen! Ich wusste ja, dass ich nicht unfehlbar war. Dass das aber ein Freifahrtschein für Marc sein sollte, gefiel mir gar nicht.

„Du bist früher mit etlichen Weibern ins Bett, die du nicht mochtest – nur, weil sie scharf waren!"

„Ich weiß."

Ohhh! Ich konnte Marcs Schmunzeln sehen! Vermutlich schwelgte er gerade in Erinnerungen an Sex mit *Größe-36-Weibern*!

„Aber ich hab mich doch geändert", gab er zu bedenken. „Du hast mich verändert, Annalein", versicherte er mir und küsste mich auf die Nasenspitze.

„Trotzdem findest du sie scharf, diese Signora?"

Er nickte ernst.

„Ich bin ja nicht blind."

„Ich wünschte, du wärst blind!"

Er lachte und beugte sich hungrig über mich.

„Und ich wünschte, du hättest mal in dich Vertrauen – oder in mich, und würdest mir glauben, dass es nur noch eine Frau gibt, für die mein Herz schlägt."

„Warum erzählst du mir dann überhaupt von dieser Tussi?"

„Weil ich nicht will, dass du denkst, ich hätte es absichtlich nicht erwähnt, wenn du morgen mitkommst und sie siehst."

„Und warum sollte ich überhaupt mitkommen wollen? Du wirst ja sicherlich beschäftigt sein ... mit dieser Signora Marci."

Marc lachte drohend und legte sich mit seinem ganzen Gewicht auf mich. Ich bekam kaum Luft, trotzdem gefiel es mir.

„Du wirst mitkommen, weil ich dich bei mir haben will", erklärte er dominant. „Weil ich den ganzen Tag nur daran denken musste, dass du dich frustriert auf den Pizzabäcker einlassen könntest, wenn du nicht bei mir bist. Und – weil das Hotel gerade in allen Bereichen einen Probelauf startet, den du nicht verpassen solltest."

Ich keuchte, als er mir den Slip hinabschob.

„In allen drei Restaurants werden Probemenüs gekocht, im Spabereich kannst du dir jede Behandlung aussuchen, die du willst, und die Poolanlage gehört nur dir ... wenn du möchtest. Ich muss Signora Marci nur fragen."

Oh je! Eine Zwickmühle! Alles, was Marc aufgezählt hatte, klang himmlisch, aber wollte ich wirklich in der Schuld dieser Tussi stehen? Wollte ich, dass Marc in ihrer Schuld stand?

Wie sollte ich darauf eine Antwort finden, wenn seine Küsse mich doch so ablenkten??

Kapitel 9

Ich kam mir bescheuert vor, als ich hinter Marc die marmornen Stufen des Hoteleingangs hinaufging. Wegen der Vorschriften trug ich einen orangefarbenen Sicherheitshelm, der offenbar für Kinder gedacht war, denn er quetschte meinen Kopf auf die Größe einer Erbse zusammen.

Marc trug natürlich keinen, denn er würde ja nur bei dieser Sexbombe, die mir den Schlaf geraubt hatte, im Büro sitzen.

„Ich seh bekloppt aus!", schimpfte ich und fummelte an dem Helm herum.

„Quatsch. Dich wird doch niemand sehen. Sobald du im Spa ankommst, kannst du ihn ja abnehmen. Es geht darum, dass in den Fluren und der großen Empfangshalle noch Arbeiten an den Decken gemacht werden müssen und eben Teile herunterfallen könnten."

Schon klar! Marc sah das locker – er hatte ja auch nicht den ganzen Morgen damit zugebracht, seine Lockenmähne in Form zu bringen, um es mit der scharfen Signora aufnehmen zu können.

„Buongiorno, Marc!", erscholl eine rauchige Stimme hinter uns. Ich musste mich nicht mal umdrehen, um zu wissen, dass dies Signora Marci sein musste.

Verdammt! Selbst ihre Stimme klang nach purem Sex.

Marc neben mir wirbelte euphorisch herum, und ich spürte seine Aufregung.

Dieser elende Mistkerl! Und erst diese elende italienische ...

Ich drehte mich ebenfalls um und erstarrte.

Mit offenem Mund stand ich da und konnte nicht fassen, was ich sah.

Eine elende italienische ... Nonne!

Signora Marci war eine Nonne???? Das konnte doch nicht sein?

Aber alles deutete darauf hin. Das goldene Kruzifix um ihren Hals, ihre schwarze Ordenstracht, die auch ihr Haar bedeckte. Es musste dunkel sein, wie die schön geschwungenen Augenbrauen in ihrem engelsgleichen Gesicht.

Vor mir stand eine Nonne, die aussah wie *Monica Bellucci*! Und Marc lag ihr lechzend zu Füßen!

Wie eine Biene am Honig hing er an den Lippen der *heiligen Monica* und schien mich total vergessen zu haben. Aber das würde ich ändern!

„Marc!", rief ich streng und eilte an seine Seite, um zu verhindern, dass diese göttliche Erscheinung sündige Gedanken in ihm weckte. „Willst du mich nicht vorstellen?"

„Äh ... ja ... Signora Marci, das ist ... Anna. Sie begleitet mich heute."

Was? Tickte der noch ganz richtig? Was war denn das für eine Vorstellung? Ich begleitete ihn heute?

Warum erwähnte er nicht, dass ich seine Freundin war? Wo war sie jetzt, die ernsthafte Beziehung, von der er gestern noch gesprochen hatte? Kein Wort davon, dass ich die Einzige war, für die sein Herz schlug!

Dieser Mistkerl!

Signora Marci lächelte und reichte mir freundlich die Hand. Die andere umfasste den Rosenkranz, der ihr an einer goldenen Kette um den Hals hing.

Ja, Schwester! Bete nur! Und leg dich besser nicht mit mir an!

„Wie schön, Sie kennenzulernen, Anna. Ich bin Schwester Sofia. Ich hoffe, es gefällt Ihnen hier." Sie machte eine allumfassende Bewegung. „Für all jene, die mehr für irdische Genüsse übrighaben als ich, scheint dies der perfekte Ort zu sein."

„Und Sie haben dafür wohl nichts übrig?"

Ich glaubte dieser scheinheiligen Nonne kein Wort. Hatte Marc nicht gesagt, ihr Vater sei wohlhabend? Noch dazu sprach sie besser Deutsch als ich. Dabei hatte ich doch auch eine deutsche Mutter!

Sofia lächelte, und es war, als schaltete jemand einen Baustrahler an – so geblendet war ich von der Wirkung. Und Marc erst. Ich verstand leider ganz genau, was er an ihr fand.

Und das war ja soooo ungerecht! Als könnte ich es je mit einer göttlichen Jungfrau aufnehmen! Mit einer unberührten Braut Christi! Ich sah Madonna vor mir, wie sie *Like a Virgin* schmetterte ... und Marc, der alles dafür geben würde, sie zu *touchen – for the very first time!*

Ich wollte mit dem Fuß aufstampfen, so himmelschreiend war diese Ungerechtigkeit.

In diesem Kampf hieß es Femme fatale gegen göttliche Unschuld!

Femme fatale kannte Marc ja schon – aber ich ging jede Wette ein, dass sich unter all seinen bisherigen Eroberungen keine einzige Unschuld befunden hatte. Und Marc hatte die Herausforderung schon immer geliebt. Selbst bei mir war er erst aktiv geworden, als ich andere Männer in mein Leben gelassen hatte.

„Irdische Genüsse?"

Ihre samtweich gestellte Frage riss mich aus meinen Grübeleien.

„Nein, ich habe in der Tat allen irdischen Genüssen abgeschworen und mich etwas Höherem verschrieben. Das bedeutet natürlich nicht, dass mir das Irdische fremd ist. Ich wurde, wie man so schön sagt, mit dem goldenen Löffel im Mund geboren. Meine Familie ist wohlhabend, aber mir wurde sehr schnell klar, dass sich dieser Wohlstand sehr ungerecht verteilt und nur wenige Privilegierte ein sorgenfreies Leben führen können. Ich widme mein Leben all jenen, die dieses Glück nicht haben."

Ja klar! Und ich arbeitete daran, schon bald in einem aus einem Kaugummipapier und einer Sprungfeder gebauten Raumschiff den Mond zu umrunden und dabei weniger zu wiegen als Gigi Hadid!

„Großartig", schwärmte Marc und trat näher an die Nonne heran.

„Und Sie meinen damit die Touristen, die hier in diesem Nobelschuppen Urlaub machen?", fragte ich zynisch, ohne auf Marcs Schwärmerei einzugehen.

„Aber nein! Tatsächlich sollte ich überhaupt nicht hier sein. Mein Vater wurde überraschend ins Ausland berufen und bat mich deshalb um Hilfe. Da für unseren Abt die Familie vor allen anderen Dingen steht, schickte er mich her, um den Abschluss der Arbeiten zu überwachen. Ohne Marc käme ich mir hier sogar ziemlich verloren vor."

AHHH! Dieses Miststück schaffte es wirklich, jedes meiner Argumente zu entkräften – und mich dadurch missgünstig wirken zu lassen. Sogar Marc sah mich verständnislos an.

Ich konnte es ihm nicht einmal übel nehmen. Eine Jungfrau in Not brauchte seine Hilfe! Das war echt ätzend!

Vermutlich war er ihrem Bann längst verfallen.

Und wahrscheinlich entstanden genau so diese ganzen Sekten! Durch sexy Gehirnwäsche! Nun war ich doch recht froh um den Helm – so drangen ihre scheinheiligen, sirenenartigen Gesänge vielleicht nicht bis in meine grauen Zellen vor!

„Ich denke, Schwester Sofia und ich sollten uns auch so langsam an die Arbeit machen", erklärte Marc und fuhr sich cool durchs Haar. „Mach du dir doch einen schönen Tag und sieh dich etwas um. Dort hinten ist das Spa."

Boah! Dieser Arsch wollte mich loswerden! Ich kannte den Blick genau, mit dem er die Betschwester ansah. Wann immer er früher eine seiner Flammen mit zu uns in die Wohnung gebracht hatte, um sie flachzulegen, hatte er mich mit fadenscheinigen Argumenten in mein Zimmer verbannt und war den Weibern dann mit genau diesen Kuhaugen in sein Schlafzimmer gefolgt.

Ich wusste es! Marc wollte dieser Nonne an die katholische Unterwäsche! Er wollte sie von der Betschwester zur Bettschwester machen!

Und das nach einem Jahr wundervoll befriedigender Beziehung mit mir ...

Mit Catwoman – Catness Stone – war ich ja noch fertig geworden, aber wenn sich göttliche Mächte zwischen Marc und mich stellten, schien die Sache aussichtslos.

Ich hätte an Weihnachten besser in die Kirche gehen sollen, anstatt mich unter dem Baum Santas Rute zu widmen!

Meine einzige Hoffnung bestand darin, dass diese Nonne in ihrem Glauben so tief verwurzelt war, dass Marcs Avancen ihr nicht mehr entlockten als ein erschrockenes Halleluja.

Selbst als ich eine Stunde später eine Hot Stone Massage genoss, überlegte ich noch immer in bester Dan-Brown-Manier, welche Symbolkraft es hätte, wenn ich Schwester Sofia mit einem lilafarbenen

Riesendildo erschlagen würde.

Vermutlich brachten mich allein diese Gedanken der ewigen Verdammnis näher – ein Grund mehr für den Dildo-Angriff! Wenn schon in der Hölle schmoren, dann wenigstens aus gutem Grund.

Die trippelnden Schritte der kleinen Asiatin, die offenbar die Wellness- und Spa-Abteilung hier im Hotel leitete, kamen näher, und ich atmete tief ein, um aus meiner Rachefantasie zurück in die Realität zu finden.

„Alles gut?", fragte sie in gebrochenem Deutsch und nahm, passend zu den spirituellen Klängen im Hintergrund, die Steine langsam von meiner Wirbelsäule.

Ob alles gut war? Abgesehen davon, dass ich keine Ahnung hatte, wie ich Marc dazu bringen sollte, anstatt der Nonne mich wieder flachlegen zu wollen, war wohl alles so weit in Ordnung.

Ich nickte daher.

„Wollen noch mehr ausprobieren? Massage? Peeling? ..." Ich wollte schon ablehnen, als sie mir einen angewärmten Bademantel aus kuscheliger Baumwolle reichte. Vielleicht konnte ich meine Spionage-Fähigkeiten anwenden, Marc und seine heilige Monica Bellucci hier im Hotel ausfindig machen und mal nachsehen, was die beiden so trieben – oder hoffentlich nicht trieben.

„Oder vielleicht Sie haben Interesse an Waxing? Oder Maniküre?"

Waxing!?!

Das war doch die Idee! Mit Waxing könnte ich meine Beziehung retten!

Oh ja, ich war ein echter Männerversteher! Marc war ein Mann – ein ganz toller sogar. Aber er war eben auch ein Schürzenjäger. Einer, der zumindest früher nicht viel für Monogamie übriggehabt hatte. Er war ein Opfer seines evolutionären Triebs, und den musste ich austricksen. Nach inzwischen über einem Jahr Beziehung – und damit einhergehendem Mangel an sexueller Abwechslung (zumindest, was den Sexualpartner anging) –, erlag er vermutlich gerade dem Reiz des Neuen.

Und vielleicht konnte ich ja Marcs Penis vorgaukeln, dieses Neue zu sein, indem ich mich dort veränderte, wo sein gutes Stück hauptsächlich anzutreffen war!

Ich würde ihn quasi nach Brasilien entführen!

Brazilian Waxing hieß das Zaubermittel!

Ich sprang von der Massageliege und folgte der Spa-Mitarbeiterin in einen der angrenzenden Räume.

„Waxing klingt gut! Das will ich!"

Sie lächelte verhalten und führte mich zu einer vorbereiteten Liege.

„Wir freuen uns, dass Sie unseren Service testen", erklärte sie. „Sie kennen Waxing? Haben schon gemacht?"

Gemacht? Nein. Aber ich hatte mir schon die Beine mit Warmwachs enthaart. Ich kannte mich aus.

Ich nickte also – sie musste mich ja nicht für ein Landei halten. Immerhin hatte ich alle Folgen von *Sex and the City* gesehen und wusste, dass ich mich auf einen kleinen schmerzhaften Ruck einstellen musste. Aber für Marc tat ich das gerne.

„Wollen Sie Warmwachs oder Halawa?", fragte sie und bat mich, den Bademantel zu öffnen.

Warmwachs? Halawa? Was war denn das? Und wo lag der Unterschied. Offenbar kannte ich mich doch nicht so gut aus.

Da ich eine Antwort schuldig blieb, setzte sie zu einer Erklärung an, während sie mir einen kochend heißen, feuchten Lappen zwischen die Beine presste.

„Autsch!!"

„Wachs nicht so gut sein für die Haut. Halawa sein Zuckermasse – besser für die Haut."

Ich befürchtete ja, dass meiner Haut jetzt ohnehin jegliche Behandlung egal sein würde – schließlich wurde sie gerade schon verbrüht. Ich keuchte und zuckte zusammen, aber die Folterknechtin drückte einfach weiter.

„Das öffnen die Poren und weichen die Haut auf. Das bedeuten weniger Schmerz", erklärte sie, mitleidlos lächelnd.

Na klar! Weil mehr Schmerz ja auch nicht mehr ging!

Warum legte diese Domina eigentlich kein Safeword fest?

Autsch! hatte ja schon mal keine Wirkung auf sie gezeigt.

„Wollen Zucker oder Wachs?"

„Ich nehm dann lieber Zucker", erklärte ich unsicher, denn das entsprach einfach mehr meinem

Naturell. Außerdem bekam ich so langsam Hunger. Es wurde Zeit, auch mal die Restaurants zu testen … vielleicht, nachdem ich Marc hinterherspioniert hatte …

Endlich nahm sie den heißen Lappen weg, und ich japste nach Luft und wagte einen Blick. Mein Venushügel sah aus wie ein gekochter Hummer.

Doch mir blieb nicht viel Zeit, das zu bemängeln, denn schon bekam mein Hummer einen Zuckerguss verpasst – unter anderen Umständen eine recht reizvolle Kombination, zumindest geschmacklich …

Geübt verteilte die Asiatin großzügig die handwarme Paste, und ich bekam allmählich Angst.

Sah ich so ganz ohne Haare in der südlichen Region nicht aus wie ein gerupftes Huhn? Und wie sähe das dann überhaupt aus? Ich hatte mich seit Jahren nicht besonders für die Optik meiner Schamlippen interessiert. Womöglich waren die gar nicht so der Hingucker …

Schließlich hatte ich mal in einer Zeitschrift von einer Frau gelesen, die sich die Schamlippen für ihren jüngeren Lover hatte liften und mit Collagen aufspritzen lassen!

Oh Gott! Was, wenn meine fast wie Schlupflider nur so herumlabberten? Mein Bindegewebe war eh nicht so super. Vermutlich konnte ich sie wie Vorhänge aufrollen und mit einem Piercingring oben befestigen … Aber so ein Piercing würde Marc am Ende an die Tussi aus dem Onlineportal erinnern, mit der er kurz vor unserer Beziehung noch rumgemacht hatte. Das wollte ich ja nun auch nicht.

Das alles brachte ganz schöne Probleme mit sich!

Ich hatte das mit dem Waxing wohl doch nicht so ganz beda...

„AAAAAAAAAAAAHHHHHHH!"

Mein Schrei hallte laut durch die leeren Korridore, als die Tussi an dem Zuckerguss riss.

„Ah! Ahhhhhh! Verdammte Scheiße!"

Ich hatte mich getäuscht! Mehr Schmerz war sehr wohl möglich! Mein Hirn setzte aus, und mein Magen krampfte sich zusammen. Ich drohte, mich auf die Asiatin zu übergeben, die in aller Seelenruhe nun die Zuckermasse auf der anderen Seite meines Schambereichs auftrug.

Entsetzt starrte ich auf die nun haarlose Hälfte meiner Spielwiese, die glühend rot und wund, vor Schmerzen pulsierend, gar nicht so ansehnlich wirkte. Es war gruselig!

Nichts auf der Welt hätte mich dazu gebracht, da hinzufassen. Und warum sollte es Marc anders gehen?

Mir fiel es wie Schuppen von den Augen!

Ich hatte meine gemütliche, kuschelige, haarige Pussy in so eine eklige Nacktkatze für Allergiker verwandelt, bei deren Anblick jeder Tierfreund nur fassungslos den Kopf schüttelte.

„Ahhhhh..." Ich merkte erst jetzt, dass ich immer noch schrie. „Ahhhh...", senkte ich langsam die Stimme und holte Luft. Ich glitt fast von der Liege, so schwitzte ich plötzlich. Der Bademantel kam mir wie eine Zwangsjacke vor, und ich stand kurz vor einem klaustrophobischen Anfall.

„Gleich vorbei", erklärte die Chinesin lächelnd, ehe sie auch den Rest meiner ehemals goldenen Haarpracht meinem geschundenen Körper entriss.

„Ahhhhhh…!!!"

Ich hätte angenommen, dass die Nerven in dieser Region irgendwann nicht mehr in der Lage wären, noch mehr Schmerz ans Gehirn weiterzuleiten. Aber da hatte ich mich getäuscht.

„Stopp!", schrie ich wie eine Furie, als sie erneut die Zuckermasse in den Händen knetete. „Bleib bloß weg von mir!" Ich raffte den Mantel um mich und wälzte mich keuchend von der Liege.

„Nicht wollen Haare entfernen bis zum Damm?"

Ahhhh! Allein die Vorstellung zwang mich in die Knie, und ich hielt mir schützend die Hände vor den Schritt.

„Verdammt, nein! Ich will, dass Sie dieses Zuckerzeug von mir fernhalten!"

„Anna?" Marc stand atemlos in der Tür und sah mich mit großen Augen an. „Was ist passiert? Bist du verletzt? Warum schreist du so? Man hört dich im ganzen Hotel!"

„Ich kann nicht fassen, dass du das getan hast!" Marc schüttelte den Kopf und blieb stehen. Er ächzte, als er mich neu in seinen Armen positionierte. Ich versuchte wirklich, mich so leicht wie möglich zu machen, aber der Weg vom Hotel zum Campingplatz zog sich ganz schön hin.

„Soll ich laufen?" Ich bot es an, obwohl ich nicht wusste, wie ich das hätte machen sollen. Es brannte wie Feuer, und jede Bewegung war die Hölle. Außerdem trug ich noch immer nur den Bademantel, weil ich mich unter keinen Umständen in diesem Zustand in eine Hose hätte zwängen können.

„Du bist echt nicht gerade leicht, Annalein", gab er stöhnend zurück, schleppte mich aber weiter.

Ich zuckte mit den Schultern.

„Immerhin bin ich jetzt leichter als vor der Behandlung!"

„Worüber wir im Zelt unbedingt noch mal sprechen müssen", erklärte Marc streng.

Was meinte er? Mein Gewicht oder meine fehlende Haarpracht? An beidem konnte ich jetzt auf die Schnelle eh nichts ändern, also worüber wollte er da sprechen?

„Ich weiß nicht, was du meinst, Marc", gab ich mich souverän. „Ich bin eine erwachsene Frau – ich kann tun, was ich will."

Er blieb stehen und stellte mich schnaubend ab. Ich zuckte vor Schmerz zusammen.

„Autsch!"

„Wenn du so erwachsen bist, warum schlepp ich mir hier dann nen Wolf?" Er klang eingeschnappt.

„Es tut echt weh, Marc!"

Er würde mich doch wohl jetzt nicht laufen lassen!?

Seine Spottbraue hob sich.

„Ich dachte, du stehst auf Schmerzen", foppte er mich und gab mir einen Klaps auf den Hintern.

„Autsch!" Ich funkelte ihn böse an. „Lass das! Ich meine es ernst. Das tut höllisch weh!"

„Warum hast du das dann gemacht? Was hast du denn gedacht, wie die Dame die Haare da wegmacht? Hätte sie ein glitzerndes Einhorn schicken sollen, das Zauberstaub draufpustet – und alle Haare wären weg?"

„Ein gutes Hotel hätte genau das gemacht!", knurrte ich wütend. Verstand der Idiot denn nicht, dass ich das nur für ihn gemacht hatte?

„In Disneyland hätten sie es vielleicht so gemacht", gab er grinsend zu und hob mich wieder hoch. „Halt dich fest, damit ich deinen haarlosen Hintern endlich nach Hause schaffen kann."

Ich grinste und schmiegte mich an ihn.

„Mein Hintern war schon immer haarlos!"

Marc lachte und zwinkerte mir verschmitzt zu.

„Du wirst erlauben, dass ich mir davon gleich selbst ein Bild mache."

Das klang zwar verführerisch, aber ich schüttelte dennoch den Kopf.

„Die Spa-Tussi hat gesagt, ich darf vierundzwanzig Stunden keinen Sex haben", erinnerte ich ihn bedauernd. Hätte sie mir das früher mitgeteilt, hätte ich dieses scheiß Waxing nie in Betracht gezogen. Es war wohl ziemlich kontraproduktiv, gerade dann enthaltsam sein zu müssen, wenn der Freund wollüstige Fantasien mit einer Nonne ausleben wollte. Das trieb ihn ja geradezu in die Arme dieser Frau!

„Außerdem hast du mir verschwiegen, dass die Tussi, die du so scharf findest, eine Nonne ist!"

„Was tut das zur Sache?" Er schien irritiert.

„Wie soll ich da mithalten können?", fragte ich verbittert, und Marc runzelte die Stirn.

„Du musst doch mit niemandem mithalten. Ich weiß nicht, was mich an der Vorstellung so anmacht, aber du musst dir auf keinen Fall Sorgen machen. Ich will nur dich! Versprochen!"

Hm. So richtig beruhigend war das nicht.

„Wirklich?"

„Herrgott, Anna. Sie ist eine Nonne! Reicht das nicht, um dich zu beruhigen? Das ist doch nur eine Jungsfantasie ... Das ist nicht echt! Du bist echt! Und ich liebe dich!"

„Ja, aber wir können heute nicht ..."

„Ich hab gehört, was die Dame gesagt hat", keuchte er, als wir endlich das Zelt erreichten. Er stellte mich auf die Füße und zupfte an dem Bademantel, worauf dieser auseinanderglitt und den Blick auf mein glühend rotes Brasilien freigab. „Autsch!", flüsterte er schmunzelnd und sog gepeinigt die Luft ein.

Ich grinste. „Das hab ich auch gesagt."

„Na, siehst du, Annalein, wir sind tatsächlich seelenverwandt. Wir denken und sagen sogar schon das Gleiche. Weißt du ... was ich noch denke?" Er sah mir tief in die Augen, und meine Knie wurden weich. „Ich denke, ich sollte ..." Er schob mich ins Zelt und zog den Reisverschluss hinter sich zu. „... ich sollte vielleicht besser deine Wunden lecken."

Kapitel 10

Den nächsten Vormittag verbrachten Marc und ich am Strand. In der nagelneuen Pop-up-Strandmuschel, die Füße im Sand, ließ es sich ganz gut aushalten. Ich schmökerte in einer deutschen Klatschzeitung und lauschte mit halbem Ohr dem Streit des Pärchens neben uns. Sie ärgerte sich, dass er gestern unbedingt hatte grillen wollen, sie aber heute den ganzen Morgen den Grillrost hatte schrubben müssen.

Ja, die Tücken des Campinglebens! Bei uns gab es seit Tagen entweder Ravioli aus der Dose oder Pizza von diesem elenden Pizzabäcker Andrea – die Marc holen musste, denn ich hatte mir geschworen, nie wieder einen Fuß in die Nähe von Andreas Pizzaofen zu setzen. Diese Peinlichkeit konnte ich mir ersparen.

Unser schneller Aufbruch gestern im Hotel hatte ja zur Folge gehabt, dass mir die kulinarischen Genüsse dort verwehrt geblieben waren – was vielleicht gar nicht so schlecht war, denn mir hatte nicht gefallen, wie Marc und die Nonne zum Abschied die Köpfe zusammengesteckt und getuschelt hatten. Da war was im Busch, das war klar! Immer wieder hatte sie zu mir herübergesehen und Marc dann trotzdem die Hand auf die Schulter gelegt. Eine biblische Plage!

„Geht's dir gut?", fragte Marc und ließ etwas Sand

auf meinen Rücken rieseln. Als ich aufsah, lächelte er mich an.

„Ja. Es ist so schön hier."

Marc grinste.

„Es wäre noch schöner, wenn ich hierbleiben könnte. Aber die Arbeit ruft."

Wieder ließ er Sand über meinen Rücken rieseln, und ich schloss genießerisch die Augen. Das war herrlich!

Ich war im absoluten Urlaubshimmel!

„Und wenn du einfach krankmachst?" Ich wollte nicht, dass er wieder zu dieser Ordensschwester ging.

Immer, wenn ich gerade das Gefühl hatte, zwischen uns könnte es nicht besser laufen, kam irgendeine Frau dazwischen! So wie jetzt.

„Das kann ich nicht. Aber heute geht es schnell. Die Website ist fast fertig. Ich muss sie nur noch online stellen, ein paar Vorbereitungen für morgen treffen und sehen, ob alles läuft. Dann bin ich wieder hier."

„Soll ich mitkommen?" – *und dich im Auge behalten*, fügte ich im Geiste hinzu.

„Nein. Heute nicht. Du würdest dich langweilen."

Ha! Das glaubte ich kaum! Er wollte mich ganz offensichtlich nicht dabeihaben!

Ich machte einen Schmollmund und cremte mir das Gesicht mit Sonnenmilch ein.

„Na komm, ich reibe dir den Rücken ein, ehe ich gehe", schlug er versöhnlich vor.

Da ich ja unter keinen Umständen noch brauner werden wollte, reichte ich Marc die Tube. Er strich mir zärtlich den Sand von der Haut und verteilte die Creme. Dann küsste er mein Schulterblatt und stand auf.

Er sah wirklich nicht so aus, als würde er hinter meinem Rücken eine Nonne verführen wollen! Dieser Schauspieler!

„Bis nachher. Und, Anna …"

„Ja?"

„Du gefällst mir so, wie du bist. Hör also auf, Experimente zu machen, okay?"

Ich streckte die Zunge raus und sah ihm nach, wie er über den Strand zurück zum Zelt ging. War ja kein Ding. Ich konnte gut eine Weile hier allein …

Oh Gott, war mir langweilig!

Meinen Roman kannte ich schon fast auswendig, frisch eingecremt war ich – und Hunger hatte ich ausnahmsweise auch mal nicht. Womit sollte ich mir also die Zeit vertreiben?

Ich zählte Frauen, die oben ohne am Strand lagen – oder sogar Ball spielten –, was sie meiner Meinung nach besser lassen sollten.

Gruselig!

Danach zählte ich die Männer, die diese Frauen anglotzten. Dann die armen Kinder mit Sonnenbrand – da gab es leider deutlich zu viele! Und endlich … fiel mir der „Salvataggio" (wie es groß auf seinem Shirt stand) ins Auge, der in der Nähe seines Aussichtsturms auf und ab ging. Die rote Rettungsboje unter dem Arm, teilte er die sandburgbauende Kinderschar wie Moses das Meer.

Holla!

Ich setzte mich auf und schob mir die Sonnenbrille vor die Augen, damit er nicht merkte, wie ich ihn beobachtete – alter Geheimagenten-Trick!

Der Typ war echt lecker!

Er drückte die Brust raus und watete vollkommen arrogant – in dem Wissen, ein echter Held zu sein – durchs knietiefe Wasser. So eine selbstverherrlichende Inszenierung brachten nur wenige zustande: Rockstars, italienische Politiker und Rettungsschwimmer!

Als bekennender *Baywatch*-Fan sprang direkt der Soundtrack der Serie in meinem Kopf an, und ich sah David Hasselhoff und Pamela Anderson lasziv an mir vorbeijoggen. Spontan überlegte ich, ins Meer zu gehen und einen Schwächeanfall vorzutäuschen, um mir den Nachmittag mit erotischer Mund-zu-Mund-Beatmung zu vertreiben, aber ich musste zuerst die Creme noch etwas einziehen lassen. Schließlich verstärkte Salzwasser die Sonnenbrandgefahr.

Während ich mir sämtliche erotischen Szenen im Zusammenhang mit Seenotrettung ausmalte, fragte ich mich, warum sich Marc eigentlich keine rote Badehose gekauft hatte. Sah doch wirklich sexy aus ...

Am Ende des Strandabschnitts blieb der Rettungsschwimmer stehen und ließ wie im Fernseher die Boje auf seiner Hand kreisen.

Seufz! Ich stand kurz vor einem optischen Orgasmus! Wenn er jetzt noch ins Wasser rennen und dann mit einem eleganten Satz einen Kopfsprung über den Wellenkamm machen würde, dann ...

Verdammt, Anna! Beherrsch dich endlich! Ich brauchte ja gar nicht über Marc und die Nonne schimpfen, wenn ich selbst so verruchten Gedanken nachhing. Und aufstehen würde ich jetzt auch nicht können, denn meine Brustwarzen waren so hart, dass ich Angst hatte, sie könnten den Bikinistoff beschädigen.

Ich zwang mich also, wieder die vom Sonnenbrand geplagten Kinder anzusehen, denn das kühlte jeden erotischen Gedanken ab.

Ich mochte im wahrsten Sinne des Wortes nicht in deren Haut stecken!

Da der Salvataggio sich nach dem Schaulaufen wieder auf seinen Aussichtsturm zurückzog und meine Brustwarzen zur Vernunft gekommen waren, ergab ich mich meiner Langeweile und beschloss, einen kurzen Spaziergang am Strand zu machen. Dass mein Weg mich dabei am Hotel der Nonne vorbeiführen würde, war reiner Zufall.

Ich packte das Handtuch in die Tasche und machte mich daran, die Pop-up-Strandmuschel zusammenzufalten, nachdem ich geschlagene fünf Minuten die Illustrationen der Anleitung studiert hatte.

Konnte nicht so schwer sein.

Die äußeren Zeltenden aufstellen, zum Halbkreis ziehen, ineinander drehen und nach unten biegen. Danach die neu entstandene Biegung mit der linken Hand aufnehmen und im Uhrzeigersinn gegen die Bögen in der rechten Hand bewegen. Nun nur noch den ganzen Kram übereinander drücken und wiederum ineinanderschieben. Dann ab in die Tasche damit und fertig!

Ein Kinderspiel!

Nachdem ich also genau wusste, was zu tun war, griff ich nach dem Sonnenschutz und ...

Uff!

Eine Windbö hob die Strandmuschel an und blies mir den ganzen Sand, der dadurch aufgewirbelt wurde, auch ins Gesicht.

Mist! Ich ließ die Strandmuschel fallen und tastete blind nach dem Handtuch in meiner Tasche. Überall auf meiner eingecremten Haut klebte Sand! Ich fühlte mich wie ein paniertes Schnitzel!

Mein Auge tränte, da ich mir nun offenbar auch noch Sonnenschutz hineingerieben hatte, aber mir blieb keine Zeit, mich zu bemitleiden, denn die nächste Bö wehte meine Strandmuschel über den Strand.

Ich warf dem untätigen Salvataggio einen bösen Blick zu. Sah er denn nicht, dass ich ein echtes Problem hatte?

Als ich die Strandmuschel endlich eingeholt hatte, warf ich mich auf sie und versuchte liegend, eine Alternative zu der vorgeschriebenen Falttechnik zu finden, die ich eh schon wieder vergessen hatte.

Schieben, drücken, ineinanderfummeln und ...

„Autsch!" Das Muschelding ploppte mir ins Gesicht und drohte, mich zu verschlingen. Ich schlug um mich und presste mein Bein auf den sich aufbäumenden Metallbogen. Der Stoff riss, und der Biegedraht peitschte mir gegen den Schenkel.

„Verfickte Sch…"

Ein Kind mit Wassereimer rannte an mir vorbei, darum verkniff ich mir den Fluch und rappelte mich auf. Die Strandmuschel nahm mit einem triumphierenden *Plopp* wieder ihre Ursprungsform ein.

Das alles war doch eine riesige göttliche Verschwörung, um zu verhindern, dass ich mitbekam, was zwischen Marc und der heiligen Sofia war.

Das bestätigte mich in meinem Verdacht, dass wirklich etwas lief – und das wiederum bereitete mir Kopfschmerzen! Schlecht gelaunt packte ich die Strandmuschel, knüllte sie mir so gut es ging unter den Arm, ignorierte, dass ich mit der nicht zusammengefalteten Hälfte, die ich hinter mir her schleifte, bei jedem Schritt die oberste Sandschicht des Strandes abtrug, und schleppte das doofe Ding zurück zum Zeltplatz.

Die Lust auf eine Beschattung war mir gründlich vergangen.

Nur eine Stunde später war ich froh, mich nicht nahe des Hotels auf die Lauer gelegt zu haben, denn Marc kam gut gelaunt zurück. Sein Einsatz bei der Italienerin war wirklich schnell vorbei. Da ich nicht annahm, dass die Italienerin ihre Jungfräulichkeit für einen Quickie geopfert hatte, musste Marc abgeblitzt sein. Dem Himmel sei Dank!

Das hob meine Laune wieder ein wenig.

„So, das war's!", erklärte Marc überschwänglich. Er hob mich hoch und küsste mich stürmisch. „Zieh dir was an. Wir gehen in die Stadt. Shoppen!"

WAS?

Ich wurde stutzig. Wenn Marc freiwillig shoppen gehen wollte, dann war etwas faul. Hatte er bei der Nonne etwa doch landen können und versuchte nun, sein schlechtes Gewissen zu beruhigen?

„Warum?" Ich hörte selbst, dass ich misstrauisch klang.

Er grinste.

„Weil wir morgen Abend zu einem vornehmen Empfang auf der *Adriatica* gehen werden. Schwester Sofia will dort die Heinis vom Tourismusverband und der Presse davon überzeugen, dass das Hotel ihres Vaters das Beste ist, was die italienische Adriaküste zu bieten hat. Es soll sogar ein Feuerwerk über dem Meer geben."

Wow! Das klang super. Allerdings hatte Marc recht – wir mussten shoppen gehen, denn für einen solchen Anlass brauchte ich unbedingt neue Schuhe!

Kapitel 11

Ein Empfang auf einer Jacht! Das würde sich echt gut machen, wenn ich meiner Mutter und Marie davon erzählen würde. Wo doch meine Schwester sonst immer diejenige war, die solche Nobelsachen erlebte. Bestimmt würde sie sterben vor Neid! Oder zumindest vor Groll eine Falte auf der Stirn bekommen. Wenn sie denn noch am Leben war … Das war nicht selbstverständlich, immerhin hatte ich Pussy bei ihr untergebracht.

Doch an Marie wollte ich jetzt lieber nicht denken. Ich musste mich konzentrieren, damit ich auf meinen neu erworbenen italienischen High Heels nicht ins Straucheln geriet. Ich hatte ja nur Badelatschen eingepackt – und die waren nun wirklich nicht Jacht-tauglich. Das hatte sogar Marc eingesehen. Darum trug ich zu meinem leicht underdressten Sommerkleid neue italienische Designerschuhe mit Mega-Absatz. Damit erreichte ich fast den Himmel, was mich vielleicht auf eine ähnlich göttliche Ebene stellte, auf der auch die Ordensschwester zu schweben schien.

„Zweihundert Euro für nen Schuh, mit dem du nicht mal laufen kannst!", murmelte er dennoch verständnislos, als ich mich Halt suchend an ihn klammerte, während wir über die Metallplanke an

Bord gingen.

„Es ist nicht ein Schuh! Es sind zwei!", verbesserte ich ihn, weil ich keine Lust hatte, mich deswegen zu streiten. „Außerdem hast du gesagt, dass dein Chef deine Geschäftskosten übernimmt. Das ist doch quasi Dienstkleidung!"

Es war ja nicht so, als wären wir nur zu unserem Vergnügen hier. Marc sollte schließlich die Hotelpräsentation überwachen und dafür sorgen, dass der Projektor den Vortrag auch entsprechend auf die dafür vorgesehene Leinwand warf.

„Es würde vielleicht gerade noch so als Dienstkleidung durchgehen, wenn *ich* die Teile tragen würde!"

„Da haben wir es! Du bist neidisch, dass es mein Bein ist, das in diesem Traum von einem Schuh so elegant betont wird!"

Marc verdrehte die Augen. „Erwischt! So muss es sein!"

Wir schlenderten, so gut es meine Pumps zuließen, übers Partydeck, und ich kam echt aus dem Staunen nicht mehr raus. An der Vorderseite – wie hieß das? Bug? Oder war der Bug die Unterseite? Na, jedenfalls dort, wo die Reling verhinderte, dass man direkt vors Schiff fiel, würde mich Marc später in cineastischer Pose zur Königin der Welt erklären! Hach, ich sah es direkt vor mir, wie ich mich, Kate Winslet gleich, mit ausgestreckten Armen über den Ozean erheben würde … nur, dass der Ozean eben die Adria war …

Dann würden wir uns unter Deck schleichen, wo er

mich, nackt auf einem Sofa liegend, zeichnen würde …

Marc war aber eher der Technikfreak. Er würde mich wohl nicht unbedingt zeichnen – aber fotografieren. Und im Grunde kam das ja auf das Gleiche raus. Für ein Foto musste man auch nicht so lange rumliegen!

Ich atmete tief den Duft von Luxus ein und fühlte mich dabei wie auf der Titanic – nur ohne Eisberg. Das hoffte ich zumindest! Aber selbst wenn, es hieß ja, Frauen und Kinder zuerst – und da ich hier nirgends Kinder sah, standen meine Chancen auf Rettung recht gut.

Armer Marc – aber er war ja ein ausdauernder Schwimmer …

Unter glänzenden Lichtern und dem funkelnden Sternenhimmel wurden Champagner, Häppchen mit Hummercreme – die der ganz in Schwarz gekleidete Model-Kellner als *Hors d'œuvre* bezeichnete, gereicht. Überhaupt versprühte der Empfang eher französischen Chic, als dass ich ein italienisches Hotel dahinter vermutet hätte. Keine Spur von Tortellini mit Schinken-Sahne-Soße – oder Pizza. Nur der italienische Alleinunterhalter gab sich große Mühe beim Covern italienischer Hits. Ich wippte im Takt mit den Hüften und schob Marc möglichst unauffällig immer dem Kellner mit den Häppchen hinterher.

Es würde doch hoffentlich noch etwas Richtiges zum Essen geben! Auf leeren Magen prickelte der Schampus sich direkt in mein zentrales Nervensystem. Es waren nicht nur die Wellen, die den Boden – oder vielmehr die Jacht – unter meinen Füßen wanken ließen.

„Ciao, Marc!", trug der Wind die sündige Stimme der Heiligen an mein Ohr. Sofort wandte der sich um und brachte mich dabei fast aus dem Gleichgewicht.

„Ciao, Schwester Sofia", erwiderte er ihren Gruß und küsste ihr höflich die Hand.

Boah! Ich hätte kotzen mögen. Ciao!!! Als wäre er der zweite Eros Ramazzotti – dabei schnitt er seine Spaghetti immer klein.

„Ciao, Anna", bemerkte sie meine Anwesenheit – aber ich verzichtete natürlich darauf, mich ihr anzubiedern und nickte nur beiläufig. Schließlich gab es auf dieser Jacht so viel Interessantes zu sehen ...

„Der Empfang ist ein voller Erfolg", belauschte ich trotz meines zur Schau gestellten Desinteresses jedes ihrer Worte. „Ich würde dich gerne einigen Leuten vorstellen. Dem Bürgermeister von Jesolo, der Herr dort hinten – er ist vom Venezianischen Tourismus Verband, und die Dame dort drüben ist eine Teilhaberin und Freundin meines Vaters." Sie neigte sich näher an sein Ohr und sagte so leise, dass ich es zum Glück aber doch noch verstand: „Außerdem sterbe ich vor Aufregung. Ich habe alles vorbereitet, so, wie du es dir vorgestellt hast. Ich hoffe, du bist glücklich..."

„Das werde ich sein! Ich kann es kaum erwarten!" Er strahlte und warf ihr einen Blick zu, der sagte, dass sie vor mir lieber schweigen sollte.

Shit! Sie war seinem Charme erlegen! Schon bald

würde aus der *Like a Virgin*-Tussi eine *Ups, I did it again*-Schlampe werden! Den Himmel konnte sie sich aber abschminken, wenn sie es wirklich wagen sollte, mir meinen Freund auszuspannen! Denn dann würde ich sie höchstpersönlich zum Teufel jagen!

Sie hakte sich vertraut bei Marc ein, der mich schulterzuckend freigab.

„Bin gleich wieder da", erklärte er knapp und folgte gehorsam ihrer schwarzen Nonnenkluft. Jeder ihrer Schritte ließ erahnen, was für ein toller Hintern sich unter dem tristen Stoff verbarg. Na Halleluja!

Ich wollte ihm folgen, ihm verbieten, sich mit dieser scheinheiligen Italienerin einzulassen, aber ich wusste, dass er bei einer Szene von mir sauer werden würde. Ich brauchte also Beweise!

Der erste Schritt war, die beiden keine Sekunde aus den Augen zu lassen.

Ohne Marc, der das Wanken, die Absatzhöhe und den steigenden Promillespiegel in meinem Blut perfekt ausgeglichen hatte, trippelte ich an die Reling, wo ich mich unauffällig festhalten konnte. Von hier aus würde ich meine Überwachung starten. Zum Glück stand der Kellner mit den Hors d'œuvre nicht weit. Im glänzenden Licht der goldenen Lampions, die sich in weichen Bahnen über das gesamte Deck spannten, schimmerten die eleganten Kleider und Anzüge der Gäste, und ich kam mir vor wie auf einer Hollywoodparty. Oder ... was war das italienische Pendant zu Hollywood?

„Hallöchen."

Neben mir stand ein Mann in Rot. Shirt rot, Hose rot. Und sogar seine Badelatschen hatten eine rote Sohle. Ich nahm aber trotzdem nicht an, dass es Louboutins waren. Er entsprach sogar noch weniger dem Dresscode als ich in meinem luftigen Sommerkleid.

„Sind Sie auch Deutsche?", fragte er, und ich war versucht, das zu verneinen. Ich kannte das. Er würde sich an mir festquatschen und mich den ganzen Abend belagern.

„Ich bin Jörg. Bin heute hier der Rettungsschwimmer. Auf dem Oberdeck ist ein Pool."

Das erklärte die goldenen Luftmatratzen, die überall bereitstanden – aber es erklärte nicht, warum der Typ jetzt neben mir und nicht oben am Pool stand.

„Klingt ja spannend", log ich, ohne ihn direkt anzusehen. Solchen Typen durfte man nicht mal den kleinen Finger an Aufmerksamkeit reichen.

„Gehören Sie auch zum Personal? Dann könnten wir doch zusammen in die Personalkabine ..."

Personal? Ich? Sah der nicht meine Schuhe?

Vielleicht konnte mein Kleid nicht ganz mit den Roben der anderen Damen mithalten, aber meine Schuhe stachen dafür alle anderen aus!

Verärgert widmete ich diesem Jörg also doch meine Aufmerksamkeit. Sein rotes Outfit war tatsächlich die gängige Kluft der Salvataggios, und an seiner Hüfte baumelte ein Funkgerät. Er war ganz ohne Zweifel ein *sehr* wichtiger Typ! Das war mir aufgrund seines langweiligen Äußeren nur nicht sofort aufgefallen.

„Nein, ich bin Gast hier!", erklärte ich entschieden, strich mir die Locken zurück und hoffte, damit die Diskussion mit der Personalkabine gar nicht erst fortführen zu müssen. „Mein Freund steht dort …"

Ich zeigte in die Richtung, in die Marc mit der Nonne verschwunden war, aber dort war niemand mehr.

Verdammt! Überwachung fehlgeschlagen! Ich brauchte einen neuen Plan!

„… äh … ja, er … wird sicher gleich wieder hier sein."

„Sicher!" Jörgs Blick zeigte, dass er mir nicht glaubte. „Ich habe sofort gesehen, dass Sie Deutsche sind", redete Jörg drauflos und deutete auf seine Augen. „Ich hab da einen Blick für."

Na wow! Was für eine Gabe! Er sollte sich ein Cape nähen und sich „Nationalitätenkenner" als Heldennamen aussuchen. Womöglich würde er dann im nächsten Marvel-Blockbuster eine Hauptrolle spielen. Wobei es Filme eh immer recht einfach hielten in Bezug auf die Bösewichte: Es waren Deutsche oder Russen. Aber ich hielt ihm zugute, dass ein deutscher Schauspieler auch hin und wieder einen russischen Bösewicht spielte … da war das wirklich etwas knifflig.

„Sollten Sie nicht am Pool sein und aufpassen, dass niemand ertrinkt?"

„Um diese Uhrzeit ertrinkt noch niemand."

Ach so! Ja klar! Das war einleuchtend. Ich schüttelte im Geist den Kopf über diesen Bullshit und suchte dabei möglichst unauffällig das Deck nach Marc ab.

Den Gedanken, dass er gerade mit Schwester Sofia in der Personalkabine den Rosenkranz betete, drängte ich beiseite. Ich musste mich beherrschen. Nach dem heutigen Abend gehörte der restliche Urlaub wieder uns – und die Nonne würde Geschichte sein.

Vermutlich, weil sie dann ihre Unschuld verloren hatte ...

Verdammt! Ich starb vor Eifersucht!

Ich griff mir einen Schampus, um meine Nerven zu beruhigen.

„Sie sehen blass aus. Sie sind doch nicht etwa seekrank?" Jörg stellte zwar eine Frage, schien aber keine Antwort zu erwarten. „Bevor ich mich der Rettung von Menschenleben verschrieben habe, war ich ebenfalls seekrank. Aber was will man machen, wenn es um Leben und Tod geht? Dann muss man den Arsch zusammenkneifen und seinen Job durchziehen!"

Oh weia! Das konnte ja noch heiter werden! Ich gönnte mir einen großen Schluck Selbstmitleidschampagner und versuchte, Jörgs Stimme irgendwie auszublenden. Schließlich hatte ich ganz andere Probleme.

Er schlug sich auf die Brust, was mich zusammenzucken ließ. Warum diese ruckartigen Bewegungen???

„... mich fragen, sollten alte Leute nicht mehr ins tiefe Wasser gehen."

Offenbar hatte ich den spannenden Teil seiner Geschichte verpasst.

„Ich habe schon Hunderte Menschen gerettet!", prahlte er. „Frauen, Kinder, Männer … und die scheißen sich meistens am ärgsten ein!"

Na klar! Er war der reinste Hercules! Ich konnte nicht anders, als an seiner Geschichte zu zweifeln. Er sah aus wie einer der Streber aus meiner Schulzeit – und nicht wie ein Rettungsschwimmer für gefährliche, sturmumtoste und internationale Gewässer. Vermutlich war Angeber-Jörg nicht mehr als ein Bademeister im örtlichen Hallenbad von Spardorf – oder sonst einem Ort in tiefster Provinz.

Bei Weitem kein Hercules – höchstens Jörcules!

Er hatte absolut keine Ähnlichkeit mit dem *Baywatch*-Gott vom Strand. Da konnte er auch fünf Funkgeräte mit sich herumtragen.

Und überhaupt, wen wollte er denn beeindrucken? Mich? Pah! Ich sollte ihm mal erzählen, dass ein Russe mit Kalaschnikow versucht hatte, mich an ein Krokodil in der Badewanne zu verfüttern!

Aber so war das eben! Eine rote Badehose machte noch lange keinen Rettungsschwimmer!

Da sich Jörcules nicht daran störte, ein sehr einseitiges Gespräch zu führen, ließ ich ihn reden und suchte weiter nach Marc. Wo zum Teufel steckte der? Ich hatte von meiner Position aus keine gute Sicht auf das Deck, darum schob ich mich Stück für Stück an der Reling entlang, bis eine goldene Luftmatratze mir den Weg versperrte. Wirklich nobel, diese glänzenden Gummidinger.

„Wollen Sie auch baden gehen?", fragte Jörcules

und drückte mir eine der Matratzen in die Hand.

„Was? Ich ..."

Herrgott, konnte er nicht dieses blöde Ding wegnehmen, ich konnte ja gar nichts sehen ... DA!

Ich stieß Jörg beiseite und duckte mich hinter die Luftmatratze. Marc und die Nonne standen etwas versteckt seitlich des Steuerhauses, abseits des Partyrummels, und steckten die Köpfe zusammen.

Ich musste hören, worüber sie sprachen. Darum schob ich mich im Schutz der goldenen Schwimmhilfe näher heran.

Ich presste mich an die Wand, als ein Kellner ein Tablett mit zwei Sektgläsern und einer Flasche Schampus an mir vorbei trug. Er stellte es vor Marc auf den Stehtisch, und der bedankte sich freundlich. Marc wirkte nervös. Er wischte sich ständig die Hände an der Hose ab. Dann nahm er die Flasche und klemmte sie sich zwischen die Beine, während er den Korken löste. Etwas Sekt sprudelte heraus, und die Heilige Sofia trat lächelnd einen Schritt beiseite.

Ich konnte es nicht fassen! Anstatt mit mir meine Lieblingsszenen aus Titanic nachzuspielen, schlurfte Marc hier in aller Heimlichkeit mit der Jungfrau Champagner!

Wütend packte ich die Luftmatratze und schlich noch näher heran.

Der Musiker machte eine Pause, und das Signalhorn der Jacht scholl über den Hafen, als sich das Schiff langsam vom Kai löste und sich drehte.

„Auch das noch!", murmelte ich. Ich hatte doch

schon ohne das Wanken durch den Antrieb Mühe, nicht zu stürzen.

Die Gäste applaudierten, und die Musik setzte wieder ein. Das nutzte ich, um bis auf Hörweite an das miteinander so vertraut wirkende Paar heranzuschleichen.

Marc hatte inzwischen die Gläser eingegossen, und beide sahen lächelnd auf die Sektkelche hinab.

Wollte ich wissen, was es zu feiern gab? Lieber nicht.

„Ich muss es Anna jetzt sagen", hörte ich Marc reden und hielt erschrocken die Luft an.

Es mir sagen? Was denn? Oh Gott, ich würde gleich in Ohnmacht fallen! Dieser Mistkerl wollte mich absägen. Und das hier, vor all diesen Leuten!

„Wie wird sie reagieren?", fragte die Nonne und berührte sachte seinen Arm.

Shit, sie konnte es wohl kaum erwarten, meinen Platz einzunehmen!

„Ich denke, es wird Tränen geben", antwortete Marc und zuckte mit den Schultern.

Tränen? Ach du Scheiße! Er würde wirklich und wahrhaftig mit mir Schluss machen!

Dieser Mistkerl! Dieser Fiesling! Dieser … Nonnenverführer!

„Ich bin so aufgeregt", gestand meine Widersacherin. „Und ich freue mich!"

Sie schlang Marc die Arme um den Hals, und der ließ es sich auch noch gefallen!

Mir hämmerte das Blut bis in die Haarspitzen, und

ich sah rot.

Wie konnte er mir das antun?

„Du Bastard!", rief ich und schwang drohend die Luftmatratze.

Beide fuhren erschrocken auseinander.

„Anna!?" Marc schien überrascht. Er sah unsicher von mir zur Nonne. „Was …? Ich dachte, du …" Er deutete dorthin, wo er mich zurückgelassen hatte.

„Schon klar! Du dachtest, ich krieg nicht mit, was hier läuft!"

„Anna, bitte … beruhig dich." Er kam näher und streckte seine Hand nach mir aus.

„Was ist denn hier los?", mischte sich nun auch noch Jörg hinter mir ein.

„Halt du dich da raus, du Spinner!", schrie ich und wich bis zur Reling zurück, um wenigstens irgendeinen Schutz im Rücken zu haben. Jörcules hatte mir gerade noch gefehlt. Vermutlich hoffte er, mich gleich in der Personalkabine trösten zu können.

„Marc wollte Ihnen etwas sagen", meldete sich Sofia zu Wort und schenkte mir ein strahlendes Lächeln.

Diese Bitch! Weidete sich an meinem Unglück! Das war ja nun wirklich unchristlich!

Blind vor Zorn holte ich aus und schlug ihr die Luftmatratze ins Gesicht. Die Gläser fielen klirrend zu Boden, Marc schrie und ging fluchend dazwischen. Jörg brachte sich heldenhaft hinter einem anderen Gast in Sicherheit.

Marcs rettender Einsatz für die Nonne war so niederschmetternd, dass ich erneut ausholte …

Ich knickte um. Die Arme und Luftmatratze gestreckt über meinem Kopf, taumelte ich gegen die Reling, verlor das Gleichgewicht und …

Alles geschah wie in Zeitlupe. Ich sah Marcs entsetzten Gesichtsausdruck. Sah, wie er die Arme nach mir ausstreckte. Sah die Nonne nach ihrem Rosenkranz greifen, ein stummes Gebet auf den Lippen, und den verkappten Bademeister, der im Hintergrund des Geschehens das Weite suchte.

Es war verrückt, wie viele Details man wahrnahm, wenn das Leben am seidenen Faden hing.

Die Scherben an Deck waren das Letzte, was ich wahrnahm, ehe ich mitsamt der Luftmatratze in die Tiefe stürzte.

Kapitel 12

Als ich hustend und prustend aus der salzigen Gülle des Hafenbeckens auftauchte, fragte ich mich, wie um alles in der Welt ich mich in dieser Situation wiederfinden konnte.

Ich trieb auf einem Türblatt im Mittelmeer, während die Lichter der *Adriatica* am Nachthimmel immer kleiner wurden und eisige Wellen an meinen Waden leckten.

Ein Eisberg hatte mich gerammt – zumindest fühlte es sich so an. Ich blinzelte meine Tränen fort, und das Titanic-Türblatt verwandelte sich zurück in die goldene Luftmatratze, an die ich mich in Todesangst klammerte.

Wo war mein Jake? Warum ging er nicht mit mir unter? Und wo war Jörcules, wenn man ihn brauchte? Oder Mitch Buchannan? Auf Penisträger war in letzter Zeit wirklich wenig Verlass!

Zum Glück hatte ich mir die Bikinizone gewachst, so zogen mich die nassen Haare nicht so schnell in die Tiefe. Ich würde dank dieser schmerzvollen Behandlung also gute zwanzig Sekunden länger am Leben bleiben!

Trotzdem musste ich dringend eine *To-Do-um-zu-überleben-Liste* anlegen:

- *Auf keinen Fall die Luftmatratze loslassen.*
- *Von irgendwoher ne Trillerpfeife besorgen.*
- *Ausschau nach Haien und Riesenkraken halten und eine Verteidigungsstrategie überlegen. Vielleicht lag am Meeresgrund irgendwo eine brauchbare Harpune.*
- *Ausschau nach einem Rettungsboot halten – sicher kam hier gleich der sexy Salvataggio vom Strand vorbei.*
- *In diesem Fall unbedingt eine Ohnmacht vortäuschen.*
- *Mir kurzerhand selbst beibringen, nach den Sternen zu navigieren – dabei gleich mal herausfinden, wo Norden ist. Oder half das nichts, wenn man im Süden im Urlaub war?*
- *Versuchen, die evolutionäre Entwicklung durch Meditation zu beschleunigen, und mir Flossen wachsen zu lassen. Ommm …*
- *Und der wichtigste Punkt: mir verdammt noch mal merken, was alles auf dieser Liste stand.*

Ich klammerte mich an die Matratze, paddelte mit den Armen und versuchte, mich planmäßig anhand der Sterne zu orientieren. Das war gar nicht so schwer. Wo die Sterne waren, war oben!

Stolz auf diese Erkenntnis, vernahm ich platschende Geräusche ganz in der Nähe.

Mein Herz schlug schneller. Verdammt! Das konnten ja nur Haie oder Riesenkraken sein!

Allerdings war ich mir ziemlich sicher, dass Haie nicht so schnaubten.

„Zum Teufel, mit dir, Anna!", brüllte Marc und kraulte zügig auf mich zu. Er spuckte Wasser aus, das ihm in den Mund gelaufen war. „Ich weiß echt nicht, was ich mit dir noch machen soll!"

„Marc?" Er war hier! Warum war er hier? Und hoffentlich hatte er eine Trillerpfeife dabei!

„Ich sollte dich echt ersaufen lassen!", schrie er und griff nach der Luftmatratze. „Was hast du dir nur dabei gedacht?"

Er war mir doch wohl nicht etwa nur hinterhergehüpft, um mich anzupflaumen? Oder wollte er so dringend mit mir Schluss machen, dass ...

Er packte mich und drückte mir einen harten Kuss auf die Lippen.

„Du bringst mich noch um!", erklärte er und schob mich höher auf die Matratze.

„Du hättest mir ja nicht hinterherhüpfen müssen!", rechtfertigte ich mich, denn seine Laune half mir gerade auch nicht weiter. Ich hatte schließlich einen meiner neuen Schuhe verloren – und mein Vertrauen in Rettungsschwimmer! Da brauchte mir ein Kerl, der mich verlassen wollte, keine Vorträge halten.

„Ach nein? Hätte ich nicht? Was hätte ich denn stattdessen tun sollen? Seelenruhig weiterfeiern?"

„Wolltest du das nicht eh tun? Mich abschießen und dann die Nonne vögeln?"

Marcs Spottbraue hob sich, und er schnappte nach Luft.

„Das denkst du?" Er schüttelte den Kopf und sah mich enttäuscht an. „Weißt du was, Annalein. Vergiss es! Vergiss einfach alles! Ich …" Er schlug hilflos auf die Wasseroberfläche. „Ich weiß nicht, was ich noch sagen soll."

Er ließ die Luftmatratze los und schwamm einige Züge voraus. Dann drehte er sich um.

„Ich wollte dir einen Antrag machen, Anna. Weil ich dich liebe!" Er schüttelte den Kopf. „Warum auch immer ich das tue!"

WAS????

Ein Antrag? Ein Heiratsantrag?

Ich verstieß gegen den ersten Punkt meiner Überlebensregeln und ließ mich von der Matratze ins Wasser gleiten. Hektisch schwamm ich hinter ihm her. Verdammt, mein Kleid zog mich ganz schön runter.

„Marc!", japste ich. „Warte, Marc! Sag das noch mal!"

Er schnaubte, wartete aber auf mich.

„Ich liebe dich!", erklärte er schroff.

„Nicht das! Das andere."

Marc grinste. „Ach? Jetzt auf einmal?"

Er stützte mich, damit ich wenigstens bis zum Kinn über den Wellen blieb.

„Es ist nicht die richtige Zeit für Scherze!", erinnerte ich ihn. „Denn falls dir das entgangen ist – wir ertrinken!"

Und selbst wenn uns die Küstenwache aus dem Wasser fischen würde, bekämen wir mächtig Ärger. So braun, wie ich war, mussten sie mich ja zwangsweise für eine illegale Einwanderin halten, die dem Schlepper vom Boot gefallen war.

„Wir ertrinken nicht!", versicherte mir Marc etwas versöhnlicher. „Gleich dort drüben ist eine Leiter die Kaimauer hoch. Aber ich überlege noch, ob ich nicht doch die Gelegenheit nutze und dich ertränke, denn so kann es einfach nicht weitergehen."

„Ich konnte doch nicht wissen, dass du mich heiraten willst!"

Es war schon etwas unfair, mal wieder mir die Schuld in den *einen* verbliebenen Schuh zu schieben.

„Wer sagt, dass ich das nach dieser Nummer noch will? Du traust mir nicht einen Zentimeter weit – und das, obwohl ich immer ehrlich zu dir war!"

Mir schlotterten die Zähne. Konnten wir diese leidige Diskussion nicht führen, nachdem wir uns an Land gerettet hatten? Ich suchte nach der Luftmatratze, aber die war längst abgetrieben.

Den Punkt konnte ich wohl streichen!

Mutlos, auch wegen Marcs begründetem Vorwurf, sank ich gleich noch etwas tiefer ins Wasser.

„Ich hab es verbockt, Marc – das seh ich ja ein. Aber deine Heimlichtuerei mit dieser Nonne, die du so scharf findest ... Ich dachte nicht, dass ich da mithalten kann. Ich hatte doch nur Angst, dich zu verlieren!"

Er lächelte und wischte sich die nassen Haare aus der Stirn.

„Du verlierst mich nicht."

Er griff nach meiner Hand, und obwohl ich

fürchtete, unterzugehen, überließ ich mich seiner Führung. Er zog mich an sich und küsste mich. Wir tauchten kurz unter, aber Marc hob mich aus dem Wasser. „Du wirst mich auch nicht mehr los, Annalein." Das Mondlicht spiegelte sich in seine dunklen Augen, als er mich ansah.

„Zumindest nicht, bis du den Ring bei mir abbezahlt hast, den du in deinem tollwütigen Anfall mit der Luftmatratze von Bord des Schiffes gefegt hast."

„Welchen Ring?"

Marc lachte.

„Denkst du, ich mach dir nen Antrag ohne Ring? Ich hatte ihn gerade in eines der Sektgläser getan und wollte damit mit dir anstoßen. Sofia war so nett, für passende Musik zu sorgen. Sie hat sich für dich gefreut wie ein Kind. Vermutlich, weil ihr niemals jemand einen Antrag machen wird."

„Ach du Scheiße!"

Na, das hatte ich ja mal voll verkackt! Dabei hörte sich das doch so traumhaft romantisch an. Verdammt!

„Wie teuer war denn der Ring?"

Hoffentlich kein unbezahlbares Familienerbstück …

Marc zwinkerte. „Du kannst ihn dir sicher nicht leisten, aber ich erlaube dir, ihn bei mir abzuarbeiten. Mir fällt da schon so das eine oder andere ein."

Er schob trotz unserer Seenot seine Hand unter mein in den Wellen treibendes Kleid und zwickte mich in den Po.

Derart abgelenkt, vergaß ich vollkommen, was auf meiner Liste stand. Ich wäre dank meiner überschäumenden Glücksgefühle gerade ein leichtes Opfer für Kraken und anderes Getier.

„Es tut mir echt leid, Marc", versicherte ich ihm überzeugend, denn ich hätte mich am liebsten selbst geohrfeigt. Marc hatte sich etwas so Tolles überlegt, und statt seines filmreifen Antrags auf einer Jacht bekam ich nun nur eine Erkältung wegen Unterkühlung.

Und würde er mich denn jetzt noch heiraten? Das hatte er ja noch gar nicht gesagt.

Ich paddelte schweigend neben ihm her, in Richtung der Treppe, und wusste nicht, wie ich die Sprache noch mal auf den Antrag bringen sollte. War schon etwas unhöflich, ihm den aus den Rippen zu leiern.

Andererseits ...

„Du, Marc?" Ich hustete, weil ich Wasser geschluckt hatte – und weil ich nicht so recht wusste, wie ich zur Sache kommen sollte.

„Ja, Annalein?" Er klang spöttisch, und ich war froh, dass ich in der Dunkelheit seine Spottbraue nicht sehen konnte.

„Ist denn das mit der Hochzeit, also ... also mit dem Antrag ... dann jetzt durch?"

Verdammt, meine Stimme zitterte!

Wieder griff Marc nach meinen Händen, und ich umschlang ihn kraftlos mit meinen Beinen. Das schien ihm überhaupt nichts auszumachen.

„Na ja ..." Er küsste mich sanft auf den Mund. „So sicher bin ich mir jetzt nicht ..."

Oh Kacke! Das hatte ich befürchtet!

„Marc, ich …" Ich musste ihn umstimmen. „Ich liebe dich! Nur aus diesem Grund passieren solche … Katastrophen. Ich weiß in meiner Eifersucht einfach nicht, was …"

„Sei still, Anna. Hör mir zu und lass mich ausreden!"

YAYYY!!!

Da war er wieder, mein dominanter Mr. Grey. Ich hatte ihn schon vermisst, seit er seine heilige Seite im Schlepptau der Nonne entdeckt hatte.

„Ich bin mir nicht sicher …, ob wir jetzt noch irgendwo einen Pfarrer finden, der uns traut. Immerhin hast du einen tätlichen Angriff auf eine Nonne verübt! Vermutlich bekommst du lebenslanges Hausverbot in der Kirche!"

Wir hatten die Leiter erreicht, und er schob mich hilfsbereit die Stufen hinauf. Das Kleid klebte mir an den Beinen – beinahe, als wären mir wirklich Flossen gewachsen. Matt und erschöpft ließ ich mich auf die Holzplanken fallen und schnappte nach Luft. Marc sank neben mich und strich mir zärtlich die Haare aus dem Gesicht. Wir zuckten zusammen, als das erste Krachen des Feuerwerks bunt glänzende Sterne ins Meer regnen ließ.

Marc setzte sich auf. Das Hemd klebte ihm am Körper, und in seinem Bart hing ein kleines Stück Alge. Seine Lippen waren blau vor Kälte, als er mich liebevoll anlächelte.

„Wenn du mich willst, so ohne Ring, Rede und

romantischen Song … mit nicht mehr als diesem Feuerwerk in petto, … dann sollten wir es auf den Versuch einfach ankommen lassen." Er zwinkerte. „Was meinst du, Anna: Willst du mich heiraten?"

Oh, mein Gott!!!!!

Ich musste deutlich zu viel Wasser geschluckt haben! Ich konnte plötzlich nicht mehr atmen, nichts sagen … sogar das Bild verschwamm mir vor Augen, und ich ermahnte mich streng, jetzt unter *keinen Umständen* ohnmächtig zu werden!

„Das will ich!", rief ich. „Oh, Marc, das will ich!"

Yes!!! Obwohl ich fast von einem Riesenkraken in die Tiefe der Meere geschleppt worden wäre, war dies eindeutig der beste Tag meines Lebens!

Kate Winslet hätte die Titanic eigenhändig versenkt für so ein tolles Happy End – wobei ich ja finde, dass sie sich am Schluss echt etwas blöd angestellt hatte. Der schmächtige Leo hätte ja wohl locker noch mit auf die Tür gepasst!

Verdammt! Wie konnte ich in so einer Situation nur mit meinen Gedanken derart abschweifen? Ich litt eindeutig an Unterkühlung! Um so was zukünftig zu vermeiden, sollte ich mir unbedingt wieder ein etwas dickeres Fettpolster anfuttern. Das diente eindeutig der Sicherheit und half schließlich auch den Robben. Ich wollte Marc ja nicht gleich wieder zum Witwer machen!

Um also zurück zum eigentlichen Thema Liebe und Hochzeit und ewige Treue zu kommen, zog ich Marc neben mich auf die Holzplanken und kuschelte mich an ihn. Das Grinsen in meinem Gesicht war trotz meiner zitternden Lippen nicht zu übersehen. Kein Wunder! Ich hatte meinen persönlichen Rettungsschwimmer gefunden, der selbst ohne rote Badehose eine super Figur machte. Der mich liebte und mir sogar verzieh, dass ich Nonnen vermöbelte. Der ohne Ring und lange Rede um meine Hand anhielt, während ihm das Wasser bis zum Hals stand. Wenn ich ihn nun noch dazu bringen würde, das doofe Zelt zu verbrennen und unsere Flitterwochen in der Karibik zu verbringen, stand unserem Glück echt nichts mehr im Wege! Marc, Pussy und ich würden eine richtige Familie werden!

Ich knutschte ihn so stürmisch, bis er sich lachend freikämpfte.

„Ich liebe dich, Marc."

„Ich dich auch, Annalein. Aber wenn wir erst zu Hause sind, versohl ich dir für diese Nummer trotzdem noch den Hintern!"

Ich lachte laut und presste mich in freudiger Erwartung an ihn.

„Halleluja!" An diesen Urlaub würden wir noch lange denken!

Ende

Emily Bold

Eine Braut für Mr. Grey

Kapitel 1

Kennt Ihr das?

Sich in einer Situation wiederzufinden und sich dann zu fragen, wie um alles in der Welt man da gelandet ist?

So ging es mir gerade.

Ich rannte. Ich rannte, so schnell ich konnte, und verfluchte dabei mein bis über die Hüften gerafftes Brautkleid, das rutschende blaue Strumpfband und den verdammten Schleier, der mir ins Gesicht hing. Nur meine Schuhe, die waren super – auch wenn ich sie direkt hinter der Kirche verloren hatte.

Kapitel 2

Marc und ich würden heiraten! Das war die unfassbarste Sache, die mir je passiert war. Heiraten!!! Das war besser, als auf einem goldglänzenden Flügelpferd zu reiten – was immerhin mein zweiter Kindheitstraum gewesen war, von dem ich immer angenommen hatte, dass er sich nie erfüllen würde.

Vermutlich hatte ich es sogar für wahrscheinlicher gehalten, so ein Pferdeding zu fliegen, als jemals zu heiraten.

Ich kaute auf meinem Bleistift herum und starrte die vor mir liegenden Papiere an. Akten, Dokumente und Belege zur Beweismittelkette oder so. Ich hatte im Grunde überhaupt keine Ahnung, was das alles war, denn wie sollte ich auch mitdenken können, wenn mir doch der Wahnsinn der Tatsache, dass ich wirklich und wahrhaftig heiraten würde, den Verstand raubte. Das Gefühl überwältigenden Glücks ... hatte mich schlichtweg ... überwältigt.

„Konzentrier dich!", ermahnte ich mich und versuchte, den Prozessbeginn nicht zu verpassen. Schließlich war ich bei Gericht. Mit meinem Hippie-Chef. Wir vertraten in diesem Prozess den Nebenkläger.

Ja, meine Karriere hatte nach unserem Liebesurlaub

wieder deutlich Aufwind bekommen. Ob es an meinem Kiffer-Witz gelegen hatte, wusste ich nicht, aber Herr Klett schien schon in den ersten Tagen unserer Zusammenarbeit einen Narren an mir gefressen zu haben. Ständig rief er mich in seine Opiumhölle, wie ich sein von Duftstäbchen beweihräuchertes Büro heimlich nannte, weihte mich in die Geheimnisse seiner Yogaübungen ein und bot mir für eine Kopfstandhaltung sogar einen Platz neben sich an der Wand an – was ich natürlich aus Gründen der Selbsterhaltung kategorisch ablehnte, obwohl ich annahm, dass es für die Haarwurzeln bestimmt super wäre. Aber im besten Fall würde ich beim Versuch, meinen Hintern über meiner Schädeldecke in Position zu bringen, nur umkippen, auf meinen Chef stürzen und eine peinliche Situation heraufbeschwören. Dabei hatte ich mir fest vorgenommen, so etwas in Zukunft zu unterlassen. Im schlechtesten Fall würde ich mir dabei sogar den Hals brechen – was auch nicht wirklich empfehlenswert war. Ich blieb also lieber stehen, wann immer er mir kopfüber Infos zu irgendwelchen Fällen gab. Außerdem war ich eine der wenigen Angestellten, die er mit zu Gericht nahm.

Ich war eben einfach eine Superangestellte! Aber das war mir sowieso klar gewesen. Ich war quasi die rechte Hand des Chefs. Verglichen mit anderen Anwaltskanzleien, die ich kannte … also, die ich aus dem Fernsehen kannte, war ich so etwas wie die Meghan Markle aller Anwaltsgehilfinnen. Ich war klug, sexy, selbstbewusst, und wenn ich nicht bereits verlobt gewesen wäre, hätte sich vermutlich sogar Prinz Harry für mich interessiert! Es gab nichts, was mich aus der Ruhe bringen würde ...

Shit!

Ich riss ruckartig den Kopf hoch, als die Strafverteidigerin verspätet, aber gerade noch rechtzeitig zu Prozessbeginn in den Saal gestürzt kam und mich aus der Ruhe brachte.

Ich duckte mich hinter Hippie-Klett und schielte durch seine langen Haare hindurch unauffällig zum Verteidigertisch hinüber.

Das war doch nicht möglich! Dort drüben, im perfekten Business-Look gekleidet, das hellblonde Haar zu lockeren Wellen gestylt, die beinahe sinnlich bis fast an ihre schlanke Taille reichten, erwiderte gerade meine ehemalige Mitbewohnerin und Marcs Verflossene Katrin höflich etwas auf die schroffe Zurechtweisung durch den Richter wegen ihrer Verspätung.

Katrin! Also das war ja ein Ding!

Mir brach der Schweiß aus, denn ich befürchtete, sie könnte mir sofort ansehen, dass ich es nun mit ihrem Ex trieb. Und nicht nur das, schließlich führten Marc und ich inzwischen eine echte, stabile und zukunftsorientierte Beziehung mit Eheabsicht.

Das musste sehr hart für sie sein! Wobei es auch für mich ein ziemlicher Schock war, zu sehen, wie verflucht gut Katrin aussah. Schon während ihres Jurastudiums war sie sportlich gewesen – zumindest deutlich sportlicher als ich, aber ihre super Figur sah schon fast zu perfekt aus.

Ich schob unauffällig meinen Notizblock etwas über den Tisch und beugte mich nach vorne, um sie besser sehen zu können.

Ganz klar! Sie hatte auf jeden Fall etwas machen lassen. Ich tippte auf Beine, Busen, Po, Bauch, Lippen, Botox und die Fingernägel. Und das waren nur die Dinge, die meinem geschulten Agentenauge sofort auffielen. Doch ich wusste dank Bräunungsstudio und Waxing während des Urlaubs, dass man für die Schönheit noch ganz andere Geschütze auffahren konnte. Vermutlich waren selbst ihre Zähne gebleicht und die Haarpracht mit Extensions aufgefüllt ...

Klett stieß mich mit dem Ellbogen an und hielt mir die Hand hin.

„Die Bilder zu Beweisstück 1.24", murrte er, da ich ihn ahnungslos ansah.

„Ach ja!" Mein Gott, hatte der Staatsanwalt echt schon die Anklageschrift verlesen? Und was sie sonst wohl schon alles besprochen hatten, während ich ...

Wäre ja schon etwas blöd, wenn unser Mandant wegen Katrins gebleichten Zähnen keine Gerechtigkeit erfahren würde.

Deshalb kramte ich hektisch das geforderte Blatt Papier aus der Akte und reichte es weiter. Alle Augen waren auf uns gerichtet, und mir entging nicht, dass Katrin mich anstarrte.

Verdammt! Ich hatte gehofft, dass meine nur langsam verblassende Bräunungsstufe *dunkles Bronze 2* mir genug Tarnung verschaffte, um unerkannt zu bleiben. Da dies aber offensichtlich nicht der Fall war, versuchte ich, wenigstens so auszusehen, als hätte mich ihr Exfreund nicht gerade erst letzte Nacht bis zur Erschöpfung geliebt.

Ich schürzte die Lippen und gab mir Mühe, möglichst untervögelt auszusehen – dabei wusste ich ja schon gar nicht mehr, wie das ging ... ich Glückskind!

„Anna!", maulte mich Klett schon wieder an und wartete darauf, dass ich ihm erneut etwas zuschob.

Ich musste mich jetzt echt mal konzentrieren, wenn ich meine gerade aufkeimende Karriere nicht gleich wieder zunichtemachen wollte. Wobei ... so aufkeimend kam sie mir nun in Anbetracht der Tatsache, dass Katrin inzwischen offenbar ihr Studium abgeschlossen hatte und als Anwältin praktizierte, gar nicht mehr vor.

„Haben Sie das notiert, Anna?", fragte mich Klett und fing an, seine Blätter zusammenzuschieben.

„Notiert?", hakte ich unsicher nach, denn offenbar war mir schon wieder etwas entgangen.

„Aussetzung des Prozesses bis nächsten Mittwoch", klärte er mich auf und bedeutete mir mit einem Nicken, dies aufzuschreiben. „Diese dumme Nuss von Möchtegernjuristin will uns ans Bein pinkeln! *Das Beweismittel ist nicht ordentlich eingebracht worden ...*", äffte er sie nach und packte wütend seine Aktentasche. „Das ist doch reine Schikane!"

Klett konnte recht aufbrausend sein, aber das verwunderte mich nicht mehr, seit er mir beim Abschluss des Arbeitsvertrags gesagt hatte, ich solle den Gegnern in die Ärsche treten.

Weil ich es aber recht anstrengend fand, mein Bein so hoch zu heben, beließ ich es einfach dabei, Klett verbal zur Seite zu stehen.

„So eine … Nuss!", murrte ich deshalb zustimmend und packte ebenfalls zusammen (hoffend, dass Katrin mich nicht gehört hatte).

Weil ich keine Lust verspürte, ein Gespräch mit ihrem neuen und künstlichen Ich zu führen, trödelte ich herum, bis sie an der Seite ihres Mandanten den Gerichtssaal verlassen hatte.

Das war knapp gewesen! Ich fasste mir ans Herz und verspürte Mitleid. Wie unglücklich musste sie sein, wenn sie sich in so einen Schönheitswahn flüchtete? Und wie unglücklich wäre Katrin erst, erführe sie von meiner baldigen Hochzeit mit Marc? Es blieb wirklich zu hoffen, dass dies meine ehemalige Mitbewohnerin nicht in eine tiefe Depression stürzen würde! Am Ende würde sie sich daraufhin sonst sofort wieder bei ihrem Schönheitsdock unters Messer legen.

Von mir würde sie es auf jeden Fall nicht erfahren, das schwor ich mir!

Ich hatte den Gerichtssaal gerade verlassen, da kam Katrin trotz meiner Trödelei auf mich zu. Jetzt trug sie einen Kurzmantel mit Leopardenprint, der wohl zeigen sollte, wie selbstbewusst sie war. Sie musste auf mich gewartet haben.

Mist! Ich bedauerte, dass es an der Hauswand des Gerichts keinen Efeu gab, an dem ich mich unauffällig aus dem Staub hätte machen können. Schließlich verfügte ich dank meines Geheimagenteneinsatzes zur Bekämpfung eines Tierschmugglerrings über derartige Fähigkeiten. So aber musste ich mich Katrin stellen – und der Tatsache, dass ich zu Lügen greifen würde, um ihr Leid nicht zu vergrößern. Was das wohl wieder für mein Karma bedeuten mochte?? Gerade jetzt, wo es auf die Hochzeit zuging, hatte ich doch jedes bisschen Glück nötig, das ich bekommen konnte. Ein durch Notlügen vermiestes Karma würde da kaum hilfreich sein.

„Hallo, Anna!", grüßte mich Katrin freudestrahlend.

Klar, sie schwelgte ja in seliger Unwissenheit ...

„Katrin, wie ... nett!", log ich und erwiderte ihre Umarmung. „Wir haben uns ja ewig nicht gesehen."

Mist, ich wusste schon jetzt nicht, was ich sagen sollte. Jeder Satz, der mir im Kopf herumging, fing damit an, dass ich bald Marc heiraten würde. Das war echt unpassend!

Zum Glück erwartete Katrin nicht, dass ich mehr sagte, denn sie sprudelte direkt los.

„Du meine Güte, Anna! Ja, das ist ja gute vier Jahre her!"

Vier Jahre – kam mir gar nicht so lange vor, aber die Zeit war eben echt schnell vergangen. Schließlich war Katrin schon zwei Jahre ausgezogen gewesen, ehe ich auch nur angefangen hatte, meinen Mr. Grey zu suchen – und zu finden. In der Zwischenzeit hatte ich auf der Hochzeit meiner Schwester ordentlich aus der Reihe getanzt und herausgefunden, was Santa drunter trägt. Ich hatte mir verschiedene neue Jobs gesucht und im vergangenen Sommer einen aus gleich mehreren Gründen unvergesslichen Liebesurlaub mit Marc gemacht. Da flog die Zeit eben einfach so dahin.

Ich nickte nur, denn ich war mir sicher, dass Katrin nichts davon besonders lustig finden würde.

„Anna, Anna, Anna!", plapperte sie weiter und brachte mit einer eleganten Halsbewegung ihre Mähne in Bewegung, wobei sie mich unverhohlen musterte. „Du hast dich kaum verändert! Kämpfst immer noch gegen die Problemzönchen, gelle?" Sie ließ ihre Hand wie zufällig an ihre perfekte Wespentaille wandern. „Aber du warst ja nie sonderlich motiviert, dich voranzubringen." Sie zuckte mit den Schultern. „Wenn man sich eben mit den falschen Menschen umgibt, endet es häufig so." Sie legte den Kopf schief. „Wohnt Marc eigentlich noch bei dir?"

Was? Ich verdaute gerade noch ihren Angriff auf meine Problemzönchen, da piekte sie mir schon die Absätze ihrer Pumps ins Gewissen. Als würde sie ahnen, was zwischen mir und Marc lief!

„Ja, er ... wohnt noch da", gab ich zu, denn obwohl ich mich gerade ärgerte, wollte ich ihr doch nicht das Herz brechen. „Und du bist jetzt Anwältin", wechselte ich das Thema, um den möglichen Suizid-Bereich zu umschiffen.

„Ja. Eigene Kanzlei. Nach der Hochzeit werde ich

meine Räume in die Villa meines Mannes verlegen." Sie reckte mir ihre Hand entgegen, und ich kniff die Augen zusammen, so funkelte der riesige Klunker an ihrem Ringfinger.

WOW, dieser Ring war ... unmöglich echt! Sie musste ins Fitnessstudio gehen, um ihrem Arm trotz des wuchtigen (sicher gefälschten) Edelsteins noch heben zu können.

„Ich kam zu spät, weil ich noch ewig mit dem Hochzeitsplaner telefoniert habe", erklärte sie euphorisch, ohne ihren Brilli aus meinem Gesicht zu nehmen. „Kein Mensch plant ja heute seine Hochzeit noch selbst. Das ist die reinste Lebenszeitvergeudung." Sie fuhr sich durchs Haar und zeigte dabei die zum Ring passenden Ohrringe. „Zeit ist schließlich Geld und gerade für Hendrik, meinen Verlobten, denn dessen erfolgreiches Startup setzt gerade Millionen um und geht regelrecht durch die Decke."

Ich war sprachlos. Soooo suizidgefährdet wirkte Katrin mit einem Mal nicht mehr.

„Aha...", wisperte ich, ohne dass Katrin mich beachtet hätte. Sie war voll in ihrem Element.

„Jetzt will mir dieser Hochzeitsplaner also erzählen, für die besten Locations wären wir schon etwas spät dran! Hallo?? Es sind noch vier Wochen bis zur Hochzeit! Wir heiraten im Mai. Wenn ich von meinem Job so wenig verstehen würde wie er von seinem, dann wäre ich keine erfolgreiche Anwältin, sondern bestenfalls Rechtsanwaltsfachangestellte." Sie sah mich an und zuckte die Schultern. „Nichts gegen dich!"

Ja klar!

Ich atmete tief ein und entschied spontan – aus einer Laune heraus –, mein Karma doch nicht durch eine Lüge weiter zu belasten.

„Ich heirate Marc!", entfuhr es mir, und ich reckte die Schultern. „Marc hat mir im Urlaub während eines Feuerwerks einen unvergesslichen Antrag gemacht, den ich nach all den leidenschaftlichen Nächten voll Erfüllung und sexueller Höhepunkte natürlich sofort angenommen habe. Unsere Beziehung ist wie ein Rausch unvergleichlichen Glücks, wir haben schon lange ein gemeinsames Haustier, eine kleine und meeega-schnuffige Katze, die uns schon jetzt voll der Vorfreude auf eine gemeinsame Familie jeden Tag aufs Neue genießen lässt! Im Mai ist der große Tag, und wir haben eine super Location mit toller Terrasse, wundervollem Garten und herrlichen Räumen in Aussicht. Ich sag nur *Milberg*-Hotel! Wir haben da noch diese Woche einen Termin, denn wir kümmern uns selbst um alles. Schließlich wollen wir von Anfang an unser Glück selbst in die Hände nehmen."

Und nun EAT THIS, BITCH!!

Ich holte Luft und verdrängte das vage Gefühl, vielleicht eine Spur zu dick aufgetragen zu haben.

„Entschuldige meine leidenschaftliche Rede …", bat ich und versuchte, ihre Hals-Haar-Bewegung nachzuahmen. „… aber so bin ich einfach. Wenn ich langweiliger wäre, wäre ich bestimmt Anwältin geworden."

Katrins Miene wurde streng. Sie musterte mich mit

gespielter Überlegenheit, ehe ein siegessicheres Lächeln ihre Lippen erreichte.

Mist. Irgendwas schien ich übersehen zu haben, denn das Letzte, das ich nach meinem brillanten Konter erwartet hatte, war, dieses Gespräch nun doch noch als Verliererin zu beenden. Doch dieses Lächeln …

„Wirklich? Du und Marc also …" Sie reckte die Brust raus, wie ein Hahn, der sich aufplusterte.

„Ja, ich und Marc!"

Als hätte sie das nicht eben schon verstanden!?!

Ihr Grinsen wurde breiter, und sie deutete auf meine bloßen Finger.

„Für einen Ring hat's dann ja wohl nicht gereicht, gelle?" Sie neigte verständnisvoll den Kopf. „Oder hast du zugenommen, und er passt nicht mehr?"

Boah! Diese miese … mir fiel gar kein Wort ein, das mies genug war … so eine … Was hatte Klett gesagt? Nuss? Das war zumindest besser als gar nichts. So eine miese Nuss, also! Obwohl ich ihr am liebsten ihren schicken Krokodillederaktenkoffer in den fettabgesaugten Hintern gerammt hätte, bemühte ich mich um Fassung.

Die zahlreichen Opiumduftstäbchen in Kletts Büro hatten vermutlich so viel Opiate in meinem Nervensystem angereichert, dass ich jederzeit auf Relaxen stellen konnte.

Ommm …

„Mein Ring", ich gab mich selbstsicher, „ja, also der …" Ich würde ihr niemals sagen, dass der irgendwo auf dem Meeresgrund die Wohnung von Clownfischen dekorativ aufhübschte. „… also, der ist soooo unfassbar wertvoll, dass ich ihn nur dann trage, wenn ich nicht gerade bei Gericht zwielichtigen Gestalten auf der Anklagebank gegenübersitze." Ich beugte mich näher zu ihr und senkte die Stimme. „Du weißt ja, wie das ist … man will ja keine Neider auf den Plan rufen, oder?"

Kapitel 3

„War das nötig?" Marc schüttelte vorwurfsvoll den Kopf und rührte weiter das Kartoffelbrei-Instantpulver in die Milch ein.

„Du hättest sie erleben müssen!", verteidigte ich mich. Schlimm genug, dass ich das überhaupt musste! Von meinem Verlobten erwartete ich eigentlich absolute Solidarität. „Mein Haus, mein Auto, mein Hochzeitsplaner – so war die drauf! Voll auf Konfrontation gepolt, mit ihren falschen Titten, ihren fettabgesaugten Kinderwaden und ihren wasserstoffweißen Zähnen!"

Marc hob seine Spottbraue und grinste mich an. „Sie sah also gut aus?"

Ich kniff die Lippen zusammen und reichte ihm die Butter für das Püree. Grober als nötig drückte ich ihm das Päckchen in die Hand.

„Sie sah fantastisch aus! Wie eine Barbie frisch aus der Packung! Ich sag dir, kein Mensch sieht so aus. Vielleicht ... du hast doch auch *Men in Black* gesehen ... und ... mir drängt sich einfach der Verdacht auf, dass sie ..."

„Jaaaa?" Marc wartete gespannt auf meine Erklärung.

„Ach, vergiss es! Du willst mich einfach nicht

verstehen!"

„Mensch, Anna, reg dich doch über Katrin nicht so auf. Dann sieht sie halt gut aus. Das kann uns doch egal sein." Er kam zu mir und umfasste meine Taille, die – nur so am Rande bemerkt – leider einen deutlich größeren Umfang besaß als die Katrins. „Ich will nur dich. Und für mich siehst *du* aus, wie von ner Alien-Schabe entführt."

„Boah! Echt jetzt? Ich dachte an diese sexy Schlangen-Alien-Tussi, und du vergleichst mich mit dem Edgar-Typen!"

Ich war erschüttert. Sah ich etwa aus, als hinge meine Haut irgendwie schief an mir dran?

Marc tat unschuldig und versuchte, mich zu küssen.

„Na, komm schon, ich dachte wegen deiner Vorliebe für Süßes ..."

„Marc!" Ich hatte Mühe, ihm den Topf mit dem Kartoffelbrei nicht über den Kopf zu stülpen. „Du machst es gerade mit jedem Satz schlimmer. Halt jetzt besser die Klappe, wenn du nicht willst, dass ich dich vor dem Altar stehen lasse", drohte ich, löste mich aus seiner Umarmung und verschränkte abweisend die Arme vor der Brust, obwohl ich so auf Streicheleinheiten verzichten musste.

Jaaa, genau. So ernst war es mir!

Auch wenn Marc vermutlich ganz genau wusste, dass ich ihn nie vor dem Altar stehen lassen würde. Schließlich hatten wir die Altarsache noch überhaupt nicht geklärt. Marc war Atheist, was eine kirchliche Trauung nicht unbedingt selbstverständlich machte.

Und ich hatte ja immerhin im Sommer eine jungfräuliche Nonne, eine Braut Christi, mit einer Luftmatratze vermöbelt – war demnach auch einige Meter von der Heiligsprechung entfernt. Aber das alles brauchte ich Marc ja nicht unbedingt in Erinnerung zu rufen.

Doch selbst ohne diese Infos schien er meine Drohung nicht sonderlich ernst zu nehmen, denn er wendete sich einfach wieder dem Mittagessen zu. Die Bratwürste in der Pfanne hatten während unseres Gesprächs eine dunkelbraune Farbe angenommen, und er schwenkte sie kurz im Fett, ehe er die Herdplatte abstellte. Er ignorierte mich total!

„Ist das Gespräch schon beendet?", hakte ich nach, als er zum Pfannenwender griff, um die Würste auf den Tellern zu verteilen. Drohend schwang er den Küchenhelfer in der Luft und grinste mich mit seinem typischen Macho-Marc-Grinsen an.

„Ja. Ist es. Außer …" Der Wender klatschte sanft in seine Hand. „… du suchst absichtlich Streit, weil du … gewisse Sehnsüchte hegst."

Ich rollte mit den Augen. So langsam musste ich mich wohl damit abfinden, dass es in meinem Leben keinen Tag mehr geben würde, an dem er mich wegen meines Telefonsex-Abenteuers mit „Fotzen-Harald" nicht aufziehen würde.

Na schön, ich fand mich damit ab, aber kommentieren würde ich seine Späße jedenfalls nicht mehr!

„Ich hege nur eines, Marc – und das sind

Mordgedanken."

Er löffelte Kartoffelpüree auf den Teller und hielt ihn mir hin.

„Wenn du mich killst, Annalein, dann musst du dich in Zukunft wieder selbst versorgen. Außerdem versteh ich nicht, warum deine Wut über Katrin nun auf mich übergesprungen ist." Er setzte sich und zwinkerte mir zu. „Dabei bin ich doch immer sooo lieb zu dir. Besonders in den Nächten."

Er machte ein vielsagendes Gesicht, und tatsächlich wurde mir warm, als ich an unser gestriges Liebesspiel dachte. Verdammt, Marc hätte Diplomat werden sollen. Er schaffte es wirklich jedes Mal, mit erotischen Friedensverhandlungen die weitere Eskalation meiner Krisen zu verhindern und dadurch beziehungstechnische Kollateralschäden zu minimieren.

Ich nahm einen Bissen von der Bratwurst und war insgeheim dankbar, dass er mich nicht aushungern ließ – was ebenfalls dem Frieden zuträglich war.

„Stimmt, wenn du schläfst, bist du eigentlich ganz in Ordnung", gab ich mich deshalb gönnerhaft und besann mich darauf, meine Missbilligung zurück auf die Person zu lenken, die sie wirklich verdiente. Katrin.

Noch immer ärgerte ich mich über ihren Auftritt. Wobei ich ja eigentlich hätte jubilieren können, denn schließlich hatten Marc und ich im Gegensatz zu ihr eine tolle Location für die Feier in Aussicht – und das ganz ohne überteuerten Hochzeitsplaner.

Da dies der einzig positive Aspekt unseres

unerwarteten Wiedersehens gewesen war, beschloss ich, mich nun darauf zu konzentrieren.

„Du weißt, dass wir uns diese Woche noch mit dem Typen vom *Milberg* treffen wollten, oder? Wir müssen da jetzt echt Nägel mit Köpfen machen, Marc", erinnerte ich ihn deshalb.

Er nickte kauend. „Wollten wir denn das *Milberg*? Das ist doch genau so eine scheußlich spießige Atmosphäre wie der Gasthof bei Maries Hochzeit."

Ich riss die Augen auf. Ungläubig, dass Marc so etwas Grausames sagte.

„Das *Milberg* ist viiiiel besser als Maries doofes Lokal. Es hat einen gigantischen Kronleuchter über der Tanzfläche. Und überhaupt, der ganze Raum ist einfach prinzessinnenhaft – ganz zu schweigen von dem parkähnlichen Garten. Stell dir nur vor, wie schön das bei gutem Wetter wird."

Er schob seinen leeren Teller zurück, streckte die Beine lässig von sich und hob Pussy auf seinen Schoß.

„Ich weiß nicht, Annalein. Passt das zu uns?"

„Marc, wirklich! Das *Milberg* passt zu jedem. Ich muss dort heiraten! Damit toppen wir Marie und Klaus und überhaupt jede andere Hochzeit."

Wie konnte er das nur nicht verstehen?

„Ich wusste gar nicht, dass wir im Wettstreit mit deiner Schwester liegen. Oder mit Katrin. Hätte ich das gewusst, hätte ich dich nach deinem Sturz über Bord wohl untergehen lassen."

„Apropos Sturz über Bord!" Mir fiel da gerade etwas ein. „Der Verlobungsring ist ja dummerweise futsch …" Ich machte ein zu Tode betrübtes Gesicht. „Deshalb brauch ich einen neuen. Einen …" Ich dachte an die Beschreibung, die ich Katrin gegeben hatte. „… einen megawertvollen, wenn's geht."

Marc hustete.

„Ja klar, ich hab schon Taucher engagiert, die den sandigen Meeresboden bei Jesolo nach dem wirklich megawertvollen Ring absuchen sollen, den ich dir bereits gekauft hatte. Sie machen das dann gleich, nachdem sie jeden bisher noch unbekannten Kubikmeter Weltmeer erforscht, kartographiert und auf unbekannte Lebewesen hin untersucht haben."

Ich runzelte die Stirn, auch wenn das Falten machen würde.

„Du machst dich über mich lustig!" Ich musste ihn das nicht fragen, denn er hatte seine bescheuerte Spottbraue so hochgezogen, dass sie beinah mit seinem Haaransatz verschmolz.

„Tschuldige, und ich will ja echt nix sagen, aber … das mit dem Ring kannst du voll vergessen. Ich geh nicht los und kauf dir noch mal nen Verlobungsring – wo wir ohnehin bald die Eheringe aussuchen sollten."

„Aber Katrin hat einen Riesenklunker vorzuweisen!", rief ich frustriert, weil er so eine ungewohnte Härte zeigte. „Und ich hab gar nix!"

Marc stand auf und umrundete den Tisch. Er legte mir die Hände auf die Schultern und drehte mich zu sich.

„Du hast mich. Reicht das nicht?"

Och menno! Das war ja wohl offensichtlich eine

Fangfrage ...

„Du bist kein Ring – und funkelst auch nicht so schön in der Sonne."

Marc lachte und zog mich auf die Beine. Er legte seine Hände besitzergreifend auf meinen Po, aber ich würde mich davon nicht ablenken lassen. Die Ringsache musste geklärt werden – schon wegen Katrin.

„Ich bin ja auch kein Highschool-Vampir." Er drängte mich rückwärts bis an die Wand und hob mir die Hände über den Kopf. Er küsste meine Kehle, als wäre er doch ein Blutsauger. Ehe ich in Christian Greys Spielzimmer-Romanen meine dunkle und verruchte Seite entdeckt hatte, hatte ich durchaus eine literarische Schwäche für vegetarische Vampire wie Edward Cullen und seine Sippe entwickelt. Doch der köstliche Schauer, der mich durchrieselte, als Marc mir die Zähne ins Fleisch grub, machten mir klar, dass ich über derartige Blümchen-Blutsauger längst hinausgewachsen war. Vampire, die mir an die Wäsche gehen wollten, mussten schon zubeißen ...

„Du bist also definitiv gegen einen neuen Ring?", hakte ich keuchend nach und presste mich fester an ihn.

Er grinste mich an, und, ohne meine Arme freizugeben, öffnete er meine Hose.

Oje, ich sah meine Chancen schwinden, die Ringsache noch zu klären.

„Jep. Weißt du auch, warum?"

Himmel, als er seine Hand in meine Hose schob,

wusste ich ja nicht mal mehr, wie ich hieß ... Darum schüttelte ich schwach den Kopf.

Sein neuerliches Grinsen sah nun doch wieder fast aus wie das Zähnefletschen eines Vampirs. Es lag so ein teuflisches Funkeln in seinen Augen, und sein Griff wurde fester.

WOW, so langsam dämmerte mir, warum ich einst eine Vampirromanphase gehabt hatte, geprägt von leidenschaftlichen Träumen von eiskalten, nachtschattigen Typen mit marmorner Haut, etwas zu spitzen Eckzähnen und einer morbiden, blutlastigen Ernährungseinseitigkeit ... nicht, dass Chips und Schokodrops besonders vielseitig wären.

„Ich sag dir, warum, Annalein", raunte mein ganz persönlicher Edward-Verschnitt und ließ seine Zunge verheißungsvoll meinen Hals hinabwandern. „Manchmal ... ja, manchmal muss Strafe eben sein."

Kapitel 4

Da Marc sich so wenig begeistert von dem *Milberg-Hotel* gezeigt hatte, hatte ich kurzerhand meine Mutter gebeten, mich zu dem Termin zu begleiten. Ich konnte selbst kaum glauben, dass ich das tat, besonders, da meine Mutter doch nur darauf zu warten schien, mir die Organisation der Hochzeit aus den Händen zu reißen. Warum sie das überhaupt wollte, war mir ja im Grunde ein Rätsel. Sie hasste Marc. Oder zumindest war sie nicht gerade ein Fan von ihm seit unserer Tanznummer auf Maries Hochzeit. Ich glaube sogar, sie hätte mich lieber an der Seite dieses kriminellen Tierschmuggler-Doktors gesehen als an Marcs Seite.

Marie würde vermutlich psycho-analysieren, dass ich zu wenig Freunde hätte, wenn mir außer Marc nur Mutter einfiel, aber das stimmte natürlich überhaupt nicht. Und ich brauchte ja auch niemanden außer Marc. Wenn wir mehr Kontakt zu Freunden hätten, müssten wir entweder unsere sexuellen Aktivitäten deutlich zurückschrauben oder Gruppensex in Betracht ziehen. Und das wiederum klang anstrengend und irgendwie auch eklig. Nach meiner Erfahrung mit Harald war ich eher gehemmt, was sexuelle Experimente mit Fremden anging.

Außerdem hätten Freunde, die meine Hochzeit

mitplanen würden, wahrscheinlich auch erwartet, eingeladen zu werden. Und das würde vermutlich das Budget sprengen. Das *Milberg* war nicht gerade ein Schnäppchen …

Und Mutter würde dummerweise eh kommen, selbst wenn ich sie nicht explizit einladen würde. Da konnte sie sich also auch nützlich machen.

Trotzdem war ich überrascht, dass sie sofort zugestimmt hatte, mich zu begleiten.

Ich schielte unauffällig zu ihr hinüber, als wir auf das Hotel zugingen. Sie schien beinahe etwas aufgeregt. Ob sie wohl Pläne machte, unsere Hochzeit zu sabotieren?

Der Gedanke war so logisch, dass ich fast stolperte. Das war's! Sie arbeitete sich hilfsbereit ins Herz meiner Hochzeit vor, um dann kurz vor dem Ja-Wort die Bombe platzen zu lassen.

„Hast du schon ein Kleid, Anna?", fragte sie unschuldig, aber mich würde sie damit nicht täuschen!

„Nein. Der neue Job lässt mir kaum Luft, mich um alles zu kümmern." Das stimmte zwar, aber tatsächlich durfte ich das mit dem Hochzeitskleid nicht noch länger vor mir herschieben. Allerdings sollte so ein einmaliges, Ich-haue-alle-von-den-Socken-Kleid ja auch irgendwie zur Location passen. Ein leichtes Kleid für eine Strandhochzeit, ein Ballkleid für eine erlesene Feier im *Milberg* und der Meerjungfrauenschnitt für Unterwasserhochzeiten …

Deshalb war es auch so wichtig, heute dieses Hotel zu buchen – ich wollte ja nicht nackt heiraten.

Wobei Marc dann vermutlich nur schwer Nein sagen könnte, was für eine gelungene Hochzeit schon mal keine schlechte Ausgangslage wäre.

„Was den Kleiderkauf angeht, solltest du dich besser ranhalten", wies mich Mutter zurecht. „Gerade, wenn gewisse Dinge vielleicht noch deiner Größe angepasst werden müssten."

Ihr Blick streifte meine Körpermitte, und ich kniff verärgert die Lippen zusammen.

Ommm … ich würde mich nicht reizen lassen … ommm!

Verdammt, nie war ein Opiumduftstäbchen in der Nähe, wenn ich es brauchte.

„Ich kümmere mich darum", beschwichtigte ich sie. „Ich habe mir die Woche freigenommen. Da will ich mich mal umschauen gehen."

Wir durchquerten die festliche Eingangstür, durch die auch eine Gipsy-Braut mit Drei-Meter-Tüllkleid locker hindurchpassen würde. Was gut war, schränkte mich die Tür damit in der Kleiderwahl schon mal nicht ein. Das Foyer war ebenso geschmackvoll. Hochglänzende Marmorfliesen, erhabenes Ebenholz und kristallene Lüster. Perfektion, so weit das Auge reichte! Der wahr gewordene Traum meiner Märchenhochzeit! Fehlte nur noch die Pferdekutsche, aber darum würde ich mich als Nächstes kümmern. Vielleicht fände sich ja eine Fee, die mir aus einem Kürbis eine zaubern würde. Und wenn sie schon dabei war, könnte sie sich dann auch gleich um das Kleid kümmern – Änderungen mit Zauberstab gingen vermutlich schneller.

Ich schwelgte also gerade in meiner Cinderella-Märchenwelt-Hochzeitsfantasie, als Mutters überraschtes Quieken mich erschreckte.

„Katrin!", rief sie freudig und wedelte mit den Armen, was mich nun doch dazu brachte, die Fee erstmal Fee sein zu lassen und stattdessen Mutters Blickrichtung zu folgen.

„Katrin?", entfuhr es auch mir, als ich sah, wen Mutter gerade so stürmisch begrüßte. Das konnte doch nicht wahr sein! Da hatte ich sie gute vier Jahre nicht gesehen und lief ihr nun schon das zweite Mal innerhalb von zwei Tagen über den Weg. Konnte das Zufall sein? Sie stalkte mich doch nicht etwa?

„Anna, sieh nur – deine Freundin Katrin ist hier! Und sieh nur, wie gut sie aussieht!"

Ich biss die Zähne zusammen und setzte ein Lächeln auf, von dem ich hoffte, es würde meinen Ärger überdecken.

„Katrin!", presste ich, einer oscarreifen schauspielerischen Leistung gleich, freundlich heraus. „Was machst du denn hier?"

Katrin lächelte unschuldig, aber ich nahm ihr das nicht ab. Ich schaute von Mutter zu ihr und wieder zurück, ohne sagen zu können, wem von beiden ich weniger weit über den Weg traute. Vermutlich hatten sie sich abgesprochen – so ätzend nett, wie sie miteinander umgingen.

„Na, du weißt doch – die Hochzeit", erinnerte sie mich unnötigerweise.

„Ich dachte, du hast einen Hochzeitsplaner?", fuhr ich sie an, was mir einen tadelnden Blick von Mutter einbrachte.

„Du heiratest ebenfalls?", mischte die sich an Katrin gewandt ein. „Das ist ja eine tolle Neuigkeit. Ich gratuliere." Sie stieß mir ihren Ellbogen in die Seite. „Hörst du das, Anna? Da könntet ihr doch glatt eine Doppelhochzeit machen!"

ABER SICHER! Das war genau das, was ich wollte! Dass Marc sich am Altar dann am Ende doch noch für die andere Braut entscheiden würde!

Mein Lachen klang beinahe hysterisch, denn mir war eher zum Heulen zumute. Zum Glück ersparte mir Katrin eine Antwort auf diese doofste aller Ideen.

„Das mit der Doppelhochzeit wird wohl leider nichts werden, fürchte ich", erklärte sie und schwang elegant das Haar zurück auf den Rücken. „Die Räumlichkeiten hier im *Milberg*-Hotel sind zwar wunderschön, aber doch begrenzt. Unsere Hochzeitsgesellschaft passt gerade so rein."

„Was? Du feierst auch hier?" Ich kniff die Augen zu Schlitzen zusammen. „Ich dachte, du hättest noch keine Location?"

Es war ja so klar, dass diese Bitch von Exmitbewohnerin so neidisch auf meine Location war, dass sie gleich mitziehen musste. Vermutlich hatte ich mit meiner Rede von meinem superwertvollen Verlobungsring irgendwelche Komplexe bei ihr geschürt.

„Dein Tipp mit dem *Milberg*-Hotel war wirklich

hilfreich. Ein Wunder, dass der Termin im Mai überhaupt noch frei war", freute sich Katrin sichtlich. „Ansonsten ist es ja längst komplett ausgebucht."

Ein ungutes Gefühl beschlich mich, und ich ballte schon mal rein vorsorglich die Hände zu Fäusten. Ich würde ihr eine verpassen, wenn sie es gewagt haben sollte, mir meinen …

„Ich muss dann auch los", versuchte sie, sich davonzumachen. „Ich habe einige Angestellte aus meiner Kanzlei zum Kaffee eingeladen, um mich für ihr vorgezogenes Hochzeitsgeschenk zu bedanken. Ist ja jetzt ganz groß in Mode, sich vor der Hochzeit die Zukunft vorhersagen zu lassen", prahlte sie. „Sie haben zusammengelegt und mir für kommende Woche eine Séance bei Madame la Blanche gebucht. Handlesen, Kartenlegen, Kaffeesatz, Kristallkugel – eben das ganze Paket." Sie strahlte. „Es wird wundervoll sein, schon jetzt zu erfahren, wie glücklich meine Ehe werden wird!"

Ich biss die Zähne zusammen und warnte sie im Geiste, besser schnell zu verschwinden, denn es brauchte keine Wahrsagerin, um zu wissen, dass mir gleich der Kragen platzen würde.

Ich sah ihr schweigend nach, noch immer den Schock verarbeitend, dass sie und ich nun beide in den gleichen Räumen heiraten würden. Damit war mein traumhochzeitlicher Vorsprung dahin – wenn ich denn je einen solchen besessen hatte, denn schließlich wog ihr Verlobungsring vermutlich genauso viel wie ihr Hochzeitsplaner!

„Das klingt ja spaßig!", wandte sich Mutter nun wieder an mich. „Hast du dir auch schon die Karten legen lassen?" Sie zuckte mit den Schultern. „Vielleicht würdest du dann deinen Fehler erkennen, ehe du ihn …"

„Marc ist kein Fehler!", warnte ich sie laut. „Jede Wahrsagerin würde dir das bestätigen!"

Vielleicht würden die fundierten Erkenntnisse einer waschechten Scharlatanin Mutter von Marcs Qualitäten überzeugen? Das klang mit einem Mal sehr verlockend – vor allem, weil ich mich ja schon ziemlich lange fragte, wie unsere gemeinsamen Kinder später wohl mal aussehen würden. So ein Blick in die Kristallkugel wäre da womöglich wirklich ganz interessant.

Andererseits verbrachten Marc und ich ziemlich viel Zeit miteinander im Bett. Es wäre ja wohl schon etwas peinlich, wenn der Blick in die Kristallkugel zur Porno-Vorschau werden würde. Die Hellseherin würde vermutlich einen Schock bekommen! Wobei … vielleicht würde es ihr ja gefallen. Und ich könnte gleich mal herausfinden, ob Marc seine dominante Seite à la Mr. Grey noch weiterentwickeln würde.

Der Gedanke verursachte mir ein Kribbeln im Magen, und ich wollte diesen Termin mit dem Hotel-Futzi nur noch schnell hinter mich bringen, um mir höchstpersönlich ein Bild von meiner unmittelbaren Zukunft zu machen. Denn die sah ich direkt schon vor mir: Ich würde über Marc herfallen, der von zu Hause aus arbeitete, würde mich auf ihn stürzen wie Pussy auf die Wollknäuel ...

„Ich glaube, ich mache das wirklich!", rief ich und folgte Mutter durch die Lobby zur Anmeldung. „Und wer weiß, vielleicht wird mir Madame la Blanche ja sagen, dass du und Marc am Ende noch die dicksten Freunde werdet", versuchte ich, auch ihr meinen Mr. Grey schmackhaft zu machen.

Ich erwartete keine Antwort, darum wandte ich mich direkt an den Hotelangestellten hinter der schicken Rezeption aus Mahagoniholz mit Silberintarsien.

„Guten Tag, wir kommen wegen der Hochzeit am 10. Mai. Herr Selig hat gesagt, wir sollen heute vorbeikommen, um den Termin zu bestätigen."

Der Mitarbeiter schien verwirrt und sah sich Hilfe suchend nach seiner groß gewachsenen Kollegin um, die gerade telefonierte.

„Ähhh, am 10. Mai sagen Sie ... ja nun ...", versuchte er, uns höflich hinzuhalten. „Herr Selig, also ... er ist noch da, das schon, aber ..." Wieder schien er, seine Kollegin am andern Ende der langen Rezeption durch schiere Willenskraft dazu bewegen zu wollen, sich umzudrehen. „Ich bin nicht sicher, aber ... gerade eben war auch schon jemand wegen einer Hochzeit im Mai hier." Da die Mitarbeiterin ihn weiterhin ignorierte, deutete er auf die doppelflügelige Tür zum Festsaal. „Vielleicht gehen Sie einfach mal hinein und besprechen das direkt mit Herrn Selig", schlug er unsicher vor.

Wieder überkam mich dieses ungute Gefühl. Ich

wusste, wer eben wegen einer Hochzeit im Mai hier gewesen war. Katrin! Aber ich hatte doch einen Termin mit diesem seligen Typen gehabt!

„Danke!", presste ich heraus und stellte mir vor, einen tiefen Atemzug der opiumduftgeschwängerten Luft in Kletts Büro zu nehmen. Das beruhigte immer so schön.

Allerdings beruhigte die Vorstellung dieses Dufts leider überhaupt nichts, und ich stapfte mit einem Wutpuls von gefühlten fünfhundertfünfzig in die angezeigte Richtung. Mutter folgte mir wie ein Schatten, allerdings war sie klug genug, jetzt besser nichts zu sagen. Die Blässe, die ihre Wangen fahl wirken ließ, zeigte, dass auch ihr inzwischen etwas mulmig war.

„Sind Sie Herr Selig?", wandte ich mich an einen Mann, der im Festsaal am Fenster stand und in den parkähnlichen Garten hinausblickte. Er drehte sich überrascht um und lächelte mich höflich an.

VERDAMMT! Der sah ja heiß aus! Channing Tatum de luxe! Kurzes dunkles Haar, markantes Kinn, gerade Nase und Schlafzimmerblick. Dazu diese vollen Lippen, die zum Küssen einluden, und die Schultern unter dem dunkelblauen Sakko sahen aus, als könnte er mich mühelos hochheben. Wozu er natürlich überhaupt keinen Grund hatte ...

Vielleicht konnte ich einen Grund finden??

Er kam auf mich zu und reichte mir die Hand, was mich aus meinen Fantasien riss.

„Robert Hunt", stellte er sich mit verwaschenem

amerikanischen Dialekt vor. „Weddingplanner. Mister Selig ist gleich wieder zurück", erklärte er und gab bedächtig meine Hand wieder frei. „Sie sind eine Braut, right? Das sehe ich sofort."

Und ich sah an dem Grinsen meiner Mutter, dass sie glaubte, Hunts Sexyness würde mich diese ganze Brautsache vergessen lassen. Und so ganz unrecht hatte sie da nicht mal. Der Typ sah wirklich nicht aus, wie man sich einen Hochzeitsplaner vorstellte – eher wie der Stripper zum Junggesellinnenabend. Die letzte Sünde vor der ewigen Treue, die letzte Versuchung …

Warum zum Teufel hatte ich eigentlich keinen Hochzeitsplaner? Wo ich jetzt so darüber nachdachte, wäre das durchaus sinnvoll!

„Ja, ich …", stammelte ich und hatte doch schon wieder vergessen, was er eigentlich gesagt hatte.

Ob er wohl tanzen konnte? Und sich dabei ausziehen? Ob er auch unter seinen Klamotten noch an Channing Tatum erinnerte? Ich würde das leicht prüfen können, schließlich hatte ich alle seine Filme mehrfach gesehen. Natürlich nur wegen seiner überzeugenden schauspielerischen Leistung – und nicht nur, weil er einfach süßer war als alle meine Schokodrops zusammen. Ich müsste also nur mal kurz einen Blick unter Robert Hunts Hemd werfen, und …

„Meine Tochter Anna heiratet in vier Wochen", erklärte Mutter und trat zu uns, was mir durchaus half, mich aus meiner erotischen *Magic Mike*-Träumerei zu befreien. Es half mir auch, mich an Marc und unsere bevorstehende Hochzeit zu erinnern, denn die hatte mich ja erst hergeführt. Hierher zu diesem ...

ANNA!, ermahnte ich mich im Geiste, den Sexgott mal kurz Sexgott sein zu lassen.

„Der Mai ist ein sehr beliebter Heiratsmonat", bestätigte er meiner Mutter. „Allerdings macht es das für mich als Weddingplanner sehr difficult ... schwierig, denn alle good Locations, alle Bands, Musiker und Caterer sind meist recht früh ausgebucht."

Als wäre dies das Stichwort gewesen, kam ein Mann in der Dienstkleidung des Hotels, mit über die Halbglatze gekämmten Haaren und Brille durch die Tür gehastet. Er hatte einige Blätter in der Hand, die er nun Robert Hunt reichte.

„So, Herr Hunt, die Reservierungsbestätigung für den 10. Mai."

WAS?

Ich fuhr herum und starrte ihn an.

„Der 10. Mai?", quietschte ich schrill, was die beiden Männer veranlasste, einen Schritt zurückzutreten. „Der 10. Mai gehört mir!"

Ich stampfte mit dem Fuß auf, um das auch wirklich zu verdeutlichen.

„Bitte?" Offenbar hatte der Hotelmitarbeiter noch gar nicht bemerkt, dass ich nicht die Braut war, die zu Hunt gehörte, denn er blickte mich verwundert an.

„Ich bin Anna! Die Braut für den 10. Mai.", erklärte ich entschlossen. „Sind Sie Herr Selig?"

Er nickte, also fuhr ich fort: „Wir haben miteinander wegen der Reservierung des Ballsaals für den 10. Mai telefoniert. Sie sagten, ich solle heute herkommen." Ich nickte ihn mahnend an. „Hier bin ich." (Falls er das übersehen haben sollte.)

„Offenbar gibt es hier ein Missverständnis", murmelte Selig und rieb sich über die Stirn. Er blickte Hunt an, der jedoch so tat, als beträfe ihn das nicht. „Ich dachte, die Dame, die eben hier war, wäre … also, ich dachte, sie wäre Sie."

„Ich bin ich", stellte ich seinen Irrtum richtig. „Und wir haben telefoniert. Sie haben mir den Saal zugesagt!", erinnerte ich ihn energisch, was Hunt veranlasste, mir beruhigend die Hand auf die Schulter zu legen.

„Please", raunte er, und die Welt hörte auf, sich zu drehen. Wie ein Stromstoß durchfuhr mich seine Berührung, und mir wurde schlagartig klar, was hier gerade vor sich ging.

Ich war in einem Brautfilm gelandet, in der die Braut sich in den Weddingplanner verliebte! Nur, dass es in diesen Filmen ja normalerweise eine Hochzeitsplanerin gab, die den Bräutigam verführte … Andersherum hatte ich das zumindest noch nicht gesehen. Und außerdem hatte ich sowieso keinen. Also war ich quasi in einem Brautfilm mit dem Titel: *Der Hochzeitsplaner meiner besten Freundin (oder Feindin)* gelandet. Klang nun nicht gerade nach großem Kino. Und wenn ich schon meine Bald-Ehe riskierte, dann doch wohl wirklich nur für einen Blockbuster!

Einem Kung-Fu-Befreiungsschlag gleich stieß ich Hunts Hand von meiner Schulter und macht einen

Satz in Seligs Richtung.

„Was ist jetzt mit meiner Hochzeit?", verlangte ich, zu erfahren, ehe Hunt mir erneut zu nahe käme.

„Ich ... ich ... bitte um Entschuldigung, aber ..."

„ABER???!" Mein Schrei ließ den Kronleuchter über der Tanzfläche erzittern. „Was heißt hier ABER??"

Dieser Selig würde nie wieder selig werden, wenn er mir meine Hochzeit ruinierte!

„Tut mir leid, aber ich habe den Saal gerade vergeben", stammelte er kaum hörbar und blickte betroffen in Hunts Richtung. „Vielleicht könnten Sie sich mit diesem Herrn auseinandersetzen? Womöglich ist er ja bereit, ..."

„Das war mein Termin!", schrie ich ungläubig. Dieser bescheuerte Seelig! Diese doofe Katrin! Dieser ... verflucht gut aussehende Hochzeitsplaner! Die Welt war so ungerecht!

Offenbar sah ich aus, als würde ich gleich umkippen, denn Hunt fasste nach meinem Arm und führte mich zu einem der mit rotem Samt gepolsterten Hochlehner an die lange Tafel.

Verflucht, das war der bequemste Stuhl, auf dem ich je gesessen hatte. Ein echter Poposchmeichler, ein königliches Sitzvergnügen. Ohne diese Stühle würde meine Hochzeit ruiniert sein. Ich schmiegte mich in die samtige Lehne und verkniff mir die Tränen.

„Miss, please don't cry!", bat Hunt und setzte sich mir gegenüber. „Ich kann Ihnen gerne eine Liste mit anderen Räumen zukommen lassen. Das ist nicht ...

wie sagt man ... the end of the world."

Das Ende der Welt – nein, das war sogar noch deutlich schlimmer! Ich hatte keinen Verlobungsring, keine Location und keine Ahnung, ob Hunt ohne Kleidung so gut aussah, wie ich glaubte.

„Anna – nun lass doch den Kopf nicht hängen", kam sogar Mutter tröstend an meine Seite. „Im *Goldenen Hirsch* gibt's doch auch ein ganz nettes Nebenzimmer. Da hat Onkel Oswald doch mal seinen Geburtstag gefeiert. Erinnerst du dich?"

Und wie ich das tat! Ich schloss die Augen, um sie vor der Tatsache zu verschließen, dass meine Prinzessinnen-Traumhochzeit mit Flügelpferdkutsche und gläsernen Pumps sich in eine Wirtshausnebenraumparty mit Kartoffelsalat aus dem Plastikeimer verwandelt hatte.

Hunt tätschelte meine Hand, was zwar erneut ein Kribbeln erzeugte, aber ich war viel zu niedergeschlagen, um auf meine sexuellen Rezeptoren zu achten.

Ich hätte mal besser schon vor einer Woche zur Wahrsagerin gehen sollen – dann wäre mir das vermutlich erspart geblieben.

Ich fühlte mich schrecklich. Beinahe so frustriert wie nach dem Telefonsexdebakel mit Harald und dem Pfannenwender. Nur war damals Marc bei mir gewesen, um mir Trost zu spenden.

Ich schob den Stuhl zurück und stemmte mich hoch. Jedes einzelne Gramm, das ich zu viel auf den Hüften hatte, zog mich wie Blei zu Boden, und ich fragte mich allen Ernstes, ob ich die Hochzeit nicht besser gleich absagen sollte. Im direkten Vergleich schnitt das, was ich bisher an Planung vorzuweisen hatte, mit Maries Hochzeit ziemlich schlecht ab, und von Katrins großem Tag brauchten wir ja nun gar nicht erst zu sprechen. Sie hatte mir schließlich mein *Milberg*-Hotel gestohlen.

Gestohlen!

Ich straffte die Schultern. Diese dumme Nuss! Diese ... Silikon-Titten-Juristin! Die ahnte ja nicht, mit wem sie sich anlegte. Ich streckte den Rücken durch und schob das Kinn nach vorne. Mit geballten Fäusten stampfte ich zu Hunt. Dieser *Huntsman* würde jetzt für mich jagen! Und zwar nach der besten Hochzeit ever!

Ich stieß ihm meinen Finger in die Brust, was bedrohlich und entschlossen hatte wirken sollen, doch bei der Berührung seiner Adonisbrust entfuhr mir ein unwillkürliches Seufzen.

„Ich will Sie!"

Mist, das klang irgendwie zweideutig, und ich wusste nicht mal sicher, was ich genau gemeint hatte. Um meiner Bald-Ehe willen sollte ich mir da doch eigentlich sicherer sein, oder nicht?

„You want me?" Hunt schien interessiert. „You want my ... special services?"

Special Services? Wie er das so sagte, beschleunigte mein Puls, und mein Mund wurde ganz trocken. Mutters Nähe machte das Ganze auch nicht einfacher, aber schließlich war so eine kleine Verunsicherung vor einer Hochzeit doch total normal.

„Aber, Anna!", mischte sich Mutter ein. „Was das kostet." Sie rollte mit den Augen und senkte die Stimme. „Du wirst bestimmt noch öfter heiraten."

Das war so klar! Sie gab wohl nie auf. Ich ersparte mir eine Antwort, die dazu geführt hätte, enterbt zu werden, und strafte sie schlicht mit Missachtung, während ich an Hunts weichen Lippen hing und darauf wartete, dass er mehr über diesen besonderen Service berichtete.

„Ich will das ganze Paket!", erklärte ich entschieden und ließ meinen Blick von seinen Haaren über seinen Mund bis zu seinem unter dem Sakko zu erkennenden sportlichen Bauch wandern.

Oh ja, ich wollte das ganze Paket!

Kapitel 5

Obwohl ich gerade fünfhundert Euro Anzahlung für Robert Hunts „Special Services" geleistet hatte, versank ich nun auf dem Sofa in Zweifeln. Pussy saß auf ihrem Stammplatz auf dem Wohnzimmerschrank und beobachtete mich von oben herab. Ich sah ihr an, dass sie meine Gedanken las. Und dass ihr nicht gefiel, was ich dachte.

War ja klar, immerhin himmelte sie Marc an. Nicht, dass ich das nicht ebenfalls tat, aber waren all die Krisen im Zusammenhang mit unserer Hochzeit nicht vielleicht ein Zeichen? Eine Warnung? Zuerst der misslungene Heiratsantrag auf der *Adriatica*, dann der über Bord gegangene Ring – was natürlich auch Gottes Strafe für meinen Angriff auf die Nonne gewesen sein konnte – und nun das Desaster mit dem *Milberg*-Hotel.

Wenn ich das alles so betrachtete, schien mir selbst der heiße *Huntsman* ein schlechtes Omen für unsere gemeinsame Zukunft. Schließlich fand ich ihn unleugbar sexy. Und verführerisch. Und der amerikanische Singsang in seiner Stimme machte mich ganz wuschig.

Pussy fauchte mich an, und ich setzte mich auf, um schnell die Flucht ergreifen zu können, sollten ihr meine nächsten Gedanken noch weniger gefallen.

Was, wenn meine Mutter mit ihrer negativen Haltung gar nicht so unrecht hatte? Waren Marc und ich wirklich so ein gutes Paar, wie ich annahm? Oder war ich schlichtweg geblendet von unseren sexuellen Ausschweifungen?

Pussy grub die Krallen ins Schrankfurnier und reckte sich, ehe sie mit einem Satz auf den Boden sprang, als wolle sie mich daran erinnern, dass ihre Anwesenheit unsere Beziehung auf ein ganz anderes Level gehoben hatte. Immerhin waren Marc und ich seit gut einem Jahr Tiereltern. Und auch wenn wir in unseren Erziehungsmethoden nicht immer konform waren (gerade die Sache mit dem Topf hatte zu heftigen Diskussionen geführt), machten wir uns als Team ganz gut. Das war also ganz klar ein Punkt FÜR diese Ehe.

Pussy schlenderte an mir vorbei in Richtung Wohnungstür, die gerade aufging, als sie sie erreicht hatte. Diese Katze war wirklich auf Marc geeicht.

Ich beobachtete, noch immer nachdenklich, wie er aus seiner Lederjacke schlüpfte und sich nach dem Fellknäuel bückte.

„Du bist ja schon zurück", stellte er verwundert fest und kam mit der Katze auf dem Arm zum Sofa. „Ich hätte gewettet, du buchst die Location und gehst dich dann noch nach einem Kleid umsehen. Immerhin hattest du deine Mutter dabei."

Er küsste mich, was verhinderte, dass ich bei der Erinnerung daran das Gesicht verzog.

„Hör mir bloß mit dieser Hochzeit auf!", murrte ich und zog die Füße unter die Decke. „Ich glaube, wir sind verflucht!"

Marcs Spottbraue hob sich, und er setzte sich neben mich. Pussy rollte sich sofort auf seinem Schoß zusammen und fing lautstark zu schnurren an. Marcs Lendenregion schien offensichtlich nicht nur mich in Verzückung zu bringen.

„Was ist passiert?" Er küsste mich auf die Nasenspitze.

„Och, Marc!", jammerte ich und schmiegte mich an ihn. „Warum ist die Welt so ungerecht? Warum?"

Ich spürte seine Brust unter meiner Wange beben, als würde er lachen. Er hob mein Kinn an und sah mir in die Augen.

„Das letzte Mal, als du so ein unglückliches Gesicht gemacht hast, da mussten wir dir ein Profil auf einer Dating-Website anlegen." Er küsste mich sanft. „Deshalb habe ich beinahe Angst, zu fragen, was eigentlich los ist."

„Katrin-Bitch hat uns das *Milberg* weggeschnappt! Und ihr Hochzeitsplaner sieht so scharf aus wie ne Rasierklinge, was an sich ja schon ne Unverschämtheit ist, wie ich finde. Sind Männer dieses Berufsstandes nicht generell schwul?"

Marc lachte. „Das ist nur ein Klischee, Anna." Als er mich auf seinen Schoß zog, floh Pussy fauchend. „Und wir finden ein anderes Lokal. Das ist doch alles nicht wichtig."

Typisch Mann! Er hatte ja keine Ahnung, WIE

wichtig es war, dass unsere Hochzeit besser werden würde als die Katrins.

„Es ist absolut wichtig, Marc", versicherte ich ihm deshalb. „Und darum ... habe ich diesen Hochzeitsplaner engagiert."

Marcs Spottbraue entwickelte mal wieder ein Eigenleben und kletterte nach oben.

„Du redest von der Rasierklinge?", hakte er breit grinsend nach.

„Ich rede von Hunt. Robert Hunt, dem Hochzeitsplaner", verteidigte ich mich.

Warum fühlte ich mich plötzlich so ertappt?

Marc streckte die Beine lässig aus und umfasste besitzergreifend meine Taille. Er grinste, als er langsam seine Hände unter mein Shirt wandern ließ.

„Na schön, Anna. Von mir aus. Tob dich mit diesem scharfen Weddingplaner aus. Aber wenn du erst Ja zu mir gesagt hast, dann teile ich dich mit niemandem mehr. Auch nicht in deinen Fantasien, Annalein. Dann wird jeder Gedanke an einen anderen ... bestraft." Er zwinkerte mir zu. „Und, Anna ..."

Ich hielt gespannt den Atem an, denn seine Drohung bereitete mir eine wohlige Gänsehaut.

„... wer erst mal Ja sagt, der braucht kein Safeword mehr."

Ich legte ihm die Hände in den Nacken und genoss das seidige Gefühl seiner Haare unter meinen Fingern.

„Macht es dich gar nicht eifersüchtig, dass ich für die Planung der Feier viel Zeit mit einem echt heißen Typen verbringen muss?"

Nicht, dass ich wollte, dass Marc in Eifersucht verging, aber so ein kleines bisschen Besitzdenken war ja wohl auch ein Zeichen von Liebe – also wäre es schon gut, er würde derartige Gefühle zumindest im Ansatz hegen. Ich zum Beispiel liebte ihn sehr, darum hatte ich auch so heftig auf die Nonne reagiert – und auf diese Catwoman aus dem Londoner Büro …

Marc öffnete meinen BH und vertrieb damit meine Erinnerungen.

„Klar bin ich eifersüchtig", flüsterte er mir ins Ohr, ehe er mit den Zähnen sanft daran knabberte. „Aber wenn du weißt, wo die Grenzen sind, dann stört mich ein kleiner Flirt vor der Ehe nicht." Seine Zunge glitt über meinen Hals. „Auf meinem Junggesellenabschied wird es ja auch nicht gerade katholisch zugehen."

Hach, ich konnte mich glücklich schätzen, was für ein offener und vertrauensvoller Ma…

„WAS?" Ich zuckte zurück und schlug dabei mit der Schulter gegen Marcs Kiefer.

„Au! Verdammt!" Er schien verwirrt, aber diese Masche zog gerade nicht.

„Was für ein Junggesellenabend?", fuhr ich ihn zornig an und versuchte, mich von der roten Stelle an seinem Kinn nicht erweichen zu lassen. War ja so klar, dass ihm jetzt eine Verletzung zugutekam.

Marc rieb sich zerknirscht die Wange und schob mich von seinem Schoß.

„Die Jungs im Büro schmeißen ne kleine Party. Da kann ich doch nicht Nein sagen."

Du meine Güte, das wurde ja immer schlimmer. Die

Nerds aus Marcs Grafikbüro hatten sicher noch nie ne Frau nackt gesehen. Und es kam bestimmt nicht allzu oft vor, dass einer von ihnen eine Frau fand. Weder für eine Nacht noch fürs Leben. Von daher würden sie sich diese Gelegenheit vermutlich nicht entgehen lassen und Marc auf jeden Fall in einen Sexclub-Schrägstrich-Strippschuppen-Schrägstrich-Bordell-Schrägstr… – vergessen wir die ganzen Striche, denn auf den würden die Weiber, die diese Nerds buchen würden, bestimmt ohnehin gehen!

„Das geht nicht!", rief ich und schüttelte heftig den Kopf, um meine Aussage zu untermauern. „Das … erlaube ich nicht!"

„Du … *erlaubst* es nicht?" Marc klang ungläubig.

Tatsächlich fühlte ich mich etwas schäbig, aber … aber Nutten???? Das konnte ich doch nicht gutheißen.

„Ich will nicht, dass du … das horizontale Gewerbe unterstützt, Marc! Ehrlich, das … geht zu weit!"

Er runzelte irritiert die Stirn.

„Was meinst du? Du …" Er nahm Pussy auf den Schoß und kraulte ihr etwas zu heftig das Köpfchen, was zeigte, dass er in Rage war. „… das denkst du doch nicht echt, oder?"

Mist! Jetzt fühlte ich mich wieder mal scheiße. Wie er mich ansah. Als hätte ich behauptet, der Papst sei eine Frau. Dabei hatte es das sogar schon gegeben!

„Nein, ich denke ja nicht, dass du … also …"

Marc überging meinen Versuch, meinen stummen Vorwurf so halbwegs zu redigieren, und stand auf.

„Wir werden bald heiraten, Anna. Und ich habe dir

hundert Mal gesagt, dass ich dich liebe und mir andere Frauen egal sind. Trotzdem denkst du, ich würde …"

„Nein, Marc! Das denke ich nicht. Aber … die Möglichkeit … besteht doch immer, dass man mal … schwach wird."

Verdammt, das wuchs sich zu ner waschechten Krise aus!

„So, so." Sein Blick war stechend. „Das könnte also immer mal passieren, ja? Dann muss ich also damit rechnen, dass du bei diesem Rasierklingen-Typ schwach wirst, oder wie meinst du das?"

„Das ist Unsinn, Marc! Und du weißt das. Ich halte nur nichts von Junggesellenpartys, weil ich nicht möchte, dass du im Drogenrausch Sex mit Prostituierten hast, die dir das Gesicht tätowieren, während ein Affe dein Geld klaut und dich zusammen mit einem bissigen Boxer nach Las Vegas entführt!"

„Ah ja, genau! Das ist ja auch der wahrscheinlichste Ausgang eines jeden Junggesellenabschieds", konterte Marc bissig. In dieser Stimmung passte er besser zu dem Boxer als gedacht – ich sollte rein vorsorglich meine Ohren im Auge behalten … was anatomisch eher schwierig war …

„Das ist alles schon passiert, Marc."

Er warf in einer hilflosen Geste die Arme in die Luft.

„In Filmen, Anna! In mehr als fragwürdigen Komödien!"

„Sag ich ja!"

Marc schüttelte den Kopf.

„Okay!" Er fuhr sich durchs Haar und atmete tief durch. „Also schön, Anna. Ich will keinen Streit. Ich weiß, dass du ein Partymuffel bist. Und ich ... schwöre dir, mir das Gesicht nicht allzu sehr tätowieren zu lassen", erklärte er mir ruhiger. „Aber ich werde diese kleine Party mit meinen Kollegen feiern. Und du wirst nicht ausflippen, denn dazu gibt es keinen Grund." Er kam wieder zu mir und fasste nach meiner Hand. „Dieser Abend wird unsere Hochzeit nicht crashen. Ich werde unsere Hochzeit nicht crashen, Anna. Also tu du das bitte auch nicht."

Oh, wie ich es hasste, wenn er von uns beiden der Kluge und Vernünftige war! Allerdings klang das nach Versöhnung, und das Beste an einer Versöhnung war ...

Ich kuschelte mich fügsam in seine Arme und küsste seinen Hals. „Versöhnungssex?", flüsterte ich und fand es ungemein praktisch, dass mein BH ja immer noch geöffnet war.

„Du bist unmöglich!", murrte Marc, hob mich aber hoch und trug mich in sein Zimmer. „Und nun sag mir, was ich tun muss, um dich diesen Hochzeitsplaner und die Prostituierten vergessen zu lassen?"

Kapitel 6

Marc war es in den letzten Tagen dank ausgiebiger Bettgymnastik tatsächlich gelungen, mich nicht nur Katrin und den Hochzeitsplaner vergessen zu lassen, sondern gleich die gesamte Hochzeit. Wir hatten meine freien Tage beinahe durchgehend kleiderlos verbracht. Vielleicht fühlte ich mich deshalb vollkommen eingeengt, als die Verkäuferin in der Brautmoden-Boutique das nächste weiße Kleid über meinen Kopf stülpte. Ihr Name war Clarissa, und sie war ihrer Aussage nach überhaupt keine Verkäuferin – sie war meine „heutige Beraterin" –, was natürlich etwas vollkommen anderes war ...

Jedenfalls bekam ich fast Platzangst, als ich versuchte, zwischen den vielen Lagen Tüll und Seide den Ausgang zu finden. Gab es denn keine Wegweiser im Inneren so eines Kleides? Schließlich konnte man ja kaum nach den Sternen navigieren, wenn man nicht mal den Himmel sah. Was, wenn ich hier nie wieder herausfinden würde? Womöglich würde ich hier irgendwo unter den vielen Lagen Stoff noch die sterblichen Überreste der letzten Braut finden, die das Kleid hatte anprobieren wollen.

Ich zerrte leicht panisch an dem Kleid, kämpfte mich schnappatmend durch den bestickten

Halsausschnitt und stieß einen erleichterten Schrei aus, als ich endlich auch meine Arme an der richtigen Stelle wiederfand.

Obwohl ich überlebt hatte, wirkte Clarissa noch nicht sehr zufrieden. Sie trat hinter mich und begann damit, den Reißverschluss zu schließen, was meine Klaustrophobie gleich wieder befeuerte.

„Oh, Darling, that's beautiful!" Robert kam auch noch in die Kabine und drehte mich vor dem Spiegel, was gar nicht so ohne war, schließlich bauschte sich ein tonnenschweres Kleid um meine Hüften.

Ein Kleid, das ich selbst niemals ausgewählt hätte, aber mein frisch angetrauter Hochzeitsplaner hatte seine eigene Vorstellung davon, wie ich an meinem großen Tag auszusehen hatte. Und da ich ja schließlich ordentlich in die Tasche gegriffen hatte, um mit ihm in einer Umkleide zu landen, musste ich ihm wohl oder übel vertrauen.

Doch so sehr ich mich auch bemühte, beim Anblick in den Spiegel teilte ich seine Begeisterung nicht so wirklich.

Meine Haare waren nach dem inzwischen fünfzehnten Kleid, das mir nicht gefiel, elektrostatisch aufgeladen und klebten mir in Strähnen im Gesicht, während der Rest sich antennengleich gen Himmel reckte. Ich sah aus wie Medusa an ihrer Kommunion, denn das Kleid ließ mich wirken wie ein dickes Kind. Es schluckte meine ohnehin nicht gerade langen Beine und schien meine Taille auf Kniehöhe zu drücken. Dafür quoll mein Busen wie Hefeteig aus dem viel zu engen Mieder.

Auf keinen Fall konnte ich so vor den Altar treten ... oder eben dahin, wo Bräute traten, die nicht kirchlich heirateten. Wie nannte man das dann? Vor den ... Schreibtisch des Standesbeamten treten? Na, ich würde jedenfalls so auch nicht vor den Schreibtisch treten! Nicht mal aus der Kabine würde ich so gehen.

„Das ist eine Katastrophe!", widersprach ich Robert deshalb entschieden und verschränkte die Arme vor meinem D-Körbchen-Hefeteig.

„Aber nein!" Er fasste mein Haar und bauschte es mir wie ein Vogelnest auf den Kopf. „Have a look! Das ist umwerfend!"

Ich versuchte, mich durch seine Augen zu sehen, aber es wurde einfach nicht besser. Inzwischen bereute ich meine Idee, mit Hunt allein nach einem Kleid zu suchen. Ich hatte mir das echt anders vorgestellt. Ein kleiner Flirt mit dem sexy *Huntsman*, dabei so nebenbei ein wundervolles Kleid finden und vielleicht einige vollkommen unbedeutende, aber dennoch kribbelnde Berührungen in der Umkleide. Stattdessen quälte mich Clarissa mit ihren spitzen Fingernägeln von Tüllbombe zu Seiden-Albtraum und hinterließ wenig kribbelnd ihre Kratzspuren auf meinem inzwischen schwitzenden Medusen-Körper. Und dann noch Hunts vollkommene Fehleinschätzung meiner Erscheinung – das ging echt gar nicht.

Der Kerl sah zwar mega aus, war in jeder Hinsicht eine optische Versuchung, aber obwohl es gerade das war, was mich dazu bewogen hatte, ihn zu engagieren

– das und die Tatsache, dass ich Katrin eins vor den Bug knallen wollte –, wäre mir nun doch fast lieber gewesen, er wäre weniger Channing Tatum und mehr Ricky Martin. Mit all den Vorteilen, die ein gut aussehender, homosexueller Latinomusiker mitbrachte. Vorteile wie Stilsicherheit, Geschmack und eine Stimme zum Dahinschmelzen …

„Was sagst du, Anna? Do you like it?", hakte er nach, und ich verglich seinen amerikanischen Dialekt mit Ricky Martins südländischem Klang.

Mist! Nie war mal ein Mann so, wie man ihn sich wünschte! Ich sah in den Spiegel und ergänzte meine Einschätzung. Nie war ich mal, wie ich es mir wünschte!

„Ich zieh das jetzt wieder aus! Das ist echt grässlich!"

Clarissa nickte. Konnte es sein, dass ich in ihr tatsächlich noch eine Verbündete fand? Eine mit Krallen, wie mir der rote Striemen an meiner Schulter in Erinnerung rief?

„Ich würde Ihnen den Meerjungfrauenstil empfehlen", schlug sie erfahren vor und schob sämtliche Ballkleider, die Hunt ausgewählt hatte, auf der Kleiderstange weit nach hinten. „Vielleicht sollten wir als Nächstes doch mal so eines versuchen. Das betont Ihre Taille ebenso wie Ihre tolle Kehrseite."

Der Tag wurde so langsam besser! Ich hatte jetzt eine tolle Kehrseite!

Sie brachte ein Kleid von der anderen Seite und hielt es mir hin. Hunt machte ein missmutiges Gesicht, aber ich beschloss, mich zur Abwechslung einmal nicht dominieren zu lassen.

„Ich schlüpf mal rein", stimmte ich meiner neuen Busenfreundin zu und folgte ihr in die Kabine, ehe ich meine Meinung beim Anblick von Roberts vorgeschobenem Schmollmund doch noch ändern würde.

„Meerjungfrauen sind ja nicht so mein Fall", wollte ich unsere Freundschaft durch ein belangloses Gespräch festigen. „Ich bin mehr so der Einhorn-Typ."

Clarissa kämpfte mit der Schutzhülle, die das Kleid umgab, während ich versuchte, mich ohne ihre Hilfe aus dem anderen Kleid zu befreien. Aber mein Kopf steckte irgendwo in der Taille, und meine Haare hatten sich im Reißverschluss verheddert.

„Ja. Ich auch. Dumm, dass sie ausgestorben sind."

Ausgestorben???

Ich schielte durch den Halsausschnitt, um zu sehen, ob sie einen Scherz gemacht hatte. Sie sah eigentlich recht ernst aus. Beinahe betroffen. Na klar, war ja auch echt tragisch, dass Einhörner ausgestorben waren.

„Und erst die armen Meerjungfrauen …", murmelte ich und hob endlich den Reifrock über meinen Kopf. Die plötzliche Sauerstoffzufuhr machte mich schwindelig, und ich brauchte einen Moment, um wieder klar zu sehen. Irgendwie war mir übel.

Ich würde doch jetzt nicht krank werden? Jetzt, wo ich eine unvergessliche Hochzeit zu planen hatte und jede Minute von Hunts Zeit meinen Geldbeutel schröpfte und meine längst überfällige Autoreparatur in weite Ferne rücken ließ?

Motiviert von der Tatsache, dass nicht nur mein Auto, sondern auch meine Hochzeitsreise auf der Strecke bleiben würde, wenn ich hier noch lange bräuchte, riss ich Clarissa das Kleid aus der Hand und stülpte es mir über.

Der figurbetonte Schnitt machte ein Hindurchkämpfen noch schwieriger, und ich drohte, dabei zu ersticken. Mir ging auf, warum dieser Schnitt Meerjungfrauenschnitt hieß: Man musste nämlich sehr lange die Luft anhalten können, um lebend an die Oberfläche zu tauchen. Oder vielleicht taten sich Jungfrauen ja auch leichter damit …

Ich wendete also mein unglaubliches Geschick an, das Kleid wenig fachgerecht an meine Körperfülle anzupassen und wischte mir schnaubend die Haare aus dem Gesicht. Schon der Blick in Clarissas Miene verriet mir, dass ich einen Treffer gelandet hatte. Langsam, um die Spannung zu erhalten, und mit eingebildeten Paukenschlägen im Ohr wandte ich mich zum Spiegel um.

BAM!

Ich riss die Augen auf und taumelte aus der Kabine, ohne den Blick von meinem Spiegelbild zu nehmen.

„Amazing!", rief Hunt und umfasste meine auf den Umfang einer Bohnenstange zusammengepresste Taille.

In der Tat: Ich war amazing! Ich sah aus wie eine vollbusige Arielle! Die heißeste Versuchung des gesamten Ozeans. Ich war die Marilyn Monroe aller Unterwasserbräute!

Der glänzende Satin hob meinen Busen, wie es zuvor nur der Balconett geschafft hatte, den ich für mein Date mit Star-Wars-Aron gekauft hatte. Zugleich formte das Mieder mir eine so realistische Wespentaille, dass sich Biene Maja vor Angst ins Höschen machen würde. Und auch wenn ich keinen Stachel hatte, so war doch die bauschige Weite unten im Rock so scharf, dass ich im Ganzen garantiert als Waffe durchgehen würde.

Ich keuchte – einem Brautmodenorgasmus nahe –, so perfekt war dieses Kleid.

„Das ist es!", rief ich und stellte mir vor, wie Marc mich am Abend nach der Feier ungeduldig aus dem eng anliegenden Kleid befreien würde. Meine Brüste würden freiwillig aus dem Balconett hüpfen, um sich seinen hungrigen Küssen entgegenzureck…

„Das Kleid ist ein Schnäppchen", riss mich Clarissa aus meinen wirklich wichtigen Überlegungen zum Ablauf der Hochzeitsnacht. Aber Schnäppchen klang schon mal gut. Sparsam und sexy – was konnte sich ein Mann mehr von einer Ehefrau wünschen?

„Das ist ein echtes Designerkleid und kostet normalerweise viertausend Euro." Clarissa klatschte in die Hände. „Aber es ist im Sale, und Sie können es für zweitausendfünfhundertneunundfünfzig Euro und fünfzig Cent mitnehmen."

BAM die zweite. Wieder taumelte ich. Diesmal unter der Wucht dieser unfassbar hohen Summe. Mein

Budget lag bei etwa achthundert Euro. Schließlich wollten unsere Gäste auch noch etwas essen ...

Und Hunt würde vermutlich auch gerne bezahlt werden.

„Das ... das ist ... ja ein Superschnäppchen ...", flüsterte ich traumatisiert. „Suuuuper ..."

Ich konnte es unmöglich kaufen. Marc würde mich umbringen und mich danach auch sicher nicht mehr heiraten.

Die Übelkeit, die mich schon seit dem Morgen verfolgte, verstärkte sich, und ich musste schlucken.

Übergib dich jetzt bloß nicht auf diesen überteuerten Designerfummel!, ermahnte ich mich und schluckte wieder. Bittere Galle stieg mir die Kehle hinauf, und die Welt verschwamm mir vor Augen. Himmel, vielleicht war meine Taille doch etwas zu sehr eingepfercht. Ich litt offenbar unter Sauerstoffmangel. Kein Wunder, dass auch die Meerjungfrauen ausgestorben waren.

„Sagst du yes zu dem dress?", fragte Hunt begeistert, was mich ernsthaft in Versuchung führte, einen Kredit nur für dieses Kleid aufzunehmen.

„Sagen Sie Ja?", drängelte auch Clarissa und rammte mir den Kamm eines bodenlangen Schleiers in die Kopfhaut.

Die Wirkung war der Wahnsinn, und ich bat Marc im Geiste um Verzeihung, aber egal, ob ich es wollte oder nicht, ich würde dieses Kleid nehmen müssen. Denn mir war so schlecht, dass ich kein weiteres würde anprobieren können.

„Ja!", presste ich zitternd heraus. „Ich nehme es." Mein Blick wanderte in die enge Umkleidekabine, wo ich mich aus dem Kleid würde zwängen müssen. Dazu fühlte ich mich jetzt keinesfalls in der Lage. „Und … ich lasse es gleich an!"

Kapitel 7

Robert Hunt war nicht gerade erfreut über mein unorthodoxes Verhalten, aber er war ja auch nicht kurz davor, seinen Mageninhalt von sich zu geben. Ich ließ die Beifahrerscheibe seines Wagens noch ein Stück tiefer herunter, um mehr frische Luft in meine Lunge zu bekommen – was hoffentlich dazu beitragen würde, meine Übelkeit zu vertreiben. Dabei blähte der Fahrtwind den Schleier in meinem Haar, was meinem Hochzeitsplaner ein erneutes Schnauben entlockte.

„Das bringt Unglück!", prophezeite er mir mit unheilschwangerer Stimme.

„Ich musste aus dem Laden raus!", erklärte ich zum wiederholten Male. „Oder wäre es dir lieber gewesen, ich hätte den rosafarbenen Hochflorteppich der Boutique ruiniert?" Der Blick in den Seitenspiegel zeigte mir, dass ich immer noch ganz blass um die Nase war.

„Vielen Bräuten wird schlecht, wenn sie sich in dem Dress sehen, in dem sie heiraten werden. Das ist die Aufregung." Er sah mich vorwurfsvoll an. „Es ist die Erkenntnis, dass es nun wirklich … wie sagt man, it's getting serious … dass es ernst wird."

Wie er das sagte, wurde mir gleich wieder die Kehle eng. Hatte ich etwa Muffensausen? Torschlusspanik?

Sträubte sich meine innere Femme fatale gegen eine monogame Beziehung, die standesamtlich beurkundet wurde?

„Mir ist nur schlecht!", versicherte ich ihm, damit er mich mit seinen Hochzeitsplanererfahrungen nicht noch mehr verunsicherte.

„Wenn der Bräutigam die Braut vor der Hochzeit im Kleid sieht, ist das very bad. I've never seen, dass eine Ehe daraufhin gehalten hätte."

Genau das hatte ich gemeint! Konnte er seine halbamerikanischen Weisheiten nicht für sich behalten und einfach nur gut aussehen, während er mich schweigend nach Hause fuhr? Nicht, dass ich nicht dankbar war, dass er das für mich tat, schließlich wäre ich mir im Brautkleid in der Straßenbahn doch etwas doof vorgekommen.

„Da vorne bei der Ulme kannst du mich rauslassen." Ich deutete an den Straßenrand, wo mein Auto seit Wochen unbewegt vor sich hinrostete. Mit dem Moos an den Scheibenwischern und der verrottenden Laubschicht vom letzten Herbst auf dem Dach hätte meine Rostlaube gut in einen dystopischen Weltuntergangsfilm gepasst. Und dank Hunts vollkommen überteuerter Gage würde die Welt zumindest für mein Auto wohl noch länger untergehen.

„Oh no, du wirst beim Ausziehen meine Hilfe brauchen."

Was? Sexy Hunt wollte mir beim Ausziehen behilflich sein? Na, wenn das nicht das wahre schlechte Omen für meine Hochzeit darstellte ...

„Ich schaff das schon", versuchte ich, meine Ehe zu retten und Marc zumindest vor dem Ja-Wort treu zu bleiben. Andererseits wäre es ja nur gerecht, wenn er für sein Geld auch mal zur Abwechslung etwas leistete. Sein sogenannter „Special Service" hatte zumindest bei der Auswahl des Kleides nicht wirklich viel gebracht.

„Allein wirst du nie die kleinen Häkchen in deinem Rücken öffnen können, ohne etwas abzureißen. You'll need some help, wenn du an deinem Hochzeitstag nicht in einem kaputten Dress dastehen willst", beharrte er und steuerte den Wagen in eine Parklücke direkt vor dem Haus.

Ich ballte die Hände zu Fäusten, denn die Häkchen hatte ich total vergessen. Ich musste also entweder warten, bis Marc nach Hause kam und mir helfen konnte, was absolutes Unglück bedeuten würde und zudem meinen großen Auftritt am Hochzeitstag ruinieren würde, oder Robert Hunt mit nach oben bitten, um mich auszuziehen.

Unter normalen Umständen hätte mich diese Vorstellung vermutlich sogar etwas angemacht, aber da mir so übel war, dass jegliches sexuelle Interesse dadurch überdeckt wurde, nahm ich an, dass ich Hunts Hilfe guten Gewissens annehmen konnte.

Vor allem, da Marc heute nicht von zu Hause aus arbeitete und deshalb nie etwas davon erfahren musste.

Während ich mich mit Rasierklingen-Robert im Schlepptau die Stufen in den dritten Stock hinaufschleppte, stets bemüht, den wundervollen Spitzensaum dabei nicht von meinem Kleid zu treten, kam mir der Gedanke, dass voreheliche Heimlichkeiten im Grunde auch nicht so ideal für ewiges Glück waren.

Von Schuldgefühlen geplagt, spürte ich den Blick des Stock-zwei-Psychos durch seinen Türspion.

Hoffentlich machte es ihn nicht depressiv, dass wir zwar schon so lange in unmittelbarer Nähe zueinander wohnten, ich ihn aber trotzdem nicht zur Hochzeit einladen würde. Nicht, dass ich ihm nicht zutraute, für Bombenstimmung zu sorgen, aber seit sein Hund sich an meinem Knie vergangen hatte, vermied ich es sogar, ihm und Hasso auch nur im Treppenhaus zu begegnen. Ich war unterhalb des Oberschenkels doch deutlich traumatisiert ...

Außerdem war nach dem heutigen Einkauf mein Budget für den Rest der Feier sehr geschmälert. Ich würde vermutlich Eintritt von den Gästen verlangen müssen, um irgendwie die Kosten zu decken.

„Hier sind wir", erklärte ich und hielt Hunt die Tür auf.

Sofort fiel mir Pussys merkwürdiger Blick auf. Sie musterte mich und meinen gut aussehenden Begleiter vom Wohnzimmerschrank aus äußerst misstrauisch, während ihr Schwanz angriffslustig zu zucken begann, als mein langer Schleier raschelnd über den Teppich schleifte.

„Wage es nicht!", drohte ich ihr mit erhobenem Finger, denn ich erinnerte mich noch zu genau an das grausige Ende meines lila Riesendildos. Oder das wenig festliche Ende unserer beiden Weihnachtsbäume …

Pussys Zerstörungswut kannte, wenn einmal entfesselt, keine Grenzen!

Vorsichtshalber wickelte ich mir den Schleier um den Arm und zog Hunt eiligst in mein Zimmer. Als er die Tür hinter uns schloss, überkam mich eine innere Unruhe. Hunt sah einfach zu gut aus, als dass man sich nicht vorstellte, wie es mit ihm wäre … Besonders, wenn man mit ihm allein in einem Raum war, in dem sich auch noch ein Bett befand, und wusste, dass man eh gleich nur noch weiße Spitzenunterwäsche tragen würde.

Zum Glück war mir immer noch schlecht, als Hunt mit dem gefährlichen Glanz eines Jägers in den Augen langsam auf mich zukam.

Er streckte seine Hände nach mir aus, und mein Puls beschleunigte sich.

„Ich liebe Marc!", rief ich, um mich selbst daran zu erinnern, und wich einen Schritt zurück. Hunt runzelte die Stirn, kam aber unbeirrt näher.

„Great! Das ist eine gute basic für eine Ehe", stimmte er mir zu und fuhr mit den Fingern bewundernd über den glänzenden Satin meines Kleides. Er drehte mich um, sodass er hinter mir stand, und ich hielt zitternd den Atem an, als seine Hände auf meiner Taille zum Liegen kamen.

Im Spiegel an meinem Kleiderschrank sah ich uns.

Ich sah aus wie *Snowwhite* – und er war mein

Huntsman. Wir passten perfekt zusammen. Der billige Brautfilmabklatsch entwickelte sich erschreckenderweise doch noch zu einem Blockbuster ...

„The dress ... schmeichelt dir", flüsterte er und begann damit, das erste Häkchen zu öffnen.

Die Härchen in meinem Nacken stellten sich auf, so erregend war seine Berührung.

Ich hätte mich an ihn gelehnt, um mehr davon zu bekommen, wenn mir nur nicht so übel (und ich nicht so verlobt) gewesen wäre.

Deshalb war ich echt verdammt froh, dass ich offenbar eine Magen-Darm-Grippe bekam!

Mein Magen grummelte, und ich fand es nicht mehr ganz so köstlich, wie er sich an meinem Rücken Haken für Haken weiter nach unten arbeitete.

„Hast du schon über the cake ... ich meine ... die Torte nachgedacht?", fragte er, und ich spürte seine Finger tief an meiner Lendenwirbelsäule, seinen Atem auf meiner Haut.

Verdammt! Dieser Kerl machte seinem Namen alle Ehre. Hunt – der Jäger. Ich fühlte mich auf jeden Fall wie seine Beute. Ein Mann, der von Kuchen sprach, während er einen auszog, war auf jeden Fall gefährlich.

„Mehrstöckig", schlug er vor, ohne zu beachten, dass ich ihm eine Antwort schuldig geblieben war. Aber wie sollte ich auch etwas sagen, wenn mir beim Gedanken an den Kuchen ... oder den Mann ... beinahe das Herz stehen blieb?

„Unten Strawberry-Sahne, etwas Fruchtiges, das

jedem schmeckt." Seine Finger erreichten meinen Po. „Und darüber dark and soft ... Schokoladencreme für diejenigen, die es nicht ganz so brav mögen." Das letzte Häkchen glitt unter seiner fachkundigen Berührung auseinander, und das Kleid rutschte mir von den Schultern. Sein Blick traf meinen im Spiegel. „Für die, denen der Sinn nach süßer Sünde steht."

Oh ja, mir stand der Sinn definitiv nach süßer Sünde. Ich sah es direkt vor mir, wie sich Hunt in bester Magic-Mike-Manier aus seinen Klamotten strippte, damit ich die dunkle Schokocreme von seiner nackten Brust naschen konnte.

Die Feuchtigkeit in meinem Slip ließ sich wohl kaum durch das Wasser erklären, das mir bei dem Gedanken im Mund zusammenlief. Ich war so verzaubert, dass mir die Tatsache, beinahe unbekleidet zu sein, kaum bewusst war.

Ich drehte mich zu ihm um und ...

„MARC!"

Shit! Mein Bräutigam in spe stand in der Tür und beobachtete uns, Pussy mit einem schadenfrohen Katzengrinsen zu seinen Füßen. Offensichtlich deutete er die Situation ... vollkommen RICHTIG!

„Anna." Er wirkte kühl. ZU kühl.

„Marc ... ich ... das ist ... ich ... also ..."

„Jaaa?"

Ich riss deutlich verspätet die Bettdecke an mich und wickelte mich hektisch darin ein.

„Also, das ..." Ich deutete auf Hunt, der zum Glück nicht so aussah, als hätte er von einer verbotenen

Frucht genascht. „… ist der Hochzeitsplaner. Robert Hunt. Ich … habe dir doch von ihm erzählt", presste ich verlegen heraus und versuchte dabei, Marc den Blick auf mein schweineteures Brautkleid zu verstellen. „Er hat mir aus dem … äh … Kleid geholfen, und …"

„We just … wir sprachen über die Torte", kam Hunt mir endlich zu Hilfe und reichte Marc lässig die Hand. Hoffentlich ahnte der nicht, dass diese Hand eben noch meinen Po berührt hatte.

„Mister Hunt wollte gerade gehen!", rief ich und bedeutete dem Hochzeitsplaner mit einem Kopfnicken Richtung Tür, doch endlich zu verschwinden. Zum Glück ließ er sich nicht zweimal bitten.

„Call me – wenn wir die Torte angehen", rief er mir noch zu, ehe er die Wohnungstür hinter sich schloss und mich meinem ziemlich wütend dreinblickenden Fast-Ehemann überließ.

„Und du musst auch raus hier, du darfst schließlich das Brautkleid nicht sehen!", versuchte ich, einer Auseinandersetzung zu entgehen und Zeit zu schinden.

Marc hob die Spottbraue, auch wenn seine Augen diesmal nicht amüsiert dazu funkelten.

„Du verstehst da was falsch, Anna. Die Braut vor der Hochzeit im Kleid zu sehen, bringt sicher weniger Unglück, als die Braut ohne Kleid neben einem fremden Mann in ihrem Schlafzimmer zu sehen."

Verdammt, warum musste Marc nur immer so scharfsinnig sein?

„Das kommt jetzt vielleicht wirklich etwas komisch

rüber, aber ..."

Ich drehte mich um, rannte ins Bad und erbrach mich ins Klo. Diese blöde Magen-Darm-Grippe ruinierte mir den Tag! Wobei ... ich wischte mir den Mund mit Klopapier ab und schielte zur Tür, wo Marc schon mit nicht mehr ganz so bösem Blick lehnte und mich musterte. Wer konnte schon jemandem böse sein, der offensichtlich krank war?

„Du hast deinen Junggesellinnenabschied wohl etwas zu exzessiv gefeiert, Annalein", murrte er und drückte die Klospülung.

„Ich habe nicht ..."

„Schon okay. Ich will es eigentlich gar nicht so genau wissen. Aber du brauchst echt nichts mehr sagen, wenn ich nächste Woche mit den Kollegen feiern gehe."

„Marc, ich habe wirklich nichts getrunken. Ich bin KRANK!", beschwor ich ihn. „Siehst du das nicht?"

Er würde doch diesen kleinen Zwischenfall mit Hunt jetzt nicht als Rechtfertigung für seinen vermutlich skandalös ausartenden und später als legendär überlieferten Junggesellenabschied verwenden?

„Dass es dir schlecht geht, finde ich in Anbetracht der Situation, in der ich dich mit diesem Typen gefunden habe, eigentlich ganz in Ordnung." Er reichte mir die Hand und half mir auf. „Und mir gefällt nicht, dass du recht hattest: Er ist wirklich rasierklingenscharf", brummte er missmutig. „Würde gerne mal wissen, wie viele Ehefrauen wegen dem vor der Hochzeit noch ihre Meinung ändern."

Ich spülte mir den Mund aus und griff zur Zahnbürste.

„Du machst dir doch keine Sorgen, oder?"

„Anna, um dich muss ich mir immer Sorgen machen. Du ... hast da so ein Talent ..." Er zwinkerte mir zu, und da ich Zahnpasta im Mund hatte, sprach er weiter. „Und ich weiß ja, dass du sexuell gerne mal Experimente machst." Er gab mir einen Klaps auf den Po, was ihn fast noch milder zu stimmen schien als meine langsam besser werdende Übelkeit. „Aber wenn ich dich noch mal halb nackt mit der Rasierklinge sehe, dann fließt Blut. Und zwar seines!"

Hach, wie romantisch! Marc würde sich ernsthaft meinetwegen mit einem Mann anlegen, der schon rein optisch deutlich mehr Muskelkraft vorzuweisen hatte.

„Keine Sorge, Marc, ich habe viel zu lange darauf gewartet, dich zu heiraten. Ich werde nichts tun, was uns den Tag ruiniert", versicherte ich ihm. „Außerdem brüte ich wohl irgendeine Magen-Darm-Geschichte aus und erst der Stress mit der Hochzeit ... wenn ich mich also merkwürdig verhalte, dann liegt das nur daran."

Marc lachte und legte von hinten die Arme um mich.

„Ach, Annalein, als bräuchtest du einen Grund, dich merkwürdig zu verhalten."

Ich schlug nach ihm, aber er umschlang mich, sodass ich ihm nicht wirklich gefährlich werden konnte.

„Idiot!", murrte ich und versuchte, mich zu befreien. Ich hatte überhaupt keine Zeit, mich ablenken zu lassen, schließlich lag mein Brautkleid wehrlos und verlassen in meinem Zimmer, während die Killerkatze irgendwo in der Wohnung nur darauf wartete, ein Ofer für ihre Zerstörungswut zu finden. Bestenfalls ein Opfer, das mir besonders viel bedeutete.

Ich schielte in den Flur, wo eine unheilvolle Ruhe herrschte. Von plötzlicher Panik ergriffen, wand ich mich aus Marcs Umarmung.

„Lass mich mal los, ich muss mein Kleid …" Wenn ich ihm jetzt sagte, dass ich glaubte, die Katze würde unsere Hochzeit sabotieren, würde er mich wieder für paranoid halten. „… ich muss mein Kleid … wegräumen. Du darfst es unter keinen Umständen vor der Hochzeit sehen. Das bringt Unglück!", rief ich. Wobei ich ja annahm, dass es noch mehr Unglück bringen würde, wenn ich zuließ, dass Pussy meinen Schleier zu Konfetti verarbeiten würde.

Marc gab mich frei und folgte mir gemächlich in den Flur. Vor meinem Zimmer blieb er stehen und hielt sich die Augen zu.

„Ich dachte, Sex vor der Ehe bringt Unglück", überlegte er laut.

Puh! Mein Kleid war noch ganz. Pussy nicht mal in Sicht. Vielleicht hatte ich ihr endlich klargemacht, dass derjenige, der die Futterdosen aufmachte, am längeren Hebel saß. Ich gratulierte mir jedenfalls zu meiner guten Erziehung des Flohbeutels und schüttelte das überteuerte Kleid aus. Der Satin raschelte, und ich bewunderte die Wirkung noch mal vor dem Spiegel.

Hach, wie glücklich ich war!!!

Ich musste wirklich alles tun, was in meiner Macht stand, um jede schlechte Schwingung, jedes böse Omen und jedes drohende Unglück zu meiden. Und wenn es stimmte, was Marc sagte, dann ...

„Wie lange vor der Ehe bringt Sex Unglück?", fragte ich, da er sich da ja offenbar besser auskannte. Immerhin sprachen wir von fast vier Wochen!

Ich spürte Marcs Schulterzucken mehr, als dass ich es sah, denn ich versuchte, das Riesenkleid knitterfrei und katzensicher in meinen viel zu kleinen Schrank zu hängen.

„Ich weiß nicht. Glaubst du an so was?"

Das war eine gute Frage. Glaubte ich an so einen Unsinn? Allein dieses Wort verriet wohl, was ich darüber dachte, aber andererseits hing mein ewiges Glück davon ab. Also ...

„Weiß ich auch nicht, aber sollten wir das Risiko eingehen?"

Marc grinste und kam auf mich zu. Er hob mich hoch und lehnte mich mit dem Rücken gegen die Schranktür.

„Glaubst du ernsthaft, du könntest mir vier Wochen lang widerstehen, Annalein?", raunte er und knabberte an meinem Hals.

Es war echt verrückt, aber sein Verhalten erinnerte mich in letzter Zeit wirklich sehr an einen Vampir. Ob die Hochzeit damit zu tun hatte? Schließlich hatten die

Twilight-Romanhelden ja auch geheiratet.

Ich runzelte die Stirn, ohne Marcs Zärtlichkeiten zu unterbrechen.

Edward und seine Bella waren aber, wenn ich mich richtig erinnerte, ziemlich enthaltsam gewesen ... zumindest vor der Ehe. Und in der Hochzeitsnacht hatten sie dann die gesamte Hütte in Grund und Boden gevögelt.

Ich konnte mir ein lustvolles Seufzen nicht verkneifen, was Marc ganz eindeutig auf seine Bemühungen zurückführte. Überhaupt schien ein Körperteil von ihm durchaus hart genug, es mit einer Hütte aufzunehmen.

„Weißt du, Marc ...", versuchte ich, einen klaren Gedanken zu fassen. „... vielleicht würde das ja den Reiz der Hochzeit noch verstärken", schlug ich vor, um wirklich jedes Unglück von vornherein zu verhindern. „Was denkst du, wie unvergesslich erst unsere Hochzeitsnacht wäre, wenn ..."

Marcs Grinsen wurde breiter.

„Ich habe ja gehört, dass bei vielen Paaren nach der Hochzeit die Leidenschaft nur noch auf Sparflamme brennt. Dass es damit schon vor der Hochzeit anfängt, hatte ich bei meiner kleinen Misses Grey wirklich nicht erwartet."

„Du bist doof! Ich will doch nur ... kein Risiko eingehen!"

Marc lachte und küsste mich auf die Nasenspitze.

„Na schön, Annalein. Wundere dich dann aber am Hochzeitstag nicht, wenn ich mir wieder deine

Bodyformingunterwäsche ausleihe, um meine überkochende Sehnsucht nach dir nicht allzu offensichtlich in der Hose mit mir herumzutragen."

Kapitel 8

Seit einer Woche lebten Marc und ich nun enthaltsam, was schwieriger war als gedacht. Schließlich war Marc verdammt sexy und ließ keine Gelegenheit ungenutzt, meine Entschlossenheit in dieser Sache auf die Probe zu stellen. Er lief in der Wohnung ohne Shirt herum, zockte in Boxershorts auf dem Sofa Konsole und hantierte auffällig oft mit dem Pfannenwender.

Ich war so sexualisiert, dass ich mich sogar in mein Zimmer verkroch und versuchte, in der Kopfstandhaltung meines Chefs meine innere Mitte zu finden. Was immer das bedeuten mochte, denn ich nahm an, dass sich in meiner inneren Mitte vor allem mein halb verdautes Mittagessen befand. Wie dies meine Libido beruhigen sollte, blieb mir ein Rätsel. Oder vielleicht hätte ich es herausgefunden, wenn diese doofe Übung nicht ganz so unmöglich auszuführen gewesen wäre.

So aber lief ich mit einem Erregungspegel im Blut durch die Stadt, als hätte ich gerade einen Porno gesehen. Und das ganz ohne einen Rohrverleger im Blaumann, welcher der Hausfrau mit russischer Abstammung zeigte, wo der Hammer hing.

Wenn ich so darüber nachdachte, war das doch ein recht fragwürdiger Handlungsstrang.

Zum Glück blieb mir nicht länger Zeit, Pornodrehbücher zu analysieren, denn ich traf mich mit Robert Hunt beim Konditor. Die Hochzeitstorte stand an, und mein Magen grummelte seit Tagen vorfreudig.

Das musste schnell gehen, denn ich hatte – ganz dem Trend folgend – für den Nachmittag einen Termin bei Madame la Blanche gemacht. Was Katrin konnte, konnte ich schon lange.

Ich betrat die Konditorei, und der süße, warme Duft von Kuchen und Kakao hüllte mich ein. Allein vom Duft würde ich vermutlich zunehmen. Trotzdem nahm ich einige tiefe, genussvolle Atemzüge, denn wenn man schon keinen Sex bekam, musste man sich ja irgendwo anders seine Erfüllung suchen.

„Hi, Anna!", rief Hunt und winkte mich an einen kleinen Tisch in die Ecke des Ladens. „How are you?"

Wie es mir ging? Ich war wegen eines altmodischen Brauchtums sexuell frustriert und noch dazu unterzuckert, da ich meine erotische Nutzfläche vor der Hochzeit noch etwas verkleinern wollte, um die Häkchen meines Brautkleides leichter schließen zu können. Nichts davon wollte ich mit dem *Huntsman* ausdiskutieren. Am Ende würde mich das wieder in so eine furchtbare Situation wie neulich bringen. Und ich wollte Marcs Geduld dann doch besser nicht noch mal auf die Probe stellen. Außerdem musste ich mich von nun an total unauffällig verhalten, damit er nicht doch noch aus Unsicherheit und Verzweiflung heraus Trost bei einer Stripperin suchen würde.

Diesen schrecklichen Gedanken schob ich rigoros beiseite und setzte mich zu Hunt an den Tisch. Vor ihm stand bereits ein Tablett mit verschiedenen Tortenstücken und Gebäckteilen.

„Hmm, das sieht ja lecker aus", lobte ich die cremigsüße Auswahl.

„That's right!", stimmte mir Robert zu. „Du musst sie alle kosten und dich entscheiden. Je mehr Etagen deine Torte hat, umso mehr verschiedene Füllungen kannst du wählen."

Er drückte mir eine Kuchengabel in die Hand und sah mich auffordernd an. Und obwohl ich Hunger hatte und mich seit Tagen auf die Tortenauswahl freute, wurde mir bei der Vorstellung, mich jetzt durch zwölf verschiedene Cremefüllungen zu futtern, übel. Vermutlich war ich immer noch nicht wieder ganz gesund …

Ich ließ meinen Blick über die Kuchenstücke wandern und suchte nach der Variante, die mir am wenigsten klebrig erschien.

„Zitronencreme", erläuterte Hunt, als ich zögernd ein winziges Stück davon auf meine Gabel piekte.

Was war nur mit mir los? Ich verspürte einen regelrechten Widerwillen. Offenbar lagen mir die Rühreier, die Marc mir zum Frühstück gebraten hatte, noch schwer im Magen.

Mit leicht aufsteigender Übelkeit zerging mir die Zitronencreme auf der Zunge. Geschmacklich wohl sicher nicht schlecht – wenn man gerne an Klosteinen lutschte.

Ich setzte ein gekünsteltes Lächeln auf und versuchte, mir meinen plötzlichen Ekel nicht anmerken zu lassen. Dass ich über schauspielerisches Talent verfügte, war mir ja nicht neu, deshalb wunderte es mich auch nicht, dass Hunt unsere Verkostung unbeirrt vorantrieb. Er hielt mir eine Gabel braun glänzender Schokofüllung mit geraspelter Zartbitterkuvertüre darüber vor die Nase und sah mich erwartungsvoll an.

Himmel, mir wurde heiß. Diesmal nicht, weil der Mann in Kombination mit einer solchen Köstlichkeit so verlockend war. Ganz im Gegenteil. Sein Schlafzimmerblick und die leicht ungeduldig zitternde Gabel setzten mich gewaltig unter Druck.

So eine Hochzeit ging einem echt an die Nieren. Oder in meinem Fall an den Magen.

„Try this!", lockte er mich und ließ die Gabel kreisen. „Mach den Mund auf, das Flugzeug will landen!", scherzte er, und ich wich automatisch zurück.

Was sollten denn die anderen Leute denken? Ich war doch kein Baby!

Ein Gedanke durchfuhr mich wie ein Stromschlag, doch die Ladung Schokotorte, die mir in den Mund geschoben wurde, störte diesen Anflug einer Erkenntnis, und so sehr ich es auch versuchte, ich konnte sie nicht mehr fassen.

„Und? Was sagst du? Delicious, nicht wahr?"

Ich kaute und kaute, versuchte, die erdrückende Süße mit möglichst viel Speichel zu verdünnen und irgendwie durch meine viel zu eng gewordene Kehle zu zwängen. Mein Herz klopfte zu schnell, und ich zitterte. Was immer dieser Gedanke, diese nicht fassbare Ahnung gewesen sein mochte, sie hatte mir einen großen Schreck versetzt.

Beinahe froh, mich damit nicht weiter auseinandersetzen zu müssen, ließ ich mich noch mit zwei weiteren Tortenstücken von Hunt füttern. Die zart schmelzende Buttercreme in meinem Mund, die fruchtigen Aromen und die feinkrümelige Konsistenz der Böden standen in krassem Gegensatz zu der Angst, die mich mit einem Mal gepackt hatte.

„Diese nehme ich", entschied ich, ohne zu wissen, wofür, da Hunt keine Anstalten machte, mit dieser lästigen Testerei aufzuhören. Ich verschränkte die Arme vor der Brust und lehnte mich demonstrativ zurück. „Ich nehm einfach diese beiden", sagte ich spontan und deutete auf zwei unterschiedlich gefärbte Tortenstücke.

„Great! Sehr gute Wahl!", jubelte mein Hochzeitsplaner sichtlich zufrieden. „Deine Freundin Katrin hat die gleiche Auswahl getroffen."

Selbst eine Stunde später, eine Stunde an der frischen Luft, um meinen Magen und meine hochkochenden Nerven zu beruhigen, ging mir dieser Satz immer noch durch den Kopf. Katrin und ihre Torte – was interessierte mich das? Ich war eine reife Erwachsene und stand in keinerlei Konkurrenz zu meiner versnobten, erfolgreichen und faltengelaserten ehemaligen Mitbewohnerin!

Trotzdem musste ich es unbedingt schaffen, sie hochzeitstechnisch zu schlagen.

Da wir ja nun tortentechnisch gleichauf lagen, herrschte in diesem Bereich zumindest ein Unentschieden. Der Punkt für die Location ging ja wohl leider an Katrin, allerdings sah ich in meinem preisreduzierten Designerkleid unschlagbar aus. Ich konnte mir locker zwei Punkte dafür geben. Trotzdem holte Katrin mit ihrem Verlobungsklunker, der ja wohl zumindest im Ansatz auf die Wertigkeit und Karathaltigkeit ihres Eherings schließen ließ, wieder zum Gleichstand auf.

Vielleicht würde mir der Besuch bei der Wahrsagerin ja weiterhelfen – falls ich mich nach der Hochzeit über irgendetwas ärgern würde, konnte ich das jetzt herausfinden und womöglich noch abwenden.

Diese Taktik war genial, und ich beschloss, in Zukunft öfter spirituelle Unterstützung anzunehmen. Vor meinem Telefonat mit Harald wäre das durchaus empfehlenswert gewesen ...

Der Anblick von Madame la Blanches buntem Zigeunerzelt mit goldenen Bordüren und kleinen Glöckchen, die leise im Wind bimmelten, riss mich aus meinen Gedanken.

Verdammt, das sah echt genau so aus, wie man sich das Reich eines Scharlatans vorstellte! Wenn man hier nicht mehr bezahlte, als man bekam, dann wusste ich auch nicht! Ein roter Teppich lag ausgebreitet vor dem Eingang, und ich ging staunend näher. Magischer Dunst quoll aus dem halb geöffneten Zelteingang, und ich fühlte mich mit jedem Schritt mehr wie in einem Disneyfilm. Vorsichtshalber hielt ich Ausschau nach verrückten Hutmachern, Zwergen oder Prinzen auf fliegenden Teppichen. Hier schien alles möglich.

Ich betrat das Zelt und wartete, bis sich meine Augen an das schwache Leuchten der blauen und roten Glühbirnen, die von oben herabhingen, gewöhnt hatten. Ein altmodisches Tischchen mit einem Polstersessel daneben schien entweder für Begleitpersonen oder wartende Kunden zu sein. Ein Mantel mit Leopardenprint hing über der Sessellehne und ein in feines Wildleder gebundenes Notizbuch lag auf dem Tisch.

Ich runzelte die Stirn und lauschte. Leise Stimmen waren hinter einem weiteren Vorhang auszumachen, auch wenn nicht zu verstehen war, was gesagt wurde. Offenbar war Madame la Blanche gerade noch beschäftigt. Wie magisch angezogen, trat ich näher an den Tisch, denn der Mantel kam mir doch wirklich sehr bekannt vor.

Konnte es sein, dass Katrin sich da drinnen gerade ihre ach so goldene Zukunft vorhersagen ließ?

Möglichst unauffällig sah ich mich um. War sie allein hergekommen? Die Luft war rein, also wagte ich es, mit spitzen Fingern das Notizbuch aufzuschlagen. Es gehörte wirklich Katrin.

Mein Herz klopfte wie wild, als ich durch die Seiten blätterte. Überall Hochzeitsvorbereitungen. Ich kam mir minderwertig vor, da ich meine Überlegungen zur Hochzeit auf ein Stück Küchenrolle gekritzelt hatte, während ich eine Schüssel Frühstücksflocken verdrückt hatte.

Ich musste neidlos zugeben, dass sie echt wahnsinnig gut vorbereitet war. Sie hatte sogar den Umfang ihres Oberschenkels vermessen, um die passende Strumpfbandweite bestimmen zu können. An ein Strumpfband hatte ich noch nicht mal gedacht.

Wieder lauschte ich in die Stille, um keine bösen Überraschungen zu erleben, aber da weiterhin nur leises Gemurmel hinter dem Vorhang zu hören war, las ich weiter. Und hätte ich eine Spottbraue gehabt, hätte ich sie vermutlich gehoben, denn Katrin hatte sogar ein Farbkonzept für ihre Feier festgelegt.

Das schien mir echt übertrieben …

Ich blätterte um und entdeckte lavendelfarbene Stoffmuster für Servietten, Bänder für die Deko, kleine farblich passende Blüten und Bilder vom Brautkleid, vom Anzug des Bräutigams und der lilafarben angedachten Blumendeko.

Verdammt!!! So ein Farbkonzept war der Hammer!

Ich schrak auf, denn die Stimmen hinter dem Vorhang kamen näher. Ohne nachzudenken, griff ich mir das Notizbuch und ließ es in meine Handtasche wandern. Mit einem Diebes-Puls, der mir den Schweiß aus den Poren trieb, hastete ich aus dem Zelt und versteckte mich hinter den Büschen.

Shit! Mein Verhalten war eindeutig auffällig!

Ich sah direkt eine Truppe schwer bewaffneter SEKs, die mich aufgrund meiner absolut schuldbewussten Kauerhaltung hinter dem Holunderbusch überwältigen und wegen heimtückischen Hochzeitsplanraubes in Handschellen und einem gepanzerten Transporter ins Kittchen schaffen würden.

Verdammt! Ich glaubte nicht, dass Marc sich eine Frauenknast-Hochzeit wünschte. Und unverheiratete Frauen waren hinter Gittern bestimmt megaleichte Beute für die lesbischen Knastqueens, die dort das Sagen hatten!

Obwohl ich ja, was sexuelle Dinge anging, total offen war, musste ich zugeben, dass ich nicht gerade davon träumte, von meiner vollkörpertätowierten Zellennachbarin angetatscht zu werden.

Katrins fröhlich winkender Abgang beendete meine Knastfantasie, und ich konnte kaum glauben, dass ihr das Fehlen ihrer Notizen nicht auffiel und ich mit meinem Verbrechen tatsächlich so glimpflich davongekommen war.

Da aber weder Sirenengeheul zu hören war, noch rote Laserpunkte auf meiner Kleidung darauf schließen ließen, dass irgendwo jemand ein Sturmgewehr auf mich angelegt hatte, kroch ich schließlich aus meinem Versteck.

Meine kriminelle Energie erschreckte mich, und ich fühlte mich, als wäre ich Bonny und Clyde in einer Person.

„Lebend kriegt ihr mich nie!", flüsterte ich und strich mir die Haare über die Schultern, sorgsam darauf achtend, verräterische Holunderzweige daraus zu entfernen. Dann streckte ich den Rücken durch und ging über den roten Teppich zurück ins Zelt.

Madame la Blanche erwartete mich bereits – na klar, sie hatte das bestimmt vorausgesehen. Ich hoffte nur, dass mein gesetzloses Treiben vor ihren Fähigkeiten verborgen bleiben würde. So freundlich, wie sie mir die Hand reichte, sah es jedenfalls ganz danach aus. Ihre grell geschminkten Lippen lächelten nett, und ihre graue, antoupierte Haarpracht erinnerte an den Vokuhila-Trend fuchsschwanzwedelnder Mantafahrer. Nur das Stirnband mit den goldenen Glöckchen störte dieses Bild.

„Hallo. Willkommen in meiner Welt der Wunder und Weissagungen. Ich bin Madame la Blanche. Würden Sie mir noch mal Ihren Namen verraten?"

Hm? Ich hatte erwartet, dass sie den dank übersinnlicher Kräfte selbst herausfinden würde. Oder durch einen Blick in ihren Terminkalender, schließlich hatte ich mich ja angemeldet.

„Ich bin Anna", erklärte ich nun doch etwas enttäuscht.

„Anna! Richtig! Bitte, kommen Sie doch herein." Sie ging mir voran durch den zweiten Vorhang. Ich erblickte eine Nebelmaschine, die leise brummend den silbernen Zaubernebel über den Teppich blies. „Fühlen Sie sich wie zu Hause. Legen Sie ruhig Ihren Mantel ab oder Ihre Tasche."

Meine Tasche? Ahnte diese Scharlatanin wohl doch etwas von Katrins Notizbuch darin? Ich presste die Tasche fest an mich und schüttelte den Kopf.

„Ach, nööö", tat ich unschuldig und schielte zu der leuchtenden Kristallkugel auf dem Tisch in der Mitte des Raumes. Ein Kabel, das von der magischen Kugel ausging und mit Kabelbindern am Tischbein befestigt war, störte meinen Glauben an das Übernatürliche leider gewaltig. Was zwar meine Hoffnung auf eine fachgerechte und verlässliche Zukunftsvision zunichtemachte, meinen Notizbuchdiebstahl aber wenigstens unentdeckt bleiben lassen würde.

„Setzen Sie sich. Und reichen Sie mir Ihre Hände, damit ich daraus lesen kann. Ich möchte mir ein Bild von Ihnen machen", bat Madame la Blanche.

Als ich tat, worum sie mich gebeten hatte, fühlte ich mich unwohl. Wollte ich wirklich, dass mich jemand wie ein Buch las? Konnte diese Vokuhila-Scharlatanin damit nicht alles sehen, was mich ausmachte? Meinen lila Riesendildo beispielsweise?

Der Blick in ihr Gesicht zeigte in der Tat Verwirrung.

Oje! Es gab doch hoffentlich keine Probleme mit meiner Zukunft?

„Stimmt etwas nicht?" Meine Hand kribbelte, als sie mit ihrem langen und spitz gefeilten Fingernagel über meine Daumenwurzel fuhr.

„Ich fühle … eine Neigung zu … Grautönen?", erklärte sie mit gerunzelter Stirn.

Grautöne? Das machte ja nun wohl wirklich keinen

Sinn.

Grau ... was sollte schon ...

"Und ein dunkles Zimmer. Das ist ungewöhnlich, für diesen Bereich", sagte sie und umkreiste meinen Handballen. "Denn hier zeigt sich die Leidenschaft."

Hm? Ich sollte also eine Leidenschaft für Grau und dunkle Zimmer haben? Dabei hatte ich doch gerne beim Sex das Licht an, damit ich meinen Mr. Grey auch sehen konnte, wenn er mir in bester Darkroom-Manier mit dem Federpuschel ...

Shit!

Erschrocken entriss ich der Wahrsagerin meine Hand und rieb mir die Arme, um die Gänsehaut zu vertreiben.

Grey und der Darkroom – sie hatte mich wirklich durchschaut! Das war ja mega-unheimlich!

"Sehen Sie denn auch meine Zukunft?", fragte ich, unsicher, ob ich ihr nun überhaupt noch einen Blick in mein Leben gestatten wollte.

"In der Kristallkugel kann ich Ihre Zukunft erkennen. Doch Ihre Aura ist nicht klar. Sie scheinen ... verunreinigt."

Na hallo!?! Geht's noch?

"Ich habe heute Morgen erst geduscht!", verteidigte ich mich verlegen. "Ich bin doch nicht verunreinigt!" Überhaupt, wie das klang! Das war schon echt unhöflich.

"Nein, nein ... Sie verstehen das falsch. Ich sehe Sie nur nicht klar. Tragen Sie etwas bei sich, das ... Ihnen nicht gehört? Ich spüre Fremdschwingungen."

Verdammt!

Diese Kuh war ja zum Davonlaufen unheimlich! Sie konnte doch unmöglich von Katrins Notizbuch wissen! Ich würde das auf keinen Fall zugeben, sonst würde sie mich am Ende doch noch an die Bullen ausliefern.

„Nein. Alles meins!", erklärte ich im Brustton der Überzeugung und betete, dass diese Lüge mein Karma nicht noch weiter belasten würde. Zumindest nicht noch mehr, als es das gestohlene Buch eh schon tat.

„Dann ..." Sie runzelte die Stirn und beugte sich über die beleuchtete Kristallkugel. „...sehe ich ... eine Hochzeit – und zugleich zwei. Das ist ungewöhnlich."

Ich neigte nachdenklich den Kopf. So ungewöhnlich fand ich es nicht, wenn man zweimal heiratete. Das kam doch recht häufig vor. Natürlich hatte ich nicht erwartet, dass es mit Marc und mir so schnell den Bach runtergehen würde. Das war jetzt schon etwas enttäuschend. Zum Glück hatte ich mir die Mühe mit dem Farbkonzept gespart!

„Ich sehe eine Kapelle. Klein, festlich und großes Glück, das über dem dort geschlossenen Bund liegt."

Das wiederum klang doch gar nicht schlecht. Wäre nur gut zu wissen, für wen das große Glück bestimmt war. Ich hielt die Luft an, um mehr zu erfahren.

„Ich sehe ..." Sie runzelte die Stirn und rieb sich das Kinn. „... das ist wirklich ungewöhnlich. Ich sehe nicht klar, als läge die Aura von etwas anderem über den Bildern."

„Können Sie nicht ein bisschen genauer hinsehen?"

Ich fand das schon etwas ermüdend. Schließlich bezahlte ich doch für diesen mystischen Kram.

„Ich versuche es. Aber ich übernehme keine Gewähr, dass ich hier nicht etwas falsch deute."

„Schon gut, schon gut! Sagen Sie einfach, was Sie sehen!"

„Das Komische ist, dass ich die Dame, die eben hier gewesen ist, bei Ihnen am Altar stehen sehe", gestand Madame la Blanche sichtlich unglücklich. „Und ich sehe eine Affäre."

Ich spürte, wie mir sämtliches Blut bis in die Füße sackte.

Eine Affäre! Das war ja furchtbar! Marc betrog mich mit Katrin! Selbst ohne Gewähr machte das Sinn.

„Ich sehe ..."

Gott, ich wollte wirklich nicht wissen, was sie sonst noch so sah.

„Ich sehe einen Jäger. Eine Affäre mit einem Jäger. Das ist, wie ich zugeben muss, ungewöhnlich ..."

Wäre mein Blut noch gleichmäßig in meinem Körper verteilt gewesen, hätte ich jetzt ganz sicher gefühlt, wie es mir in die Füße sacken würde. Meine Gedanken drehten sich so schnell wie das Kettenkarussell auf der Wiesn, und mir wurde schlecht.

Würde mich die voreheliche Enthaltsamkeit in Robert Hunts Arme ... oder gar sein Bett treiben? Und würde diese, vom Standpunkt der Attraktivität Hunts aus gesehen, durchaus logische Affäre Marc und Katrin wieder zueinanderfinden lassen?

Das war ja furchtbar!

Ich konnte Marc doch nicht den Gefahren einer Ehe mit einer Frau aussetzen, deren halber Körper aus Silikon und unterspritztem Hyaluron bestand. Sicher war es gesundheitsschädlich, beim Sex ständig an falschen Brüsten zu lecken. Diese ganze Chemie … das war bestimmt vergleichbar mit Passivrauchen.

Und das alles nur, weil ich es nicht schaffte, meine Libido kopfstandmäßig in Einklang mit meiner Körpermitte zu bringen!

Madame la Blanche machte in diesem Moment ein mitleidiges Gesicht. Sie tätschelte meine Hand, ehe sie mir noch mal direkt in die Augen sah.

„Meine Liebe, ich sehe, dass es in Ihrer Ehe an Leidenschaft mangeln wird. Ihnen steht ein sehr trostloses Leben bevor!"

Kapitel 9

Mein Leben war trostlos! Und es würde trostlos bleiben!

Zumindest, wenn stimmte, was Madame la Blanche mir vorhergesagt hatte. Das war so ziemlich das Gegenteil von dem, was ich mir erhofft hatte. Und für diese Wahrsagerin sicher nicht gerade geschäftsfördernd, denn ich würde sie ganz bestimmt keinem weiterempfehlen.

Ich stopfte den letzten Schokodrops in den Mund und zerknüllte die leere Packung. Die zweite leere Packung wohlgemerkt.

Leicht besorgt schielte ich hinüber zum Schrank und hoffte, dass die Passform meines Brautkleides genug Spielraum für diese zusätzlichen Kalorien ließ.

Andererseits sah meine Zukunft ohnehin so übel aus, dass es auf ein aufgeplatztes Brautkleid doch schon fast nicht mehr ankam. Marc würde mit Katrin vor dem Altar stehen und ich mich mit Hunt in eine selbstzerstörerische Affäre stürzen. Das war mein Schicksal. Das war mir vorherbestimmt!

Um mich von dieser schrecklichen Vorstellung abzulenken, blätterte ich durch Katrins Notizbuch. Alle Schuldgefühle wegen des Diebstahls hatten sich in Luft aufgelöst, schließlich würde sie mir laut der

Scharlatanin meinen Mr. Grey wegnehmen.

Wenn ich mir ihre Planung so ansah, würde Marc zumindest eine tolle Hochzeit haben ...

Ob sich Hunt diese ganzen Details ausgedacht hatte? Schließlich hatte so eine Karrierefrau wie Katrin sicher keine Zeit für derartige Überlegungen.

Warum hatte er für meine Hochzeit dann noch kein besonderes Konzept entwickelt?

Ich raffte mich auf und angelte mir mein Smartphone aus der Handtasche. Es war an der Zeit, das herauszufinden. Die Hochzeit rückte immer näher, und nichts war geklärt. Wenn ich irgendwie die Zukunft verändern wollte, die Madame la Blanche mir prophezeit hatte, dann musste ich mit Hunt abschließen, ehe es zu einem sexuellen Eklat kommen würde. Da dies am Telefon ziemlich unmöglich war, hielt ich es für das Beste, zukünftig auf diese Weise mit ihm zu kommunizieren.

„Ihre Hochzeit in besten Händen – Robert Hunt hier, was kann ich für Sie tun?"

„Ähh ... Robert? Hier ist Anna."

„Hi, Darling, was ist los?"

Ich zögerte. Konnte ich das wirklich bringen?

„Also, Robert, es ist so ..."

Durch meine halb geöffnete Zimmertür sah ich Marc von der Arbeit nach Hause kommen. Er schlüpfte aus seiner Lederjacke, kraulte Pussy kurz hinterm Ohr und schlenderte dann mit tief sitzenden Jeans in die Küche. Jede seiner Bewegungen war pure Verführung und das nicht nur, weil wir seit Tagen nicht miteinander geschlafen hatten. Ich liebte ihn einfach!

Die Erkenntnis traf mich wie ein Schlag, auch wenn ich es natürlich längst gewusst hatte. Aber nach dem Erlebnis mit der Wahrsagerin und überhaupt der ganzen Hochzeitsvorbereitung war ich mir irgendwie unsicher geworden.

Aber hey – es war ganz klar: Ich liebte Marc! Und ICH würde ihn heiraten – nicht Katrin! Und dieser rasiermesserscharfe *Huntsman* konnte zwar meine Hochzeitsnacht planen, teilhaben würde er daran aber nicht!

„Anna? Wolltest du nicht etwas sagen?"

Wollte ich? Ach ja! Wollte ich!

Ich griff mir Katrins Notizen und straffte entschieden die Schultern.

„Ja, ich ... habe mir ein paar Gedanken zu meiner Hochzeit gemacht."

Hatte ich ja. Ich hatte mir Katrins Notizen angesehen und war zu dem Schluss gekommen, dass dies genau das war, was ich wollte. Abgesehen von Lila. Ich mochte zwar die Farbe sehr, hatte mir ja sogar einen lila Riesenvibrator bestellt, der mir dann etwas zu radioaktiv gewesen war, aber im Grunde hatte wohl mein Unterbewusstsein diesen Kauf gesteuert. Schließlich war allgemein bekannt, dass lila die Farbe der sexuell unerfüllten Frau war.

Arme Katrin ...

„It would be great ... es wäre toll, wenn du diese Gedanken mit mir teilen würdest", drang Hunts

Stimme leicht ungeduldig durchs Telefon.

„Ach so, ja klar ... Also ich habe mir überlegt, worum du dich kümmern musst. Ich will etwas Blaues, etwas Altes, etwas Geliehenes, ein Strumpfband mit dem Umfang ..."

Oje, Katrins Oberschenkel war ja nur so schmal wie mein kleiner Finger ...

„Vergiss es, das besorge ich selbst, aber ich will ein Farbkonzept. Alles, außer lila. Vielleicht ..."

„Apfelgrün und Weiß sind absolut trendig. Wirkt frühlingshaft frisch und passt besonders gut zu jungen, blonden Bräuten", schlug Hunt vor, und endlich wusste ich, warum ich ihn bezahlte. Wenn er mir das vorschlug, hielt er mich ja wohl für jung, und blond war ich eben. Vermutlich zielte er damit darauf ab, meine Zukunft zu ruinieren und meine Leidenschaft für ihn und seinen sündigen Traumbody entflammen zu lassen! Aber ich wusste ja, wohin das führen würde, also konnte er sich die Mühe auch sparen!

„Grün ist super, aber ich werde nicht mit dir schlafen!"

Shit!

Hatte ich das wirklich gesagt?

„Sorry?"

Argh, er hatte es gehört!

„Was hast du gesagt?", hakte er noch immer verwirrt nach.

Also echt, als wüsste er nicht, was ich meinte. Aber um unsere Zusammenarbeit nicht peinlich werden zu lassen, sollte ich meine Zurückweisung vielleicht nicht ganz so deutlich machen.

„Ach, entschuldige ... Ich habe meinen Verlobten gemeint. Dabei habe ich ja schon immer deutlich gemacht, dass ich als Jungfrau in die Ehe gehen möchte."

„Wirklich?" Hunt klang überrascht. Was an sich kein Wunder war, schließlich war ich rein optisch beinahe ein Ebenbild von Marylin Monroe ... zumindest, wenn ich mein Bodyformingunterkleid anhatte und mir eben jemand so eine ähnliche Frisur zaubern würde ...

Aber darum ging es jetzt auch nicht. Auf jeden Fall wusste er nun, dass ich so bald keinen Sex haben würde. Und demnach auch nicht mit ihm. Das würde Marc nicht in Katrins Arme treiben und meine Zukunft vermutlich gleich deutlich aufwerten.

„Egal!" Ich musste das Thema wieder zurück auf Katrins aufschlussreiche Notizen bringen. „Lassen wir das. Für die Hochzeit musst du passenden Blumenschmuck für die Kirche, das Lokal und die Kutsche besorgen."

„Eine Kutsche?"

Was war denn daran bitte schwer zu verstehen? Eigentlich wäre mir eine von Regenbogeneinhörnern gezogene Flügelkutsche lieber gewesen, aber ich wusste ja, dass ich spät dran war. Eine ganz normale Kutsche mit ganz normalen, strahlend weißen Pferden und silbernem Zaumzeug hingegen konnte ja wohl kaum so schwer zu besorgen sein.

„Genau. Und eine Location für die Feier brauchen

wir ja dank Katrin auch immer noch ..."

Jetzt sollte er ruhig mal zeigen, was er so draufhatte, dieser *Huntsman*. Konnte ja nicht sein, dass ich ihn nur bezahlte, weil er so wahnsinnig sexy aussah ... auch wenn ich ihn maßgeblich deshalb eingestellt hatte ...

„All right, ich habe alles notiert. Und wenn ich so über die Kutsche nachdenke, habe ich eine Idee." Ich hörte ihn in irgendwelchen Papieren blättern. „Here it is: Die Location der Wedding steht ja noch nicht fest. Ich habe erst gestern neue Angebote hereinbekommen, die total im Trend liegen. Ich sag nur: Alpenhochzeit."

„Alpenhochzeit?"

Hielt er mich für Heidi und Marc für den Ziegenpeter?

„YES! Heiraten in ländlicher Atmosphäre, fernab des City-Trubels. Kleine, malerische Bergkapellen, Pferdekutschen und fliegen gelassene Tauben. Eine Feier im Grünen, under Appletrees ... unter Apfelbäumen, meine ich ... oder mit einem offenen Feuer am Abend. Die Gäste könnten auf Stroh sitzen ..."

Hmmm???

Das klang ja ganz nett – bis auf das Stroh. Aber konnte so eine Alpenhochzeit Katrins Feier ausstechen?

„Du musst dich schnell entscheiden, denn es gibt viele Interessenten. Ich habe einige Paare, die canceln ihre Locations in München, um ihre Feier in die Berge zu verlegen."

„Ist das nicht sehr …" Wie sollte ich den Gestank von Misthaufen, die matschigen Wege, Gülle fahrende Traktoren und das störende Muhen der Kuhherden zum Ja-Wort nur umschreiben? „Ist das nicht sehr … bäuerlich?"

„Oh no! Vertrau mir, es gibt nichts Romantischeres! Und natürlich bekommt es den nötigen Glamour!"

Hach, wenn ein Mann wie er mich bat, ihm zu vertrauen, dann tat ich mich echt schwer, das nicht zu tun. Trotzdem MUSSTE ich an Marc denken. Und daran, wie ich IHN glücklich machen konnte.

„Ich werde das mit meinem Verlobten besprechen, aber ich sag mal … ja!" Schließlich war Marc eingefleischter Camper. Natur war demnach eher sein Ding als ein Lokal in der Stadt, auch wenn vermutlich für den Glamour von dem Hunt sprach der spärliche Rest unseres Hochzeitsreise-Budgets nun auch noch draufgehen würde.

Ich beendete das Gespräch und machte mich in der Küche auf die Suche nach meinem Naturburschen. Vielleicht war ein bisschen rumzumachen ja auch irgendwie mit unserem vorehelichen Keuschheitsgelübde in Einklang zu bringen …

„Klingt gut", raunte Marc und küsste meinen Hals. „Du weißt, dass ich es nicht so pompös mag. Die Hochzeit deiner Schwester mit all dem Drumherum war echter Horror."

So gar nicht horrormäßig waren seine Hände, die ganz brav oberhalb meines Shirts meine Taille umfassten.

„Dann ... machen wir das? Eine Alpenhochzeit?"

„Ach, Annalein, mir ist es doch total egal, wo oder wie wir unsere Heirat feiern. Ich will nur eines: dein Mann werden."

„Ja, schon, aber die Feier ist trotzdem wichtig!"

„Ich hab da eine Idee, Annalein. Du planst die Hochzeit und ich besorge die Ringe und überlege mir was Nettes für die Hochzeitsnacht, okay?"

Er zwickte mich in den Po, sodass ich mein Becken fester gegen seines drückte. Es war zum Verrücktwerden! Ich war so scharf auf ihn, dass es mir sogar egal wäre, wenn er mir einen verbogenen Nagel als Ring an den Finger stecken würde. Wie sollten wir also noch zwei weitere enthaltsame Wochen aushalten?

„Ich hoffe, du planst gut, denn ich ..." Ich kuschelte mich an ihn. „... vermisse dich."

Sein Lachen machte mich ganz schwach, und ich hob mich seinen Küssen entgegen.

„Keine Sorge, ich bin vorbereitet. Ich hab mir einen Ratgeber gekauft", scherzte er zwischen zwei hungrigen Küssen.

„Einen Sex-Ratgeber?"

Er zwinkerte mir zu.

„Letzte Woche habe ich alle Bände deiner Lieblingsroman-Reihe gelesen und mir zusätzlich noch das Kamasutra bestellt. Du kannst mir glauben, Anna, an Schlaf werden wir in dieser Nacht nicht denken."

Das Kamasutra! Und Mr. Greys Spielzimmer ... wenn das nicht eine Mischung mit Befriedigungspotenzial war!

„Ich kann es kaum erwarten!", gestand ich und ließ meine Hände über seinen Po gleiten.

Marc löste sich aus meiner Umarmung und schob mich von sich.

„Ich bin zwar nicht dein Romanheld, und ich verlange nicht von dir, mit gespreizten Beinen und verbundenen Augen am Boden kniend auf mich zu warten, aber dieses Spiel mit der Vorfreude hat durchaus seinen Reiz."

WOW! In meiner Magengrube und den südlich davon liegenden Regionen meines Körpers kribbelte es bei seinen Worten.

„Du hast die Bücher wirklich gelesen!", hauchte ich lustvoll und fand mein Leben gerade so gar nicht trostlos. Vielleicht hatte die Wahrsagerin dann ja auch in allen anderen Punkten ihrer düsteren Prophezeiung unrecht??

Ich wollte das unbedingt glauben, als Marc mich noch immer zärtlich neckend umdrehte und ins Wohnzimmer dirigierte.

„Sag ich ja. Und ich sag dir noch was, Annalein ... ich hab so einiges dazugelernt!"

Kapitel 10

Müde versuchte ich, dem Prozess zumindest notdürftig zu folgen. Doch das war gar nicht so einfach, denn mir war schon wieder nicht ganz wohl. Seit Wochen plagte mich diese Übelkeit nun immer wieder, und das machte mich müde. Ich hätte ständig einschlafen können. Dieser Stress, nur wenige Tage vor der Hochzeit, war anscheinend wirklich nicht gut für mich. Zwar hatte ich erfolgreich jedes ehegefährdende Zusammentreffen mit Hunt vermieden und mich nur telefonisch davon überzeugt, dass alles nach Plan lief, aber Katrin entkam ich dennoch nicht.

Und das stresste!

Immer wenn ich meinen Blick zu ihrem Platz am Verteidigertisch wandern ließ, sah ich sie und Marc in neuer Leidenschaft entbrannt vor mir.

„Die Papiere, Anna!", fuhr Klett mich ungeduldig an, und ich reichte ihm das nächste Blatt auf dem vorsortierten Stapel.

Meinem Chef stand der Schweiß auf der Stirn, was wohl entweder an seiner langen Mähne lag oder daran, dass Katrin es der Staatsanwaltschaft und ihm nicht leichtmachte, ihren Mandanten der angeklagten Straftaten zu überführen und das Gericht von seiner

Schuld zu überzeugen. Vielleicht war ich aber auch zu abgelenkt, als dass ich ihn in gewohnter Qualität unterstützen konnte. Ich musste mich also echt mal zusammenreißen.

Gerade schielte Katrin zu mir herüber. Ob sie wohl ahnte, dass ich ihr Notizbuch geklaut hatte?

Und ob sie wohl ahnte, dass ich ihre Hochzeit kopierte? Nun, ich kopierte sie ja nicht, ich hatte ihre Anregungen nur genutzt, um sie für meine Feier noch zu toppen. Und mit der megaangesagten Alpenhochzeit war mir der Sieg quasi schon sicher. Das *Milberg* war gestern, heute ging nichts über den *Maierhof*! Das waren zumindest Robert Hunts Worte.

Er hatte mir alles genau erklärt, der Ablauf stand, und ich musste ich eigentlich um nichts mehr kümmern. Marc und ich würden die Nacht vor der Hochzeit in einem sehr geschmackvollen Landgasthof verbringen, wo auch die Gäste untergebracht waren. Natürlich in getrennten Zimmern, um unsere selbst auferlegte und inzwischen durchaus reizvolle Enthaltsamkeit nicht noch aufs Spiel zu setzen. Außerdem brauchte ja jeder am nächsten Tag seine Ruhe, um sich in Schale zu werfen. Dann würden Marc und die Gäste zur Bergkapelle auf den *Maierhof* fahren und dort auf mich und die Pferdekutsche warten. Das wirklich Gute an der Kapelle war, dass selbst ein Atheist wie Marc dort in beinahe himmlischem Kirchenambiente heiraten konnte, denn ein Standesbeamter übernahm die Trauung in der Privatkapelle.

So blieb es uns erspart, unser nun ja nicht gerade kurzes Sündenregister in einer Beichte vor der Trauung mit einem ganz sicher schockierten Geistlichen durchzugehen. Besonders, da es durchaus Sünden in unser beider Leben gab, die wir nicht sonderlich bereuten.

„ANNA!" Klett sah mich zornig an.

Oh weia, offenbar hatte er heute zu wenig am Duftstäbchen geschnuppert. Er sah aus, als würde er mich für den miesen Prozessverlauf verantwortlich machen. Dabei konnte ich ja wohl ebenfalls etwas Verständnis erwarten. Schließlich heiratete man ja nur einmal im Leben. Oder zweimal, wenn ich der doofen Wahrsagerin glauben durfte.

Ich suchte nach dem Gewünschten und tat so, als entginge mir seine Laune. Schließlich hätte ich ebenso gut sauer auf ihn sein können …

Als Klett das Schriftstück an den Staatsanwalt übergab und dieser es dem Gericht vorlas, kam Unruhe auf, und der Angeklagte brüllte von seinem Platz neben Katrin aus einfach in den Saal. Endlich verzogen sich Kletts Mundwinkel wieder zu einem Lächeln, und ich wusste, was er vorhatte. Er reizte den Kerl zu einem Geständnis.

Dies war meine anwaltliche Lieblingstaktik. Schon seit vor Jahren Tom Cruise in *Eine Frage der Ehre* so vorgegangen war, hatte ich darauf gewartet, das mal in live zu sehen.

Vor meinem geistigen Auge verwandelte sich Hippie-Klett in einen jungen Tom Cruise, der damals schon noch recht sexy und noch nicht ganz so verdreht von Scientology gewesen war.

„Ich will die Wahrheit!", verlangte Klett-Cruise mit geballter Faust, ohne den Angeklagten aus den Augen zu lassen, auch wenn der in Wahrheit nur wenig Ähnlichkeit mit dem beeindruckenden Jack Nicolson vorzuweisen hatte.

„Sie können die Wahrheit doch gar nicht vertragen!", donnerte er in meiner Realitäts-Film-Mischung unbeeindruckt zurück. Ich bekam eine Gänsehaut, und die Worte Ehre, Kodex und Loyalität hallten wie Glockenschläge in meiner Hollywoodfantasie wieder.

In meiner Fantasie trat Klett-Cruise auf den Angeklagten zu.

„Haben Sie den Code Red befohlen?"

„Sie haben verdammt recht, so ist es!"

Katrins Gesichtszüge entgleisten in diesem Moment, und sie sprang auf, um eine Verhandlungsunterbrechung zu beantragen, aber dafür war es nun zu spät. Klett, der sich soeben wieder in den Späthippie zurückverwandelte und immer noch neben mir saß, schob stolz die Brust raus, während der Richter mehrfach mit dem Hammer versuchte, für Ordnung im Gericht zu sorgen.

„Dumme Nuss!", murmelte Klett mit Blick auf Katrin, ehe er mir achtlos die Papiere wieder hinwarf. „Das war ein Kinderspiel!"

Ich grinste. Ein Kinderspiel? Nein, gegen Katrin zu gewinnen war kein Spiel! Es war eine Frage der Ehre!

Berauscht durch den Sieg bei Gericht und das Wissen, dass meine Hochzeit dank Katrins Notizbuch um Welten besser werden würde als ihre, genoss ich den Abend auf der Couch, mit einer Tüte Chips und einem Glas Tetrapak-Rotwein. Pussy hatte ihre Killerkatzenallüren zur Abwechslung mal abgestellt und schmiegte sich, wie es sich für ein braves Haustier gehörte, kuschelnd an meinen Bauch.

An meinen Bauch? Oje …

Da fiel mir ein, dass ich ja mal im Fernseher einen Bericht über eine Katze gesehen hatte, die Tumore erschnuppern konnte. Ob meine zuletzt andauernde Übelkeit wohl einer ernsten Erkrankung zuzuschreiben war?

Pussy rieb ihre Schnauze energisch an meinen Bauchnabel. Verdammt! Vielleicht hatte ich es mit Chips und Marcs Eiern ernährungstechnisch ja direkt darauf angelegt?

Ich fasste mir an die plötzlich eng gewordene Kehle.

Was, wenn die Wahrsagerin tatsächlich nicht ganz klar gesehen hatte? Vielleicht heiratete Marc ja Katrin nicht deshalb, weil ich mich mit Hunt eingelassen hatte, sondern weil mich ein Magengeschwür noch vor der Hochzeit nächsten Samstag dahinraffen würde …

Geschockt schob ich mir eine Handvoll Kartoffelchips in den Mund.

Das war mal wieder echt tragisch! Und ziemlich typisch für mich. Nichts klappte jemals so, wie ich es mir vorstellte. Das Schicksal war doch echt ein mieser Verräter!

Ich hatte schließlich immer angenommen, dass Marc im Falle meines verfrühten Todes nie wieder eine andere Frau lieben würde. Und wenn, dann sicher nicht Katrin. Im Sommer vor dem Urlaub hatte ich schon mal vorsorglich eine Liste mit Kandidatinnen zusammengestellt, die ich gerade noch so als meine Nachfolgerinnen tolerieren konnte, weil ich angenommen hatte, den Campingurlaub vielleicht nicht zu überleben. Und Katrin stand definitiv nicht drauf.

Ich schob die maunzende Tumor-Schnüffelnase vom Sofa und leerte zur Beruhigung meiner Nerven erst mal mein Rotweinglas. Dann beschloss ich, nicht zu enden wie die Nebendarsteller in den Romanen von Nicolas Sparks, sondern um mein Leben zu kämpfen.

Ich schnappte mir also das Telefon und rief meine Hausärztin an. Gleich nächste Woche hatte ich einen Termin. Sie stand übrigens auf der Liste der potentiellen Nachfolge-Ehefrauen, denn sie war kleiner als ich, dicker als ich und hatte zu ihrer hässlichen Brille auch noch eine Warze neben der Nase. Es war also nicht anzunehmen, dass Marc sie jemals mehr lieben würde als mich, auch wenn sie durch ihr Einkommen seine Zukunft finanziell absichern konnte. Da sah man mal, dass ich bei meinem Ableben nicht nur an mich dachte!

Das Pflaster auf meine gepeinigte Armbeuge pressend, verließ ich am Dienstag die Arztpraxis. Ich hoffte inständig, dass ich nicht so kurz vor der Hochzeit von der Blutabnahme einen dicken blauen Fleck am Arm davontragen würde. Natürlich hoffte ich noch viel mehr, die Hochzeit überhaupt zu erleben, denn am Morgen war mir schon wieder so übel gewesen, dass mein Frühstück einen Ausflug in die Toilette unternommen hatte.

Ich bekam doch hoffentlich keine Bulimie! Dass ich manchmal ein etwas gestörtes Verhältnis zu meinem Körper und dem damit verbundenen Übergewicht hatte, war mir ja klar, aber eine Essstörung wollte ich mir eigentlich nicht heranzüchten.

Na, was immer mir auch fehlen mochte, meine Ärztin würde es mir schon bald sagen können. Bis Freitag würden meine Blutwerte Auskunft über mein weiteres Schicksal geben. Solange sollte ich kein Risiko eingehen, Marc mit der grausamen Wahrheit zu erschrecken und so in die tröstenden Arme von Katrin zu treiben. Deshalb behielt ich mein Leiden vorerst für mich. Ich war tapfer, eine Kämpferin …

Auuuu, diese Nadel hatte echt fies wehgetan, und mein armer Arm würde sicher den ganzen restlichen Tag nicht mehr zu gebrauchen sein! Das war niederschmetternd, besonders da Marc am heutigen

Abend mit seinen Nerd-Kollegen diesen bescheuerten Junggesellenabschied feiern würde. Ich konnte also meinen Arm gar nicht mahnend erheben, bevor er die Wohnung verließ. Ich würde ihn bestimmt auch nicht sehr gut damit schlagen können, sollte er volltrunken und tätowiert erst im Morgengrauen nach Hause kommen. Und das Schlimmste: Ich war unfähig, mit so einem unbrauchbaren Arm eine Chipstüte zu öffnen. Ich hatte den Gedanken verworfen, im Hinblick auf mein sicher todbringendes Magengeschwür auf den Genuss von Chips zu verzichten. Schließlich war es eh bereits zu spät. Außerdem konnten die Beschwerden ja auch ebenso gut am übermäßigen Verzehr von Schokodrops liegen. Solange eine Diagnose ausstand, machte es also kaum Sinn, sich einzuschränken, auch wenn die Sprechstundenhilfe mir den guten Rat, meinen Magen mit Kamillentee und Zwieback zu schonen, mit auf dem Weg gegeben hatte. Doch da mir schon beim Gedanken an Zwieback schlecht wurde, hielt ich diese Schonkost für kontraproduktiv.

Ich schlenderte, mich in meinem Elend suhlend, am Schaufenster meines Lieblingsschuhladens vorbei. Die Auslage war passend zur Jahreszeit perfekt auf Hochzeiten zugeschnitten, und ein weißer Traumschuh reihte sich neben den nächsten.

Seufzend blieb ich stehen und ergötzte mich an dem funkelnden Anblick. Ein Paar hatte es mir besonders angetan. Ein Absatz, der mich optisch so strecken würde wie ein Jahrhundert im Folterkeller einer mittelalterlichen Burg. Dazu dieser märchenhafte Glitzer der geschätzten Zehntausend Swarovsky-Kristalle, mit denen das weiße Glanzleder verziert war.

Meine Füße bestanden darauf, am Samstag – sollte ich ihn erleben – unbedingt in diesen Schuhen zum Altar zu schreiten. Und, sollte ich ihn nicht erleben, konnte ich mich darin auch sehr figurschmeichelnd und prinzessinnenhaft begraben lassen.

Ich trat mit fester Kaufabsicht in den Laden, schließlich sollte man bei dem letzten Paar Schuhen seines Lebens nicht gerade knauserig sein.

Als ich mit dem richtigen Paar in der richtigen Größe an der Kasse stand und bezahlte, tippte mir jemand auf die Schulter.

„Katrin!?"

Die hatte mir gerade noch gefehlt. Und in ihrem Kielwasser kam auch noch Robert Hunt angeschifft. Na toll, das Unheil streckte seine klauenartigen Finger nach mir aus!

„Naaa, ihr?", versuchte ich, mir meine aufkeimende Panik nicht anmerken zu lassen. Das hatte mir zu meiner vermutlich tödlichen Magenerkrankung gerade noch gefehlt!

„Anna, Anna, Anna. Na, noch immer nicht alle Sachen für die Hochzeit beisammen?", ätzte Katrin mit Blick auf meine neu erworbenen Schuhe direkt los.

„Fantastic!" Robert nahm mir einen Schuh ab und drehte ihn im Licht. „Der passt perfekt zum Dress!"

„Danke. Und … was macht ihr hier? So, wie Katrin klingt, seid ihr ja wohl nicht gerade auf

Brautschuhsuche."

Katrin lachte und winkte ab.

„Ach Gottchen, nein! So auf den letzten Drücker findet man doch nichts Vernünftiges mehr. Robert und ich ..." Sie legte ihm vertrauensvoll die Hand auf den Arm. „... haben schon vor Wochen mein Outfit festgelegt."

Robert Hunt lächelte, und wie immer, wenn er das tat, stellte ich mir vor, dass er gleich anfangen würde, für mich zu strippen. Diese Ähnlichkeit mit Channing Tatum war wirklich verwirrend. Und verlockend. Obwohl ich ihm um meiner Ehe willen aus dem Weg gehen sollte, trat ich ein Stück näher an ihn heran.

„Wir suchen Schuhe für heute Abend", erklärte der Hochzeitsplaner. „Katrin feiert heute im *LAX one* ihren Junggesellinnenabschied."

Ich verkniff es mir, mit den Augen zu rollen. Das *LAX one* war einer der angesagtesten Clubs in ganz München. Es war so klar, dass eine Tussi wie Katrin dort feiern würde.

„Wie nett ... dann wünsche ich viel Spaß", log ich und trat eiligst den Rückzug aus dem Laden an. Draußen blieb mir eigentlich nicht viel mehr, als mich aus ganzem Herzen der Meinung meines Chefs anzuschließen.

„Doofe Nuss!", brummte ich, und selbst die funkelnden Schuhe schafften es nicht, meine Laune wiederherzustellen.

Kapitel 11

„Ihr geht ins *LAX one*?", kreischte ich ungläubig und warf Marc böse Blicke zu. Der sah leider in seiner dunklen Jeans und dem weißen Hemd viel zu gut aus, als dass ich ihn überhaupt auf die Straße und damit in die Nähe anderer Frauen lassen wollte. Doch ausgerechnet ins *Lax one* … ausgerechnet zu Katrin! Das war wirklich zu viel verlangt.

„Na komm, Annalein. Ein Club ist doch wie der andere. Und ich konnte es mir ja auch nicht aussuchen. Die Jungs aus dem Büro haben eine Lounge reserviert."

Eine Lounge!!! Ja klar, was auch sonst!

Am liebsten hätte ich mich Marc an die Beine geklammert, um zu verhindern, dass er die Wohnung verließ, aber wegen des blöden Hunts und des Vorfalls mit der Brautkleid-Entkleidung verlangte Marc, dass ich keinerlei Eifersucht an den Tag legte, was seine bescheuerte Party heute Abend anging.

Ommm … kein Grund zur Sorge … ommm …

Während ich versuchte, für mein unausgewogenes Yin ein passendes Yang zu finden, verschwand Marc in seinem Zimmer und kam mit einer Krawatte in der Hand zurück.

Meine Augen wurden groß. Eine SILBERGRAUE

Seidenkrawatte!

Wie auf dem englischen Originalcover meines Lieblingsromans. Wenn das keine Andeutung war!

„Kannst du mir die umbinden? Haben die Jungs besorgt", erklärte Marc und zwinkerte mir zu. „Ich finde ja, sie treffen damit ziemlich ins Schwarze, Annalein. Du müsstest erst die Handschellen sehen und diese venezianische Maske, die sie heute schon im Büro dabeihatten." Er küsste mich und grinste frech. „Das wird sicher ein spannender Abend."

„Du bist echt doof, Marc!"

Als er versuchte, sich einen Kuss zu stehlen, schlug ich nach ihm, aber obwohl ich ihn streifte, empfand ich keine Befriedigung. Es war einfach unfassbar ungerecht, dass von uns beiden ICH der große Erotikroman-Fan war, aber er jetzt einen auf Mr. Grey machte. Und das noch nicht mal mit mir, sondern mit diesen Honks von seiner Arbeit.

„Und du bist süß, Annalein. Ich freu mich drauf, später mit dir hier auf dem Sofa noch ein bisschen ... natürlich keusch ... rumzumachen."

„Ich mach überhaupt nicht mit dir rum, Marc, wenn du jetzt mit dieser Krawatte auf die Straße gehst!", drohte ich und zog an dem Schlips, der ihm noch immer ungebunden um den Hals baumelte.

„Ich geh ja fast nicht auf die Straße." Er hob seine Spottbraue. „Wie du weißt, hab ich eine Lounge!"

„Im Ernst jetzt, Marc ...", warnte ich ihn. „Wenn du nicht willst, dass ich ausflippe, dann übertreib es jetzt bloß nicht!"

Ich brauchte dringend ein Räucherstäbchen zur Beruhigung, denn Marc band sich scheinbar unbeeindruckt von der Krise, die ich gerade schob, einen perfekten Krawattenknoten. Dann küsste er mich und zwickte mir frech in den Hintern.

„Bis nachher, Misses Grey", foppte er mich und drückte mir die Fernbedienung in die Hand. „Mach dir einen schönen Abend mit Pussy."

Er wartete keine Antwort ab, sondern verschwand mit einem gut gelaunten Winken aus der Wohnung.

Dieser Arsch!

Selbst Pussy schien nicht damit einverstanden, den Abend ohne ihn verbringen zu müssen, denn sie maunzte missmutig und verkroch sich dann beleidigt auf den Schrank. Ob da oben wohl für mich auch noch ein Plätzchen frei war?

Frustriert schaltete ich den Fernseher an und zappte durch die Programme. Im *Dschungelcamp* kämpften zwei ehemalige *Topmodel*-Anwärterinnen darum, im Prominentenstatus so weit nach oben zu klettern, um, statt Krokodilhoden essen zu müssen, demnächst ihre Kochkünste im *Promidinner* unter Beweis stellen zu können. Und vielleicht fände sich ja noch irgendein ehemaliger Boygroupsänger für einen leidenschaftlichen Dschungelflirt, dann würde es vom Camp sogar direkt ins *Big Brother*-Haus reichen!

Die Wiederverwertung von kamerageilen Blondinen kannte offenbar keine Grenzen.

Als der Hoden brav gekaut und unter Würgegeräuschen verschluckt worden war, schaltete ich weiter, über eine grellgelb überlagerte Folge *CSI Miami*, zu einer der *Teenie-Mütter*, die gerade ein Baby bekam, bis zu einer Serie, in der es vor allem darum ging, dass zwei Kellnerinnen ziemlich pleite waren.

Verdammt, wie sollte ich bei diesem Angebot vergessen, was Marc gerade trieb?

Vermutlich ließen seine Kumpels soeben eine Mega-Schampus-Flasche ziemlich cool mit einem Samuraischwert köpfen, und irgendwelche Weiber tanzten leicht bekleidet auf dem Tisch dieser verfluchten Lounge!

Ich zappte weiter und ...

Na hallo! Vielleicht war mit meinem Karma ja doch alles in Ordnung, denn zur Abwechslung machte das Universum mir mal ein unerwartetes Geschenk.

Ich regelte den Ton lauter und lehnte mich auf dem Sofa zurück. Der Abend war gerettet.

„Tja, Marc", flüsterte ich, was Pussy veranlasste, mich skeptisch anzublinzeln. „Du hast deine Lounge – und ich *Magic Mike*! Und im Gegensatz zu deinen Weibern zieht der sich hier gleich garantiert aus!"

„Hast du Katrin getroffen?", versuchte ich, am nächsten Morgen etwas aus Marc herauszubringen, während ich einige der langsam eintrudelnden Hochzeitsgeschenke auspackte. Zum Beispiel einen silbernen Eierschneider. Ich legte ihn vorsorglich in

Griffweite, sollte mir Marcs Bericht zum gestrigen Abend nicht gefallen. Und das schien mir ziemlich wahrscheinlich, denn Marc hatte Augenringe und blinzelte unnatürlich oft, während er schon beim kleinsten Geräusch zusammenzuckte. Na, zumindest war er nicht tätowiert. Nicht, soweit ich sehen konnte …

„Hmm, sie war da", antwortete er wortkarg und klammerte sich an seine Kaffeetasse.

„Habt ihr miteinander geredet?"

Wieder zuckte er, als zöge ich ihm die Federpuschelgerte über die Ohren, die ich ihm zu Weihnachten geschenkt hatte.

„Hmm, kurz."

ALARM!!! Ich horchte auf. Die Weissagung hing wie ein Damoklesschwert über unserem Glück, und Marc quatschte mit der Frau, die alles zerstören konnte! Hatte der ne Meise? Zu seiner Verteidigung musste ich natürlich eingestehen, dass er ja davon gar nichts wusste. Trotzdem war es bedenklich!

„Sie sah wirklich gut aus", murmelte Marc und stützte den Kopf in die Hände.

„Katrin?"

„Ich glaub nicht, dass sie was hat machen lassen. Zumindest nicht die Brüste."

Hallo???? Ihre Brüste? Wie nah war er seiner Ex denn gekommen, um sich da so sicher zu sein?

„Ist ja toll, das du dem so gründlich auf die Spur gegangen bist, Marc!", blaffte ich ihn an, auch wenn ihn dies gequält zusammenzucken ließ.

„Ich bin dem nicht auf die Spur gegangen!", verteidigte er sich stöhnend und rieb sich die Schläfen. „Aber ich war ja damals schon einige Zeit mit ihr zusammen, und ich sag dir, sie hat da nichts machen lassen."

„Von mir aus, dann sah sie eben immer so super aus! Warum hast du dich denn dann überhaupt von ihr getrennt?"

Marc schloss die Augen und atmete hörbar durch.

„Na schön, Anna, ich sag's dir, auch wenn du das doch längst wissen müsstest." Er schielte durch sein vor Schmerzen zusammengekniffenes Auge. „Und auch nur, weil ich trotz meines Versprechens, es nicht zu übertreiben, wohl einen Drink zu viel hatte. Aber mitansehen zu müssen, wie meine Kollegen sich bei der anwesenden Damenwelt blamiert haben, war einfach nüchtern nicht zu ertragen. Der Abend war schrecklich!" Er nippte an seinem Kaffee und strich sich die Haare aus der Stirn. Sein üblicher *Out-of-Bed-Look* war zu einem *Frisch-aus-dem-Grab-Look* verkommen.

„Ich wäre am liebsten schon gegangen, als Katrin mit deinem Hochzeitsplaner das Weite gesucht hat", gestand er zerknirscht.

„Du lenkst ab!" Ich versuchte, mir nicht anmerken zu lassen, dass die Tatsache, dass er den Abend nicht genossen hatte, mich schon milder stimmte. „Du wolltest mir sagen, warum du mit der ach so tollen Katrin eigentlich nicht zusammengeblieben bist. Mit ihr und ihren echten Titten!"

Ich öffnete den Kühlschrank und nahm zwei Eier heraus, die ich in ein Bierglas aufschlug. Dann träufelte ich Sojasoße darüber, rührte etwas Milch und Salz ein und schnitt zwei Essiggurken in kleine Würfel, die ich ebenfalls ins Glas gab. Marc ließ sich mit seiner Antwort Zeit, aber ich hatte nicht vor, mich zu ihm umzudrehen, denn sein bemitleidenswerter Anblick würde mich vermutlich vergessen lassen, dass ich noch immer sauer auf ihn war. Trotzdem verrührte ich alle Zutaten im Glas zu einer ekelhaften Brühe mit Zauberkräften.

„Willst du nicht antworten?", hakte ich schließlich nach, als ich ihm meinen ultimativen Kater-Killer-Drink reichte.

Marcs Spottbraue hob sich, als er die brockig-trübe Brühe studierte.

„Willst du mich umbringen?"

Sein angeekeltes Gesicht brachte mich zum Schmunzeln.

„Nicht sofort. Aber wenn du nicht gleich mit der Sprache rausrückst, könnte ich meine Meinung diesbezüglich schon noch mal überdenken."

Marc schnupperte misstrauisch an seinem Cocktail.

„Keine Sorge, ich bring dich erst um, nachdem wir geheiratet haben, sonst komm ich ja nicht an deine Lebensversicherung", scherzte ich, setzte mich zu ihm an den Tisch und spielte drohend mit dem Eierschneider herum.

Seine Spottbraue hob sich etwas schief, so, als hätte Marc die Kontrolle über seine Gesichtszüge noch nicht wiedererlangt.

„Du bist so klug, Annalein. Aber die einfachsten Sachen begreifst du nicht." Er versuchte sich an einem Lächeln. „Ich hab Katrin damals abgeschossen, weil du mir einfach nicht mehr aus dem Kopf gegangen bist. Du und deine Verrücktheiten. Warum denkst du denn, dass sie ausgezogen ist und ich geblieben bin?"

Marc stürzte den ekelhaften Drink hinunter, verzog angewidert das Gesicht und schüttelte sich wie ein begossener Pudel, ehe er aufstand und zu mir herüberkam.

„Ich wollte dir nahe sein. Wollte da sein, wenn du aufwachst und der Letzte sein, der dich sieht, ehe du einschläfst. Und obwohl ich zwei Jahre gebraucht habe, dir das auch zu zeigen, war es doch immer so, dass mein Herz nur für dich geschlagen hat."

Er zog mich vom Stuhl hoch und taumelte leicht gegen mich, was uns beide zum Lachen brachte.

„Du bist betrunken", stellte ich unnötigerweise fest.

„Ich weiß, Annalein. Aber Kinder und Betrunkene sagen immer die Wahrheit. Und die Wahrheit ist, dass ich es nicht erwarten kann, dich am Samstag zu heiraten, also sei jetzt nicht böse, sondern bring mich ins Bett."

Kapitel 12

Haare – Check!

Make-up – Check!

Kleid – sehr eng, aber Check!

Schuhe – MEGAAA, also Check!

Strumpfband – blau, geliehen und demnach auch alt – Dreifach-Check!

Ich griff mir den Schleier und befestigte ihn in meinen kunstvoll aufgetürmten Locken.

Schleier – Check!

Ich betrachtete mich im Spiegel und war recht zufrieden, auch wenn ich um die Nase etwas blass aussah. Kein Wunder, mir war schon wieder übel. Und obwohl seit gestern die Blutwerte vorliegen mussten, hatte ich es noch nicht geschafft, meine Ärztin anzurufen.

Ich sah auf die Uhr. Noch achtundvierzig Minuten, bis mich der Kutscher zur Kapelle fahren würde.

Achtundvierzig Minuten …

Dabei war ich doch bereits fertig.

Nervös strich ich mir über den kunstvoll bestickten und leider immer noch viel zu teuren Satinrock.

Kleid – Check!

Nein, nein, nein, ich würde das nicht alles noch mal durchgehen!

Ich ließ mich aufs Hotelbett sinken und streckte die Füße in den tollen Schuhen von mir. Was Marc wohl gerade machte? Ob er schon in der Kapelle angekommen war? Ob er gerade die Gäste begrüßte und mit dem Standesbeamten sprach? Ob er ungeduldig auf mich wartete?

Hach, diese ganzen Fragen machten mich nervös. Wenn mir nicht eine sinnvolle Beschäftigung einfallen würde, drohte die Gefahr, dass ich meine schick manikürten Fingernägel abkauen würde.

Wobei die giftigen Rückstände im Nagellack sicher für mein Magengeschwür nicht gerade dienlich wären. Wenn es denn ein Magengeschwür war, was mir schon seit dem Morgen wieder Übelkeit bereitete.

Ich sah erneut auf die Uhr. Noch siebenundvierzig Minuten, bis mich der Kutscher abholen würde.

Das war ja nicht auszuhalten!

Ich griff zum Telefon und wählte die Nummer meiner Hausärztin. Zum Glück hatte die samstagvormittags Sprechstunde, so konnte ich diese Wartezeit wenigstens sinnvoll nutzen.

Sechsundvierzig Minuten! Ich saß seit geschlagenen sechsundvierzig Minuten reglos auf dem Hotelbett, ohne auch nur einen klaren Gedanken fassen zu können.

Ganz klar: Ich hatte einen Schock erlitten.

Unter dem Make-up sah man es vielleicht nicht, aber ich war garantiert blass wie eine Leiche.

Wie eine schwangere Leiche – verbesserte ich mich und legte die Hand behutsam auf meinen Bauch.

„Mit Ihren Blutwerten ist alles in Ordnung", hatte die Sprechstundenhilfe mir erklärt. „Und wegen der Übelkeit sollten Sie einfach mal den Gynäkologen befragen, der Ihre Schwangerschaft betreut. Herzlichen Glückwunsch übrigens vom gesamten Praxisteam!"

Die überschwängliche Freude in ihrer Stimme hatte sich in meinen Gehörgang gebrannt und hallte von dort aus durch meine wirren Gedanken.

Schwanger! Das war doch unmöglich! Marc und ich lebten doch gerade das Zölibat. Und zuvor … na, da hatte ja Pussy oft genug den Coitus interruptet, sodass ich angenommen hatte …

Herrje, ja, Marc und ich waren gelegentlich leichtsinnig gewesen, aber … ein Baby???

Von meinem Platz auf dem Bett aus konnte ich die wartende Pferdekutsche vor dem Hotel stehen sehen, aber ich schaffte es irgendwie nicht, meinen Füßen Anweisungen zu geben. Vermutlich drückte das Baby meine Nervenbahnen ab.

Verdammt, ich musste aufstehen, hinausgehen und heiraten, sonst würde mein Kind am Ende noch unehelich geboren werden.

Noch mal verdammt! Ich hatte ja nicht mal eine Ahnung, wann es geboren werden würde. Das hatte mir die Sprechstundenhilfe gar nicht gesagt. Was, wenn die Geburt schon kurz bevorstand und meine Fruchtblase durch die Erschütterungen in der Kutsche platzen würde?

Meine Schuhe wären dann ruiniert!

Ach, herrje, da sah man mal, wie verwirrt ich war. Als wären meine Schuhe in dieser Situation mein größtes Problem. Viel schlimmer wäre es ja wohl, mein Kleid zu ruinieren. Die Schuhe konnte ich zur Not schließlich unter dem Kleid verbergen.

Außerdem könnte es Marc etwas irritieren, wenn ich anstatt mit meinem Brautstrauß mit einem noch feuchten Baby im Arm den Mittelgang entlangkäme, während ich die Nachgeburt hinter mir her schleifte.

Oh Gott, mir wurde schlecht!

War ja kein Wunder, bei all den schrecklichen Gedanken, die plötzlich in meinem Kopf Karussell fuhren. All die offenen Fragen ...

Konnten Marc und ich heute Nacht überhaupt kamasutrischen Sex haben, jetzt, wo ich schwanger war? Und wie würde das Kind heißen? Renesme? Auf keinen Fall! Harry oder Hermine? Und warum fielen mir nur Namen aus Romanen ein?

Ommm ... ich musste mich fokussieren! Ich zählte bis zehn, dann bis zwanzig. Dann fing ich noch mal von vorne an. Als ich schließlich aufstand, war mir klar, was ich zu tun hatte.

Ich musste dem Kind ganz schnell einen Vater besorgen. Da traf es sich an sich ganz gut, dass heute mein Hochzeitstag war. Ich würde also meinen schwangeren, kleinen Hintern in diesem verflucht engen Meerjungfrauen-Designerkleid-Möchtegern-Schnäppchen in die Kutsche pflanzen und zum *Maierhof* kutschieren lassen.

Das klang nach einem sehr vernünftigen Plan, und obwohl meine Blase den Schock mit der Schwangerschaft auch nur schlecht verkraftete und ordentlich Druck machte, beschloss ich, diesen unverzüglich in die Tat umzusetzen. Ich packte meinen perfekt zum Farbkonzept passenden Brautstrauß und richtete meine Brüste im Oberteil des Kleides. Ich hatte keine Zeit mehr zu verlieren.

Schließlich waren inzwischen zweiundsechzig Minuten vergangen, und ich hatte demnach schon vor dem Ja-Wort ein traumhochzeitliches Zeitdefizit.

Aber vielleicht hatte ich Glück und die Pferde waren Rennpferde …

Der urbayerische Pferdekutscher hatte eine Pfeife im Mundwinkel klemmen, und sein grauer Vollbart reichte ihm bis auf sein rotkariertes Trachtenhemd. Er sah aus, als käme er direkt vom Oktoberfest.

„Jessas, do kummt's die Braut!", rief er und sprang vom Kutschbock des offenen und blumengeschmückten Zweispänners. „I foar di zua Kappeln afm *Geierhof,* do wird na dei Mo scho af di woatn."

Wie bitte?

Ich musste ihn wohl verständnislos ansehen, denn der Pfeifen-Hans wedelte mit den Armen und bedeutete mir, doch endlich einzusteigen.

„Af geht's, mia san spät dron!"

Vielleicht hatte der Schock über die Schwangerschaft zu einer Hirnstörung geführt. Ich verstand jedenfalls nur Bahnhof.

„Ich muss zur Kapelle!", rief ich ihm sicherheitshalber zu und versuchte, auf dem rutschigen weißen Leder der Kutschbank irgendwie Halt zu finden, als Pfeifen-Hans auch schon die Peitsche knallen ließ.

Wir preschten aus dem Ort, einen Weg den Berghang hinauf, der kaum besser ausgebaut war als ein Flurbereinigungsweg, und an Kuhherden und saftig grünen Wiesen vorbei führte. Mein Schleier wehte waagrecht hinter der Kutsche her wie der Kondensstreifen eines Flugzeugs, und der Gegenwind ließ mir etliche kleine Fliegen wie brummende, flügelschlagende Nadeln ins Gesicht klatschen.

Diesen Aspekt einer Alpenhochzeit hätte Hunt meiner Meinung nach definitiv erwähnen müssen!

Ich kniff die Augen zu, presste die Lippen zusammen und atmete ganz flach, um möglichst wenige Insekten zu inhalieren oder zu verschlucken. Schließlich wollte ich mir vor der Torte nicht noch den Appetit mit Fliegencarpaccio verderben. Zumal rohe Produkte in der Schwangerschaft doch eh nicht so gesund waren ...

Je näher wir der Kapelle kamen, umso langsamer

rumpelte die Kutsche, und ich wagte es zögernd, die Augen wieder zu öffnen. Unzählige Autos waren links und rechts der kaum die Bezeichnung *Feldweg* verdienenden Straße geparkt. Die Gäste waren also im Gegensatz zu mir pünktlich gekommen. Doch es waren mehr Fahrzeuge als erwartet, was vermutlich auch auf mehr Gäste als erwartet schließen ließ.

Verdammt! Hunt hatte doch hoffentlich nicht noch irgendwelche entfernten Bekannten aufgetan und eingeladen? Vielleicht hätte ich ihm doch nicht so rigoros aus dem Weg gehen und die Planung der Hochzeit besser überwachen sollen.

„Mia san do!", rief der Pfeifen-Hans von seinem Kutschbock aus und brachte die Pferde mit einer Vollbremsung direkt vor dem Kapelleneingang zum Stehen. Er kletterte herunter und öffnete mir die Kutschtür.

Offensichtlich hatten wir unser Ziel erreicht.

Und ich hatte kein einziges Mal mehr an die Schwangerschaft gedacht, so beschäftigt war ich damit gewesen, dem fiesen Fliegenhagel zu entgehen.

Nun wischte ich mir den Leichenbrei aus dem Gesicht und versuchte mich, den Brautstrauß unter die Achsel geklemmt, an einem halbwegs würdigen Ausstieg aus der offenen Kutsche.

Wobei ich mir das auch hätte sparen können, denn anders als geplant war von der Hochzeitsgesellschaft, die meine Ankunft gebührend hätte bejubeln sollen, weit und breit nichts zu sehen. Selbst die Doppeltür der Kapelle war geschlossen.

„Wo sind denn alle?", fragte ich, als ich wieder sicheren Boden unter den Füßen hatte und der immer noch paffende Pfeifen-Hans schon wieder dabei war, auf seinen Kutschbock zu klettern.

„Schaut so aus, als homs scho o'gfangt."

Schon angefangen? Wie konnte denn eine Hochzeit ohne die Braut anfangen?

Also echt, was hatte dieser Hunt denn da für einen Unsinn geplant?

Wütend, weil mein märchenhafter Prinzessinnenauftritt mit Kutsche und Co nun so vollkommen ruhmlos endete, raffte ich mein Kleid und stapfte auf die Tür zu.

Behandelte man so etwa eine Schwangere?

Mit den Händen schon an der Kapellentür atmete ich ein letztes Mal tief ein und versuchte, mir meine Enttäuschung nicht allzu sehr ansehen zu lassen. Schließlich würde ich gleich heiraten!

Oh Gott, ich würde gleich heiraten … was dachte ich denn da? Ich freute mich doch!

Juhuuuu, ich würde gleich heiraten!

Gepusht von dieser vollkommen verrückten Tatsache, riss ich die Tür auf und … erstarrte.

Kapitel 13

Kennt Ihr das?

Sich in einer Situation wiederzufinden und sich dann zu fragen, wie um alles in der Welt man da gelandet ist?

So ging es mir gerade.

Ich rannte. Ich rannte, so schnell ich konnte, und verfluchte dabei mein bis über die Hüften gerafftes Brautkleid, das rutschende blaue Strumpfband und den verdammten Schleier, der mir ins Gesicht hing. Nur meine Schuhe, die waren super – auch wenn ich sie direkt hinter der Kirche verloren hatte.

Der Schreck saß mir in den Knochen, und das Bild, das ich eben hatte sehen müssen, verfolgte mich noch, während die Kapelle hinter mir immer kleiner wurde.

Das Bild von Marc und Katrin, die sich gerade unter tosendem Beifall einen vom Standesbeamten gestatteten Kuss gaben.

Verdammt! Verdammt! Verdammt!

Wie hatte das alles nur so schrecklich schiefgehen können?

Ich japste nach Luft und rannte weiter. Tränen rannen meine Wangen hinab, so tief saß die Enttäuschung. Das hatte ich mir echt ganz anders vorgestellt.

Wie in Zeitlupe lief der Film von eben noch einmal vor meinem geistigen Auge ab:

Ich trat ins Halbdunkel der Kapelle, begleitet von einem Sonnenstrahl, der mein Kleid und meine ganze Erscheinung in goldenes Licht hüllte. Ich musste einen traumhaften Anblick bieten, denn alle, die sich verwundert nach mir umdrehten, schnappten hörbar nach Luft, und das glückliche Paar am Altar unterbrach erschrocken seinen Kuss.

„MARC?", kreischte ich und ließ geschockt meinen Brautstrauß fallen. Mein Blick wanderte weiter zu Katrin. Die Röte stieg ihr in die Wangen, und wenn ich den Ausdruck in ihren Augen richtig deutete, wollte sie mich umbringen.

„Anna?", fragte sie mit zornbebender Stimme. „Was machst du denn hier?"

Ehe ich ihr dieselbe Frage stellen konnte, kam links neben mir in der Bankreihe Unruhe auf.

Madame la Blanche (wer hatte die denn eingeladen??) erhob sich von ihrem Platz und reckte die Arme in den Himmel.

„Genau so habe ich es vorhergesagt!", rief sie und lachte wie irre. „Zwei Bräute, ein Mann – und ein Jäger!"

Ein Jäger? Ich war noch nie im Leben so verwirrt gewesen. Nur schwach waberte die Bedeutung dieser Weissagung durch meinen Verstand, als auch zu meiner Rechten Unruhe aufkam. Unruhe in Form von Robert Hunt (nun ergab der Jäger auch wieder einen Sinn!), der nach vorne stürmte und vor Katrin auf die

Knie fiel. Der Bräutigam, der sich nun, bei genauerer Betrachtung und wo er nicht mehr an Katrins Lippen hing, doch deutlich von Marc unterschied, beobachtete Hunts Kniefall verdutzt.

„Marc?", flüsterte ich nun noch verwirrter.

Wenn das meine Hochzeit war, wer war dann dieser Kerl? Und wo war Marc? Ich blickte in die Gesichter der schockierten Gäste … und erkannte niemanden. Niemanden außer Madame la Blanche, die nun nach meinem Arm griff und mich mit hypnotischem Blick anstarrte.

„Jetzt sehe ich klar!", rief sie und reckte wieder die Hände gen Himmel … oder, da wir uns ja immer noch in einer Kapelle befanden, gen … Deckenbemalung. „Sie sind hier falsch, Sie kommen zu spät, laufen Sie!"

Sie stieß mich Richtung Tür, aber ich hatte noch einige Fragen (jetzt, wo sie wieder klarsehen konnte). Was mich ja schon wunderte, denn auch wenn ich jetzt nicht mehr Katrins gestohlenes Notizbuch bei mir hatte, hatte ich ja dennoch etwas Altes, Blaues und Geborgtes an meinem Oberschenkel hängen.

„Werde ich wirklich ein trostloses Leben ohne Leidenschaft führen?"

Ja, ich weiß, es hätte vielleicht wichtigere Fragen gegeben, wie die nach Weltfrieden zum Beispiel, aber ich war nun einmal ich. Und das war gut so!

„Aber nein!", Die Seherin schüttelte ihren Vokuhila. „Das galt wohl für diese beiden. Sehen Sie doch!"

Sie deutete zum Altar, wo sich Katrin heulend den Schleier samt einiger Extensions vom Kopf riss, während ihr Ehemann – und wohl zukünftiger Exmann dem rasiermesserscharfen Hunt ein goldenes Kruzifix über den Kopf zog. Die Affäre mit dem Jäger ... da hatten wir sie. Nur hatte ich damit überhaupt nichts zu tun.

Wieder stieß mich Madame la Blanche Richtung Tür.

„Laufen Sie!", rief sie. „Laufen Sie, Anna, laufen Sie! Denn das Leben ist wie eine Packung Pralinen, man weiß nie ..."

Oh doch! Ich wusste es! Ich wusste genau, welche Praline das Leben für mich bereithielt. Marc war meine Praline, nur hatte ich keine Ahnung, wo der gerade steckte. Ich stürmte aus der Kapelle, brüllte den Kutscher an und verlangte von ihm, mich sofort zur richtigen Hochzeit zu fahren.

„Mia san do richtig", verteidigte er sich. „*Geierhof*-Kapelle. Do simmer."

„*Geierhof*? *Geierhof*? Sagten Sie *Geierhof*?", kreischte ich einem hysterischen Anfall nahe. „Ich muss doch zur *Maierhof*-Kapelle!"

„Do schau her. Ja, dann simmer do ned richtig."

Ach? Wirklich? Wäre mir jetzt fast nicht aufgefallen! Die Chancen stiegen, dass mein Kind nun doch unehelich geboren werden würde.

„WO wären wir denn richtig gewesen?"

„Sehng's die Kapelln dort droben?" Er deutete den Hang hinauf, quer über eine Kuhweide. „Des is die *Maierhof*-Kapelln."

Und weil der Weg über die Kuhweide mir am

schnellsten erschien, war ich nun hier.

Und ich rannte! Ich rannte noch immer, so schnell ich konnte, und verfluchte dabei (ebenfalls noch immer) mein bis über die Hüften gerafftes Brautkleid, das dort hinten bei der schlafenden Kuh verloren gegangene blaue Strumpfband und den verdammten Schleier, der mir ins Gesicht hing.

Die Tränen der Enttäuschung galten vor allem der horrenden Summe, die ich diesem Katrin küssenden Hunt für dieses Debakel einer Hochzeit gezahlt hatte. Das hatte ich mir echt ganz anders vorgestellt. Und wenn ich geahnt hätte, dass Katrin auf den fahrenden Trend-Zug *Alpenhochzeit* aufspringen würde, dann hätte ich mir diesen ganzen Ärger ersparen und doch im *Milberg* heiraten können! So ganz ohne Fliegen und Kuhfladen!

Während ich ziemlich atemlos über die Weide auf die diesmal hoffentlich richtige Kapelle zu hetzte, sah ich, wie immer mehr Autos von dort aus in Richtung Dorf abfuhren. Vermutlich hatten unsere Gäste die Hoffnung längst aufgegeben, dass ich noch erscheinen würde. Doch was war mit Marc? Hatte er es ebenfalls aufgegeben, auf mich zu warten?

Mutter musste jubilieren und war bestimmt schon dabei, einen ihrer Meinung nach passenderen Mann für mich aufzutun.

Endlich hatte ich die Weide überquert, ohne dabei auch nur in einen der wie Tretminen verstreuten dampfenden Kuhfladen getreten zu sein. Ich kletterte mitsamt meines Babybauchs über das Holzgatter, dankbar, dass meine Fruchtblase mir nicht auch noch einen Strich durch die Rechnung machte.

„MARC!", rief ich nach Luft japsend und hastete auf die Kapelle zu. „Maaharc!"

Er musste doch irgendwo sein.

„Anna?" Die Tür der malerisch kleinen Kapelle schwang auf, und Marc, der ziemlich blass um die Nase war, stürmte heraus. „Verdammt, Anna, wo zur Hölle warst du?"

Sein Blick glitt über mein ramponiertes Kleid, über meine erdigen Füße und meinen wirr herunterhängenden Schleier. „Was ist denn passiert? Du siehst aus wie ..."

Ich warf mich ihm Trost suchend in die Arme und klammerte mich an ihn.

„Ich bin schwanger!", sprudelte es aus mir heraus, obwohl ich es nicht wagte, ihm dabei ins Gesicht zu sehen. Ich hatte mir so viele Fragen gestellt, aber wie er darauf reagieren könnte, war mir nie in den Sinn gekommen.

Ich spürte, wie er erstarrte.

„Schwanger?"

Ich nickte. „Ich weiß auch nicht, wie das passieren konnte!", rief ich und wagte doch mal einen Blick in sein Gesicht.

Zu meiner Überraschung hob er seine Spottbraue und grinste schief.

„Na, wie das passiert ist, das ... ist mir jetzt nicht so ein Rätsel, Annalein." Er zupfte mir die Überreste meines Brautkleides zurück über die Knie und strich mir eine der Locken hinters Ohr. Seine Berührung war sanft und sein Lächeln voll Zärtlichkeit. „Aber wenn dies alles hier …" Seine Geste umfasste die ruinierte Hochzeit ebenso wie meine fragwürdige Erscheinung. „… erste Auswirkungen davon sind, dass wir ein Baby bekommen, dann …" Er küsste mich, und seine Hände glitten auf meinen Bauch. „… dann will ich ehrlich gesagt gar nicht wissen, was noch so alles auf mich zukommt. Auch wenn ich jede Sekunde davon genießen werde!"

Er freute sich!

YAY! Marc freute sich. Und endlich freute auch ich mich. Marc und ich würden ein Baby bekommen. Ein echtes, süßes und garantiert nicht Renesme heißendes Baby!

„Sollen wir zur Sicherheit ein Safeword ausmachen?", fragte ich ihn kichernd, denn trotz allem, was mir in der letzten Stunde passiert war, mochte ich mir doch lieber nicht ausmalen, was Marc wohl gedacht und gefühlt haben musste, als er vor versammelter Hochzeitsgesellschaft vergeblich auf mich gewartet hatte.

Marc umschlang mich fester und schüttelte den Kopf.

„Wer *Ja* sagt, Annalein, der braucht kein Safeword mehr."

„Wer Ja sagt? Aber … die Hochzeit, sie ist … ruiniert. Alle Gäste sind weg."

„Nicht alle. Unsere Familien sitzen noch beim Standesbeamten in der Kapelle." Er schüttelte amüsiert den Kopf. „Deine Mutter hat verboten, dass einer von ihnen geht. Sie hat gesagt, bei dir und deinen Verrücktheiten darf man den Tag nicht vor dem Abend loben." Marc wirkte gerührt. „Sie besteht darauf, dass heute noch geheiratet wird. Und ich hätte ja da auch noch einen Ring für dich."

Was? Ich konnte es nicht fassen. Mutter rettete meine Hochzeit? Oder ... das, was davon übrig war ...

„Wir könnten also noch ...", stotterte ich überrascht von so viel elterlicher Liebe und sehr neugierig auf meinen bestimmt superwertvollen Ring.

Marc lachte, bückte sich und pflückte eine Handvoll Gänseblümchen von der Wiese neben der Kapelle.

„Was heißt da könnten? Wir werden auf jeden Fall heiraten, Annalein. Schließlich habe ich ..." Er lachte, als er seinen Blick noch einmal von Kopf bis Fuß über meine Erscheinung gleiten ließ. „... immer davon geträumt, dich im Brautkleid an meiner Seite zu haben." Er küsste mich und reichte mir die Gänseblümchen. „Du siehst wunderschön aus, Anna."

Dieser Lügner! Hatte er keine Augen im Kopf?

„Aber mein Kleid ..."

Es trug am Saum deutliche Spuren von meiner Spritztour über die Kuhweide, und meine Frisur löste sich quasi auf.

Mit einem Kuss unterbrach er mich.

„Vertrau mir, Anna. Du siehst wunderschön aus." Vorsichtig zog er mir den Kamm mit dem Schleier aus der Frisur und ließ seine Finger durch meine Locken gleiten, bis diese in weichen Wellen auf meinen

Lesen Sie auch

Ein Roman über die Hoffnung, die Kraft der Liebe und den Zauber des Neuanfangs.

Wie leicht einem das große Glück durch die Finger rinnen kann, muss Piper erkennen, als Daniel, der Mann ihrer Träume und Vater ihres ungeborenen Kindes, bei Arbeiten in ihrem Haus am Strand stirbt. Pipers Welt bricht zusammen und all ihre Träume und Hoffnungen werden unter dem Schmerz des Verlustes begraben.

Um Daniel nahe zu sein, beschließt sie gegen den Rat von Freunden und Familie in das unvollendete Haus einzuziehen. In dieser schwierigen Situation ist ihr Daniels bester Freund Kevin eine große Stütze. Doch gerade jetzt fällt es ihr schwer, mit den tiefen Gefühlen umzugehen, die Kevin für sie entwickelt.

Im Trost der Wellen versucht Piper ihre Wunden zu schließen und ihren Weg zurück ins Leben zu finden.

The Curse-Trilogie

„Hältst du es für vernünftig, bei mir zu sein?" Seine Worte waren leise, beinah geflüstert und seine Haltung war angespannt. „Nein. Das ist sogar das Unvernünftigste, was ich je getan habe", gestand ich.

Samantha hat genug von den Jungs ihrer Highschool – und besonders von Herzensbrecher Ryan. So nimmt sie das Angebot ihres Lehrers an, die Ferien im fernen Schottland zu verbringen. Kaum bei ihrer Gastfamilie angekommen, wird sie von den Sagen und Mythen des Landes in den Bann gezogen. Als sie dann auch noch den geheimnisvollen Schotten Payton kennenlernt, beginnt das größte und gefährlichste Abenteuer ihres Lebens …

...diese Reihe macht süchtig! - **CINEMAinMYhead**

Rücken fielen. Dann steckte er mir den Schleier lächelnd wieder an. Tränen schimmerten in seinen Augen, und ich spürte das Zittern seiner Hände, als er mich zum Eingang der Kapelle führte.

Wir traten ein, und die wenigen verbliebenen Gäste erhoben sich. Mutter tupfte sich die Tränen von der Wange, und ich fragte mich, ob sie wohl gerührt war, weil sie ihre Tochter endlich unter die Haube gebracht hatte, oder ob sie weinte, weil sie Marc nun wohl doch nicht mehr loswerden würde. Auch mein Vater schniefte in ein Taschentuch und selbst Marie schenkte mir ein überraschtes Lächeln. Marcs Eltern, die extra aus ihrem Langzeitferiendomizil auf Gran Canaria angereist waren, schienen erleichtert, dass es nach der langen Warterei endlich zur Sache ging. Doch für all das hatte ich kaum etwas übrig, denn als ich neben Marc barfuss den blumengesäumten Mittelgang entlangschritt (die Blumen passten übrigens perfekt ins Farbkonzept), ging mir ein Gedanke durch den Kopf, und ich flüsterte:

„Du, Marc, ich habe immer gedacht, meinen Mr. Grey zu finden, wäre das größte Abenteuer meines Lebens. Dabei ging mit dir an meiner Seite das Abenteuer erst los."

Marc grinste, und seine Hand wanderte hinter meinem notdürftigen Brautstrauß auf meinen Bauch.

„Das Abenteuer fängt gerade erst an, Annalein." Er zwinkerte, und das Leuchten in seinen Augen war heller und wärmer als die Sonne über dem Campingplatz in Jesolo. „Aber über das Baby darfst du wirklich keinen Topf stülpen, wenn es mal schwierig wird, okay?"

Ende

Über die Autorin

Emily Bold wurde 1980 in Mittelfranken geboren, wo sie auch heute noch mit ihrem Mann und ihren beiden Töchtern lebt. Sie schreibt Romane für Erwachsene und Jugendliche und blickt mittlerweile auf vierundzwanzig deutschsprachige sowie acht englischsprachige Bücher und Novellen zurück, die den Lesern viele romantische Stunden, und Emily Bold eine begeisterte Leserschaft beschert haben. Roman Nr. 25 ist bereits in Arbeit.

Mit *Wenn Liebe nach Pralinen schmeckt* veröffentlichte Emily nach *Ein Kuss in den Highlands*, *Klang der Gezeiten* und *Lichtblaue Sommernächte* bereits ihren vierten zeitgenössischen Liebesroman. Im Mai 2017 erscheint Emilys neuer Roman *Wenn Liebe Cowboystiefel trägt*.

Auf der Suche nach Mr. Grey war unter den zehn beliebtesten Romanen 2015 in Amazons Kindle-Shop, die Fortsetzung des No. 1 Bestsellers - *Ein Tanz mit Mr. Grey* - wurde von der LovelyBooks.de Community auf den zweiten Platz der beliebtesten Romane 2015 in der Kategorie *Humor* gewählt.

Emily freut sich über Post von ihren Lesern - schreiben Sie ihr: kontakt@emilybold.de oder besuchen Sie Emily auf ihrer Homepage: emilybold.de und thecurse.de. Werden Sie Fan bei Facebook: facebook.com/emilybold.de